EL MONSTRUO Y SU ÚLTIMA PRESA

Planeta Internacional

K. A. LINDE

EL MONSTRUO Y SU ÚLTIMA PRESA

Planeta

Título original: *The Monster and the Last Blood Match*

Publicado previamente con el título *Blood Type*

Esta edición se publica mediante acuerdo con ALLIANCE RIGHTS AGENCY

Bajo el sello editorial PLANETA M.R.
Avenida Presidente Masaryk núm. 111,
Piso 2, Polanco V Sección, Miguel Hidalgo
C.P. 11560, Ciudad de México
www.planetadelibros.com.mx

Primera edición impresa en México: abril de 2026
ISBN: 978-607-39-4191-4

Impreso en los talleres de Impregráfica Digital, S.A. de C.V.
Avenida 11 # 463, interior bodega 2, Colonia San Nicolas Tolentino
Iztapalapa , CDMX, C.P. 09850
Impreso en México - *Printed in Mexico*

Para las chicas que siempre soñaron
con la mordida de un vampiro.

CAPÍTULO 1

—Cuatrocientos noventa y dos.

Reyna miró la hoja arrugada que desde hacía tres horas apretaba en su mano. Parpadeó sorprendida al reconocer el número: cuatro-nueve-dos.

—Soy yo.

Alzó la mano, ya era hora. No pensó que la espera sería tan larga. Se levantó con dificultad, estirando los músculos adoloridos, y metió las manos temblorosas en los bolsillos de sus jeans gastados. Cruzó la sala hasta una mujer que la esperaba frente al pabellón blanco del hospital. La administradora tenía el cabello rubio y lacio hasta los hombros y vestía un uniforme blanco que se fundía con el entorno. El único toque de color provenía del símbolo rojo sangre, bordado en el bolsillo de su camisa: Visage.

Se trataba de la empresa más grande del mundo, con más empleados que cualquier otra en la historia. Visage se especializaba principalmente en lo que llamaba «servicios de empleo corporal», un nombre rebuscado para los acompañantes de sangre. No importaba cómo quisieran llamarlos para endulzarlo —acompañantes de sangre, empleados corporales—, no cambiaba el hecho de que era el trabajo más común para la gente desesperada por sobrevivir en esta economía, y Reyna estaba a punto de convertirse en uno de ellos.

—¿Cuatro nueve dos? —preguntó la mujer.

—Sí —respondió Reyna, tratando de que no se le notara el temblor en la voz. Todavía no podía creer que esto era real, que estaba a punto de hacerlo. Brian y Drew iban a matarla.

La mujer que le hablaba no mostró el más mínimo interés por su incomodidad.

—Por aquí, cuatro nueve dos —dijo con una voz plana, carente de vida.

—Me llamo Reyna —corrigió con tono seco.

Tenía nombre, no era solo un número.

La mujer apenas asintió. Sus grandes ojos cafés la miraban como si no existiera. Claramente, no le importaba su nombre, solo seguía órdenes. Nada más, nada menos. Era lo que Reyna había aprendido a esperar de todos en ese maldito lugar.

—Sígueme.

Reyna suspiró y obedeció, no tenía caso resistirse. Ya había tomado la decisión de presentarse a las pruebas de Visage. Se había escapado para inscribirse sin avisarle a sus hermanos. No tenía título ni trabajo, así que ellos debían trabajar turnos extras para mantenerla. Tenía que hacer algo para poner comida en la mesa. No soportaba ver cómo se mataban en la fábrica cuando ella también podía aportar algo.

Estaba allí por decisión propia, si es que se le podía llamar decisión propia a la pobreza y a la privación.

Por supuesto, eso no le importaba a la administradora y, probablemente, a nadie de Visage. No les importaba quién era. Solo se trataba de una ficha más en el sistema.

Desde que Visage lanzó su plan para emplear humanos como donadores de sangre para vampiros, hacía ya diez años, miles se habían inscrito a las pruebas. Fue una apuesta afortunada… para la empresa, al menos. Millones perdieron sus empleos de un día para otro, y, de entre la desesperanza, surgió un caballero de brillante armadura que llegó a *salvarlos* a todos.

Adiós al miedo de lo que acechaba en la oscuridad.

Adiós a ser cazados por su sangre.

Adiós a las dificultades económicas... siempre y cuando cedieras de forma voluntaria aquello por lo que antes te cazaban.

Habían pasado diez años y, en realidad, poco había cambiado. La mayoría seguía viviendo por debajo del umbral de la pobreza, solo que ahora estaban más unidos que nunca a Visage. Reyna no podía cambiar eso, así como tampoco podía calmar el miedo que le hacía un nudo en el estómago al pensar en convertirse en un engrane más de esa maquinaria.

Se removió inquieta al ver la gran puerta blanca frente a ella: la misma que sellaba su pacto con Visage.

«¿De verdad voy a hacer esto? ¿Acaso tengo otra opción?», se preguntó.

Ajena o indiferente a sus temores, la administradora empujó la puerta. Reyna tragó saliva. Al otro lado, se alcanzaba a ver un largo pasillo blanco; una vez que cruzara ese umbral, no habría vuelta atrás.

Si existiera otra opción... ya la habría tomado. Visage era el único recurso. El último. Justo como a ellos les gustaba.

—¿Estás lista, cuatro nueve dos? —soltó la mujer, impaciente. Al menos mostró algo de vida.

—Sí —contestó Reyna, reprimiendo una respuesta sarcástica.

Atravesó la puerta y la administradora la escoltó por el pasillo, flanqueado por aún más puertas idénticas y personal vestido con la misma frialdad institucional. Al llegar a una esquina, giraron a la derecha y se detuvieron frente a una puerta sin distintivos. La mujer sacó una tarjeta de identificación de su bolsillo —con su foto y su nombre— y la deslizó por un lector de vidrio junto a la manija.

Asombrada, Reyna observó cómo la puerta se abría automáticamente. En el Distrito de Almacenes no existía esa clase de tecnología. De hecho, muchas de las máquinas que antes eran comunes —teléfonos, laptops, coches— ya no estaban al alcance de la mayoría.

El interior de la sala se parecía al de cualquier cuarto de hospital, aunque Reyna no recordaba la última vez que había podido costear una visita médica de verdad. La mujer alistó unos instrumentos sobre una bandeja con ruedas y, al notar que seguía de pie en el umbral, levantó la mirada.

—Siéntate —indicó, señalando la camilla.

Reyna respiró hondo, se repitió mentalmente las razones por las que había llegado hasta allí y entró. El papel de la camilla se arrugó bajo su peso cuando se sentó, y se estremeció ante la intensidad de las luces. Todo olía a plástico y desinfectante. Creía que la sala de espera había sido el lugar más hostil que conocería, pero se había equivocado.

Cuando Visage aprobó su inscripción la semana anterior, también le había entregado un folleto explicando el procedimiento. En resumen: agujas.

Muchas agujas.

Reyna contuvo una arcada: odiaba las agujas, siempre las había odiado. Ni siquiera sabía de dónde venía ese miedo. Si algo traumático le había ocurrido de niña, ya no había nadie en su vida que pudiera recordarlo. Pero, considerando lo que estaba por hacer, ese temor parecía ridículo. Las agujas serían lo menos preocupante de tratar con vampiros. Se había preparado para lo peor.

La mujer le ajustó una banda alrededor del brazo, le colocó un dispositivo parecido a una pinza en el dedo y pasó un termómetro electrónico sobre su frente. Luego, deslizó un estetoscopio bajo la banda, infló una bolsa que le apretó el brazo y comenzó a tomarle los signos vitales.

Intentó relajarse, pero fue inútil.

—Bien. Tus signos están dentro de lo aceptable —afirmó la administradora.

Reyna soltó el aire que estaba conteniendo.

La mujer murmuraba mientras ingresaba sus datos en el sistema.

—Temperatura: treinta y seis punto cinco grados Celsius. Aceptable. Pulso: setenta y dos latidos por minuto. Aceptable. Presión: ciento dos sobre sesenta y cinco. Aceptable, tirando a baja. —Volteó hacia ella—. ¿Antecedentes familiares?

Reyna intentó controlar el temblor de sus manos.

—Mis padres… están muertos.

Las palabras le sonaron huecas. Habían pasado trece años desde el accidente de coche. Desde que ella y sus hermanos se mudaron con su tío a la ciudad. Desde que su tío apostó la herencia mientras se emborrachaba. Desde que el mundo se fue al carajo.

—¿Algún padecimiento crónico? — inquirió la mujer. Su voz estaba desprovista de emoción. No había compasión en el hospital de Visage.

—Cáncer de mama por parte de mi mamá. Es lo único que sé —susurró.

—¿Te enfermas con frecuencia?

—No.

—¿Cuándo fue la última vez que estuviste internada en un hospital?

Reyna reflexionó. Ni siquiera lo recordaba.

—Seguramente cuando era bebé.

La mujer la examinó con la mirada.

—¿Algún otro tratamiento o cirugía?

—No.

Como si alguien pudiera pagar una hospitalización. Seguro esta mujer lo sabía. Reyna no iba a avergonzarse por su vida.

La administradora anotó unas cosas más, luego sacó una jeringa y unos frasquitos del cajón. Reyna sintió un vuelco en el estómago y la sangre abandonó su rostro. «Aquí vamos», se dijo.

Contuvo la respiración mientras la mujer le colocaba un torniquete en el brazo derecho, le limpiaba el pliegue del codo con alcohol y, sin previo aviso, le clavaba la aguja. Reyna cerró los ojos con fuerza, intentando calmar su pulso acelerado. Se sintió mareada, débil, empapada en sudor. Un escalofrío le recorrió el cuello.

Miró su brazo y trató de no vomitar. La sangre roja brotaba del pinchazo y llenaba los tubos de vidrio. El dolor era punzante, pero lo que le revolvía el estómago era la sangre. Tuvo que apartar la mirada hasta que la administradora acabó. Luego de la extracción, la mujer le puso un curita y le entregó un vasito de plástico.

—Deja la muestra en el compartimento del baño. —Señaló una puerta casi invisible a su derecha—. Vuelve cuando termines. El doctor vendrá en un momento.

—Gracias —dijo Reyna con tono apagado.

Al menos lo peor ya había pasado.

Intentó no pensar en la sangre o las agujas. Tenía que concentrarse en alimentarse bien, en mandar dinero a sus hermanos, en volver a tener una vida. Esto no sería para siempre; podía trabajar unos meses como donadora y luego renunciar si quería. Solo sería para salir adelante, o para encontrar otras opciones.

Al menos, eso esperaba. Confiaba en ganar suficiente para poder enviarle algo a sus hermanos. Si ellos se hubieran enterado de que estaba allí, jamás lo habrían aprobado. Nadie aprobaría que su hermanita se convirtiera en acompañante de sangre de un vampiro.

Dejó la muestra en el baño y regresó a la camilla; al menos era más cómoda que las sillas de la sala de espera. En realidad, le parecía más cómoda que cualesquiera de los muebles que tenían en casa.

Alguien tocó la puerta, y el médico entró con una carpeta en mano. Era una mujer alta y delgada, de piel oscura, cabello negro recogido en una cola de caballo, y ojos apagados. Como todos allí, no parecía considerar que sonreír formara parte de la atención al paciente, pero había algo distinto en ella.

Se trataba de un vampiro.

La palabra cruzó su mente y la hizo estremecerse. No tenía sentido, considerando dónde estaba, pero no podía evitarlo. Por más que hubiera decidido trabajar con ellos, les tenía un miedo profundamente arraigado.

—Cuatrocientos noventa y dos. Señorita Reyna Carpenter. Un metro sesenta y dos. Ojos cafés. Cabello castaño. Blanca. Sangre tipo O negativo. ¿Correcto?

—Correcto.

—Bien. Solo tengo que verificar que cumples con los parámetros.

Levantó la vista por encima de sus lentes negros de pasta.

—Dio negativo en embarazo. Eso es bueno.

Reyna exhaló, aliviada. No lo creía probable, pero era posible. Cuando se inscribió en el programa de Visage, se había dado un tiempo con su novio, Steven. El problema era que Steven era encantador como él solo. Cada vez que lo dejaba, él encontraba la forma de hacerla caer una vez más. Y lo habían hecho de nuevo hace un par de semanas, cuando la convenció de pasar por él al salir de su turno. Dos semanas de romance relámpago y luego un gran «vete al diablo».

Steven la había hecho sentir barata, desechable, como el basurero en el que vivían. Cuando Visage le dio el visto bueno poco después, pensó que aquello tenía sentido.

De pronto, alguien empujó la puerta de nuevo.

—Disculpe, doctora Trainer, la necesitan en el pasillo este. Me asignaron a la número cuatrocientos noventa y dos.

—Por supuesto, doctor Washington —respondió ella—. Aquí está su expediente.

Se pasaron los documentos y la doctora se fue, dejándola sola con el nuevo médico. Era alto y pálido, un poco más desaliñado que la doctora Trainer. Pero lo que no tenía en pulcritud, lo compensaba con la seriedad de sus facciones: parecía excesivamente severo, y el estado descuidado de su atuendo no hacía más que reforzar la vibra de científico loco.

—Bienvenida, señorita Carpenter. Soy el doctor Roger Washington.

Le tendió una mano que Reyna miró con recelo. Nadie la había tratado como una persona desde que había entrado allí. ¿Qué era esto? ¿El juego del policía bueno y el policía malo?

—Hola —dijo en voz baja, y le estrechó la mano. Estaba tan helada que le dio escalofríos.

—Tras revisar su perfil, la hemos seleccionado como sujeto de prueba para un nuevo programa. Su tipo de sangre, historial, complexión y constitución la convierten en una excelente candidata. Yo soy el jefe del equipo y buscamos participantes interesadas. Por supuesto, todo lo que hablemos aquí es completamente confidencial, ¿queda claro?

—Desde luego.

¿Un nuevo programa? ¿Información confidencial? No sabía qué significaba aquello, pero estaba dispuesta a escuchar. Si ellos la necesitaban tanto, tal vez podría conseguir más dinero.

—Desde hace un tiempo, Visage ha estado considerando un sistema de empleo más… eficiente para nuestros sujetos humanos —explicó el doctor.

—Eficiente, ¿en qué sentido?

El hombre sonrió, y a Reyna se le erizó la piel. Los colmillos del doctor brillaron bajo la luz blanca. La joven intentó tragar saliva, pero sentía la boca pastosa. Sabía que era un vampiro. Sabía que ambos doctores lo eran. Pero ahora… apenas ahora lo sentía real. Ya no era un rostro en un cartel: un vampiro estaba allí, frente a ella, y podía tocarla.

Él notó su incomodidad y cerró la boca, recuperando una expresión neutral.

—Le queda claro, señorita Carpenter, que la empresa en la que desea trabajar es dirigida por vampiros, ¿cierto? Y que, si es seleccionada, vivirá con ellos.

—Sí, lo tengo claro —afirmó Reyna, recuperando algo de compostura.

—Bien. Como le decía: el sistema actual empareja a un sujeto con un patrocinador por un mes. Luego, se le otorga una semana de descanso, y pasa al siguiente patrocinador compatible. Usted es donante O negativo, por lo que la asignarían a un grupo de vampiros con su mismo tipo sanguíneo, en su región. Después, el ciclo se repite indefinidamente. Todo es monitoreado cuidadosamente por Visage para asegurar orden y seguridad.

Reyna ya había leído todo eso en el folleto. Cuando un vampiro bebía sangre de cualquier humano, solo cubría sus necesidades más básicas y primarias. Pero esa sangre genérica los contaminaba, los volvía perversos, letales y salvajes. El nacimiento de Visage trajo consigo un nuevo horizonte tanto para los humanos como los vampiros: una solución para permitir la coexistencia. Así nació el concepto de cura por tipo de sangre.

Los vampiros que bebían sangre de su mismo tipo, el que tenían antes de transformarse, funcionaban mejor a nivel cognitivo. Visage realizó un registro de todos los vampiros conocidos y comenzó a ofrecer dinero a los humanos dispuestos a convertirse en sus donadores.

—¿Y en qué difiere el nuevo sistema? —preguntó Reyna.

El doctor volvió a sonreír, y ella apretó en su puño el papel arrugado de la camilla.

—Ahora, el patrocinador solicita un tipo de sangre y un perfil específicos, y el sujeto se queda con él… de forma permanente.

CAPÍTULO 2

—¿Permanente? —Reyna se quedó sin aliento.

—Así es. El nuevo sistema la emparejaría con un vampiro compatible. Viviría en su casa y compartiría alojamiento con su patrocinador.

—¿Para siempre? —preguntó incrédula.

—Bueno, no exactamente para siempre, como si no hubiera otra opción, señorita Carpenter. El sistema busca solucionar algunos de los problemas del modelo anterior. Reduce la rotación y ofrece a los sujetos una mejor calidad de vida.

—Entonces, ¿nunca podríamos irnos?

—Por supuesto que sí. Si el sujeto o el patrocinador consideran que la relación ya no funciona, asignaríamos otro permanente y el contrato anterior se anularía. No tenemos ninguna base legal para retenerla en contra de su voluntad. Solo intentamos encontrar un estilo de vida más adecuado para nuestros patrocinadores. Y para su tranquilidad, todos los seleccionados para este programa pertenecen a la élite. La tratarán muy bien.

Un puesto permanente con un vampiro. No se le ocurría algo que quisiera menos. Sonaba como la configuración ideal para que los vampiros se aprovecharan de los humanos, sin los controles del sistema anterior.

—Es una mejor situación para los patrocinadores, pero ¿y nosotros? —reclamó—. ¿Cómo sabemos que de verdad nos van a cuidar si ya no hay controles mensuales?

—Le garantizo que todos los patrocinadores fueron minuciosamente seleccionados. Son altos funcionarios dentro de la organización. Jamás pondríamos a nuestros empleados en situaciones peligrosas.

—Claro —apuntó con sarcasmo—. Entonces estos patrocinadores son más importantes que los anteriores. ¿Eso significa que pagan mejor?

El hombre soltó una risa breve y luego recuperó la compostura.

—Veo que le gusta ir al grano. ¿Qué le parecería el doble del salario mensual por esta posición permanente?

Reyna abrió mucho los ojos. ¿El doble? ¿Por vivir indefinidamente en la casa de un vampiro?

Era increíble. No tendría que trabajar tanto tiempo en Visage si podía ganar el doble de lo que le habían prometido al principio. Con ese sueldo, podría ahorrar para ir a la universidad. Y con un título, tal vez alguien querría contratarla. Todo dependía de cómo fueran en realidad las cosas una vez instalada. Podía con eso. Y no importaba lo que dijeran Brian o Drew, era su deber hacerlo.

—¿Está interesada en este nuevo programa? —preguntó el doctor Washington.

—Yo...

Estaba a punto de decir que sí, pero la insistencia del doctor la detuvo. ¿Por qué le interesaba tanto? Algo de la situación la incomodaba, pero no era lo obvio. Estaba rodeada de vampiros y a punto de entregar su sangre con regularidad, eso ya lo había asimilado. Era algo más lo que la inquietaba.

—¿Por qué fui seleccionada? —decidió preguntar.

El médico frunció los labios.

—Encaja en el perfil.

—¿Y cuál es ese perfil?

—Joven, saludable y compatible.

—Dijo algo sobre mi historial en el archivo. ¿Qué tiene de especial mi historial?

El doctor Washington entornó los ojos y abrió su archivo en la computadora.

—Aquí dice que sus padres fallecieron en un accidente automovilístico. Tenía diez años. Sus hermanos, Brian y Drew, catorce y doce. Actualmente trabajan en los Almacenes Cartwright. Su tío es el único pariente vivo restante. La dejó cuando tenía once y, según nuestros registros, desapareció por completo, aunque no se ha reportado su muerte. Su historial, señorita Carpenter, indica que está completamente sola, salvo por dos hermanos que apenas pueden con una boca más que alimentar.

Reyna alzó el mentón, desafiante. Oír su historia desgranada con tanta frialdad le estrujó el corazón.

—Conozco muy bien mi historia. Pero eso no explica por qué soy buena candidata para su programa permanente. ¿Buscan a alguien sin familia? ¿Alguien que, si las cosas salen mal, nadie vaya a buscar ni a levantar la voz en su nombre?

Él soltó una carcajada.

—Ya le dije que estará perfectamente segura. Está dudando, lo entiendo, pero le aseguro que tiene una idea equivocada de nuestra organización.

—Ah, ¿sí?

—No la elegimos para evitar complicaciones legales, sino porque es usted quien más lo necesita, señorita Carpenter. No tiene a nadie que la ayude y es una carga para sus hermanos. —Su sinceridad fue brutal—. Un puesto permanente en Visage le daría todo lo que siempre ha querido y más. Buscamos personas que de verdad quieran una relación estable con nuestros patrocinadores. Si prefiere algo temporal con menos paga, este servicio no es para usted.

Reyna necesitaba tiempo para pensar. De por sí, Brian y Drew se molestarían al saber que había aceptado un mes de trabajo en Visage. No quería imaginar cómo reaccionarían si supieran que había accedido a vivir con un vampiro de forma permanente. Nunca pensó en Visage como algo permanente, solo quería una solución temporal para ayudar a su familia. Sin embargo, incluso cuando regresara de trabajar, necesitaría encontrar una forma de sostenerse a largo plazo, y para eso necesitaba un título.

No sabía cuánto tiempo tendría que trabajar en Visage antes de que todo se estabilizara y sus hermanos pudieran vivir cómodamente de nuevo. Le tomaría mucho más con el sueldo básico que con el salario de una permanente.

—Podría renunciar cuando quisiera, ¿cierto? —quiso asegurarse Reyna.

—Por supuesto —confirmó el doctor—. Si considera que la situación no es lo que buscaba, la retiraremos del programa, pero hemos sido muy cuidadosos al seleccionarla a usted y a su patrocinador. Creemos que será un buen vínculo.

Reyna suspiró. Tal vez sus sueños podían hacerse realidad. *¿Qué tanto podían empeorar las cosas?*

—Está bien. ¿Qué tengo que hacer?

Después de completar una montaña de papeleo, el doctor Washington regresó a la habitación de Reyna para recoger todos los documentos. Sentía que estaba vendiendo su alma al diablo, pero aun así se aseguró de leer cada línea.

El doctor examinó cada firma y asintió.

—Todo en orden. Su patrocinador llegará para recogerla.

—¿Qué? —respondió sobresaltada—. ¿Ahora? ¿Tan pronto?

El doctor la miró, confundido.

—¿Acaso está reconsiderando?

Reyna se acomodó un mechón de cabello castaño detrás de la oreja.

—No. No estoy reconsiderando. Solo... no sabía que el trabajo empezaría hoy mismo y que me iría con él de inmediato.

—Bueno, el trabajo comienza en cuanto se firma el contrato. Además, su patrocinador es un hombre muy ocupado y no tiene tiempo para regresar a buscarla en otra ocasión.

—Ah, ya veo. Es que necesito hablar con mis hermanos.

—Estoy seguro de que podrá hacerles llegar un mensaje una vez que esté instalada en su nuevo alojamiento.

Frunció el ceño. No podía creer que estaba a punto de revelar cuán desesperadamente pobres eran, pero no tenía otra opción. Claramente, la compañía ya conocía su historial. No sería sorpresa para nadie.

—Pero no tenemos teléfono ni nada de eso.

—¿Tal vez una carta? —sugirió.

Reyna frunció aún más el ceño.

—De verdad necesito hablar con ellos en persona.

—Me temo que eso no será posible por el momento. Su patrocinador está por llegar. Tendrá que irse con él ahora a menos que quiera renunciar por completo a su puesto en Visage.

—No, claro que no quiero perder mi lugar. Ya firmé todos esos papeles. —Señaló la pila que el doctor aún sostenía.

—Entonces, tendrá que hablar con su patrocinador después para saber cuándo tendrá tiempo libre para visitar a sus familiares. Ya es empleada de Visage y debe cumplir con sus normas.

Su teléfono vibró en el bolsillo. Lo sacó, revisó el mensaje y su cuerpo se tensó.

—Ya llegó.

—¿Tan rápido? —Reyna se irguió, intentando parecer más alta sobre la cama de hospital, con sus jeans gastados. Era difícil, considerando que sus pies ni siquiera alcanzaban el soporte inferior y sus piernas colgaban, balanceándose a la menor provocación.

—Sí. Está entrando ahora mismo.

—¿Cómo es él? —preguntó con cautela. No sabía exactamente por qué lo preguntaba en ese momento. Tal vez era algo que debía haber considerado antes de aceptar vivir con un vampiro de forma... indefinida. Sin embargo, al final eso quizá no importaría. Era un vampiro, ¿qué tan diferentes podían ser los vampiros entre sí?

—Ya lo averiguará.

Llamaron a la puerta.

—Ah, ahí está.

Reyna se puso de pie de un salto. Habría sido ridículo quedarse sentada en esa cama. No quería que su primer encuentro con su nuevo empleador fuera el de una niña asustada en una habitación blanca. Quería mostrarse fuerte y segura, lista para enfrentar lo que viniera. Sin embargo, en cuanto su patrocinador entró en la habitación, se encogió de miedo. Nunca se había sentido tan pequeña.

El hombre llenaba el umbral de la puerta. Su sola presencia lo hacía parecer aún más alto y corpulento de lo que ya era. Era como si Reyna pudiera sentir toda esa energía vibrar justo debajo de la superficie. No había otra forma de describirlo. Tal era su confianza que parecía absorber todo el aire de la habitación.

La joven levantó la mirada para encontrarse con la de él, y lo único que pudo hacer fue perderse en ese abismo oscuro. Por un instante, creyó ver un destello en sus ojos, algo parecido a un atisbo de urgencia; sin embargo, se desvaneció de inmediato, reemplazado por indiferencia pura.

Su rostro parecía estar tallado en piedra, con pómulos marcados que le hundían las mejillas y una mandíbula firme y bien definida. Incluso su cabello oscuro estaba perfectamente cortado y peinado. Llevaba un traje negro impecable y una corbata rojo sangre. Era francamente aterrador, pero también... deslumbrante. Aterradoramente hermoso.

—Reyna, permítame presentarle a su patrocinador —intervino el doctor Washington—: Beckham Anderson, vicepresidente *senior* de Visage Incorporated.

Ella sostuvo la mirada de Beckham y se negó a apartar la vista. Si estaba intentando intimidarla con esa mirada letal, estaba funcionando, pero no permitiría que él se diera cuenta.

Ahí estaba ella: jeans raídos, una camiseta gris, Converse negros y una gorra rojo oscuro metida en el bolsillo trasero. El cabello recogido en una cola de caballo alta y sin una gota de maquillaje. Todo eso frente a un hombre que era la imagen misma de la perfección. Aun así, no apartaría la mirada; no le daría ese gusto.

Como no dijo nada, el doctor carraspeó y continuó:

—Señor Anderson, su nuevo sujeto: la señorita Reyna Carpenter.

Nadie habló.

Todas las veces que había pensado en venir a Visage y convertirse en acompañante de sangre, jamás había imaginado cómo sería el vampiro con el que le tocaría convivir. Este hombre la hacía querer salir corriendo. Era una pesadilla vestida de traje.

«¿Cómo se supone que voy a vivir con él?», se preguntó.

—Bueno —el doctor se veía incómodo—, ¿qué opina?

Beckham desvió la mirada hacia él.

—Sí. Está bien, servirá. Tengo un coche esperándome y una reunión que atender. Prepárela para salir de inmediato.

Reyna alzó las cejas. Apenas un vistazo fugaz y listo. El papeleo ya estaba terminado, pero ella pensaba que, al menos, querría conocerla un poco. Al fin y al cabo, iban a vivir juntos quién sabe por cuánto tiempo. Pensó que, tal vez, así se sentía estar en un matrimonio arreglado.

—Creo que está lista para irse —sentenció el doctor sin mirarla—. Necesitamos su firma de aprobación y podrá ser dada de alta.

El doctor le entregó el último formulario que Reyna había firmado. Beckham lo firmó con un gesto rápido y decidido.

—Perfecto, es mía. ¿Ya podemos irnos? —lanzó con brusquedad.

—Sí, sí, por supuesto. Reyna, acompáñenos.

Reyna se obligó a dar un paso. Podía hacerlo, podía dejar atrás todo lo que conocía para irse con este extraño... vampiro. Un vampiro que iba a beber su sangre con regularidad. Tragó saliva y alzó el mentón; lo hacía por Brian y Drew, pero también por sí misma: quería hacer algo con su vida. Algún día lo lograría.

Todo viaje empieza con un primer paso, y el suyo era este.

Se acercó al doctor, la única figura más o menos familiar en ese momento. Su patrocinador ya estaba revisando su teléfono. Ni siquiera la miraba.

—No va a hacerme daño... ¿cierto? —susurró, sin apartar los ojos del señor Anderson.

Las aletas de la nariz de Beckham se ensancharon y sus ojos se clavaron en los de ella.

—No estoy aquí para hacerte daño, eres mi empleada y te trataré como tal. Y ahora tenemos prisa, así que cualquier otra cosa que quieras discutir con el doctor tendrá que esperar. Si todo está en orden, nos vamos.

Reyna se perdió en el negro de sus ojos. Sentía que se ahogaba, como si estuviera cayendo a un abismo sin fondo, sin escapatoria. Si alguna vez supo nadar, lo había olvidado. Solo estaban ella, ese monstruo, y su propia incapacidad para decir algo que calmara la ira que crecía en él. Muy pocas cosas estaban claras sobre lo que vendría una vez que atravesara esa puerta.

Lo único seguro era que Beckham Anderson era un completo y absoluto imbécil.

CAPÍTULO 3

Silencio.

Aparentemente, esa era la forma de ser de Beckham. Era silencioso. Le gustaba el silencio. Su teléfono estaba en silencio. Incluso su auto, un sedán de lujo increíblemente elegante, brillante, moderno, de esos que estaban hechos solo para mirarse, era silencioso.

Salieron de las instalaciones de Visage rumbo a la costa. El coche se desplazaba a una velocidad increíble, alejándola de su precario hogar, de sus hermanos, de su vida.

Reyna miró por encima de su hombro hacia la ventanilla trasera. El corazón le latía con fuerza, lleno de remordimiento por dejar todo atrás. Y, aun así, no cambiaría su decisión. Necesitaban el dinero y esa era la oportunidad perfecta, aunque no fuera lo que sus hermanos hubieran elegido para ella. Las decisiones difíciles rara vez son lo que uno quiere.

Brian y Drew se volverían locos de preocupación cuando anocheciera y ella siguiera sin volver. Ojalá hubiera podido despedirse. Como no tenían teléfono, no había forma de contactarlos, y llamar a la fábrica podía meterlos en problemas. Quizá debió dejar una nota diciendo adónde iba, pero tal vez eso también los hubiera alterado. Sin importar lo que sucediera, debía encontrar la forma de hacerles saber que estaba bien.

Suspiró hondo y se recostó en el asiento, lista para dejar su mundo atrás.

Pronto, la ciudad se materializó ante ellos. Siempre le había parecido horrible: fría y repugnante. Aprendió a odiarla cuando se vio obligada a vivir con su tío durante esos años espantosos. Era sucia, implacable, llena de gente indiferente a quienes los rodeaban, todos atrapados como ratas.

Desprovistos de todo, sus hermanos la habían sacado de ahí haciendo dedo. Se mudaron de ese infierno a otro distinto. A ella no le importaba cambiar un infierno por otro, siempre y cuando sus hermanos consiguieran trabajo en los almacenes.

—Entonces —aventuró Reyna en voz baja—, ¿dónde vives exactamente?

Beckham alzó la vista de su teléfono. Sus ojos, oscuros como la noche, la atravesaron con frialdad. Le lanzó una mirada que pareció espetar: «¿Por qué carajos me hablas?».

—Ya lo verás —respondió, tajante.

Ella tragó saliva y apartó la mirada; era difícil sostenerle la vista. Sus ojos oscuros, aunque apagados, eran aterradores. Había acertado con su instinto inicial: Beckham era poderoso y lo demostraba en cada uno de sus gestos. Le bastaba voltear hacia ella para que Reyna deseara encogerse en su asiento. No lo hizo por orgullo, pero lo deseaba. No podía imaginar cómo sería encontrarse con un vampiro como Beckham antes de la cura por tipo de sangre, cuando estos aún cedían a sus instintos más primarios y sanguinarios.

Se pegó a la ventanilla cuando entraron al corazón de la ciudad, observando los edificios altísimos, las multitudes, los ruidos y colores. Desde que se fue con sus hermanos, no había vuelto a poner un pie en ese lugar. No era seguro que alguien viviera ahí solo, y ellos jamás lo habrían permitido, aunque ella hubiera querido, aunque no era el caso.

Pasaron junto a un edificio que ocupaba toda una manzana. Sobre la entrada, escrita en letras enormes y rojas, estaba el nombre de Visage. Nunca había visto las oficinas centrales; el edificio era puro cristal y se perdía en las alturas. Incluso estirando el cuello, no alcanzaba a ver la cima.

—¿Trabajas ahí? —preguntó antes de poder contenerse.

Él soltó un suspiro largo.

—Sí. Ahora, ¿podrías guardar silencio, quedarte quieta y dejar de empañar las ventanas? Tengo trabajo y no puedo concentrarme contigo respirando en el vidrio.

Reyna se echó atrás en su asiento y lo fulminó con la mirada. Qué imbécil. Solo estaba siendo curiosa con respecto a la nueva vida que estaba a punto de comenzar. Lo mínimo que él podía hacer era responderle una o dos preguntas. Pero claramente no sabía, ni le importaba, que esta era su primera vez en la ciudad en diez años.

Volvió a mirar por la ventanilla, frustrada. Todo se veía igual que antes: oscuro y desolado. Igual que la actitud de Beckham.

Poco después, el coche se detuvo frente a otro edificio gigantesco. El conductor se acomodó en la bahía circular y un valet se acercó de inmediato para abrir la puerta. Beckham bajó primero, sin mirar atrás. Con otro suspiro resignado, Reyna se deslizó por el asiento y lo siguió.

Trotó la distancia que los separaba para alcanzarlo. Dos inmaculadas puertas de vidrio se abrieron solas a su paso y entraron en un vestíbulo colosal. Al mirar a su alrededor, se quedó boquiabierta: el techo se perdía en lo alto, y un ascensor de cristal subía veloz por su riel hasta lo más alto del edificio. Caminó por un suelo de mármol pulido, junto a muebles tan lujosos que ni siquiera sabía de qué material estaban hechos. Y todas las personas... no podía ni concebirlo: todas eran hermosas. Más que hermosas. Lucían ropa carísima, piel impecable y peinados perfectos.

Miró su propio atuendo y jaloneó el borde irregular de su camiseta favorita. Sus jeans estaban gastados y casi rotos en las rodillas. Traía un par viejo de Converse que alguien más le había dejado porque ya no le quedaban. Ella y sus hermanos nunca pudieron costear zapatos nuevos. Siempre se las arreglaron con lo que tenían. Era claro que no encajaba en este lugar, *para nada*.

La gente la miraba sin disimulo mientras avanzaba, así que bajó la cabeza y evitó las miradas. Lo peor era que no podía dejar de contemplar ese impresionante lugar. Por una vez, deseó poder volverse tan invisible como en casa.

Beckham pasó una tarjeta por una caja negra y se abrieron las puertas del ascensor. Ya adentro, volvió a usar la tarjeta y presionó el botón para el último piso: PENTHOUSE.

El corazón de Reyna dio un brinco.

—¿Vives en el *penthouse*? —soltó—. ¿Quién hace eso?

—Yo.

Nada más. Ni un sonido más de su parte. Por lo visto, era un hombre de pocas palabras.

El ascensor subió tan rápido que sintió como si su estómago se hubiera quedado en la planta baja. Cuando por fin se estabilizó, las puertas se abrieron en el último piso, directamente dentro del *penthouse* de Beckham. Dio un paso fuera del ascensor y entró en una habitación enorme. Y qué habitación.

Avanzó tambaleante, abrumada por el lujo que no podía procesar. El departamento tenía una sala inmensa, con un sofá modular gigantesco y una televisión tan grande que ocupaba una pared entera. Los únicos adornos en los muros eran unas preciosas fotografías en blanco y negro enmarcadas. A la derecha, había una enorme cocina de acero inoxidable, tan impecable que daba miedo entrar, y mucho más cocinar en ella. Su mirada regresó al ventanal que ofrecía una vista panorámica de la ciudad y del edificio central de Visage. Incluso había un balcón con piscina infinita y jacuzzi.

¿Quién hubiera imaginado que vivir con un vampiro era estar rodeada de un pedazo del paraíso?

—Guau —murmuró—. Tu cocina es más grande que todo mi departamento.

Después se arrepintió. No quería que Beckham supiera nada sobre su casa. No parecía entrometido, pero, si este era su trabajo, no lo iba a mezclar con su vida personal.

Para disimular la incomodidad, se adentró más en la sala. Sus ojos se posaron en las fotos de las paredes. Paisajes urbanos oscuros, un primer plano de una mujer preciosa tomando café en una terraza, un cielo nublado, una vista aérea de una cuadra de edificios, gente caminando por la calle con los rostros y movimientos desenfocados. Y las fotos seguían y seguían, todas hipnotizantes. Era una versión sombría y decadente de la ciudad y, sin embargo, cautivadora a su manera.

—Me encantan —admitió, pasando los dedos por uno de los marcos negros.

Como Beckham no respondió, volteó hacia él. Estaba concentrado en su teléfono e ignorándola por completo. Esperó un momento a que dijera algo, lo que fuera.

Finalmente, él terminó lo que estaba haciendo y guardó el celular en el bolsillo del saco. Sus miradas se cruzaron y Reyna apretó los puños, decidida a no desviar los ojos. No quería tenerle miedo.

—Bueno, esta es mi casa. Vivirás aquí indefinidamente, así que acostúmbrate. —Ella casi se rio. ¿Acostumbrarse? ¿Hablaba en serio?—. Tengo algunas reglas que quiero que sigas mientras estés aquí.

—Está bien —respondió ella con cautela.

—Primero: nada de visitas externas. De ningún tipo, en ningún momento.

—¿Qué? ¿Es en serio? —preguntó. ¿Nunca podría invitar a nadie? Sonaba poco realista si iba a vivir ahí básicamente para siempre.

Él la fulminó con la mirada.

—¿Acaso no fui claro?

—No, pero ¿por qué no puedo traer a nadie?

—No sabía que tenía que darte explicaciones, señorita Carpenter. Soy tu empleador, así que o sigues mis reglas o te vas con las manos vacías. ¿Entendido?

Reyna se tragó la rabia. No es que tuviera planes de traer a alguien. Las únicas personas que conocía estaban a una hora de distancia y sin coche, pero habría estado bien tener la opción. Con suerte, haría nuevos amigos.

—Sí. Entendido.

—Fantástico. Segundo: debes dormir aquí todas las noches.

Ella frunció el ceño.

—¿Y dónde más se supone que dormiría?

Beckham cruzó los brazos con rigidez y la miró como si supiera algo que ella no. Reyna se sonrojó ante la insinuación. «Ah, sexo. Claro».

—¿También tengo hora de llegada? —preguntó sarcástica.

Él ni siquiera se dignó a responder.

—Tercero: quiero poder contactarte en todo momento. Así que vas a necesitar esto.

Sacó un teléfono de su bolsillo y se lo pasó. Tenía una pantalla larga y prístina, y el aparato se sentía demasiado grande en su mano torpe: nunca había tenido uno. Ni siquiera había sostenido uno.

—Eh… ¿cómo funciona?

Beckham suspiró, exasperado, y le enseñó lo básico: encenderlo, hacer llamadas, mandar mensajes, conectarse a internet. ¿Qué haría con todas esas funciones? Era un misterio.

—Debes tenerlo en todo momento. Si intento comunicarme contigo y no lo logro, me voy a disgustar mucho —amenazó.

Por su expresión, *disgustado* probablemente significaba que, cuando la encontrara, la despedazaría.

—Okey, entendido —respondió, guardando el teléfono en el bolsillo de sus jeans.

—Un par de cosas más: tu habitación está al fondo del pasillo, a la derecha —señaló.

—¿Y la tuya?

Tan pronto como las palabras salieron de su boca, quiso tragárselas. Parecía como si estuviera interesada en su cuarto, lo cual no era el caso. Algunos empleados de Visage daban más que su sangre, pero ella no estaba ahí para acostarse con nadie. Estaba para donar sangre y ganar algo de dinero. Eso era todo.

—Mi habitación no es de tu incumbencia, señorita Carpenter.

—Claro —murmuró, mirando hacia otro lado—. No quise decir… solo… da igual.

—Como decía: tu cuarto está allá. El refrigerador está completamente abastecido, pero si hay algo específico que te guste, puedes contactar a mi mayordomo. Él te conseguirá lo que pidas.

—¿Perdón? ¿Dijiste mayordomo?

—Su número está guardado en tu teléfono —explicó.

—O sea, ¿puedo pedir lo que sea?

—Dentro de lo razonable, por supuesto. Y eso es todo por hoy. Tengo que volver al trabajo. —Le dio la espalda y comenzó a alejarse.

—Espera —llamó ella, extendiendo la mano. Cuando él volteó y la miró como si fuera la peor molestia del mundo, la bajó de inmediato—. Quiero asegurarme de haber entendido las reglas. ¿Puedo salir?

Beckham alzó una ceja.

—¿Tan desesperada estás ya por irte?

—No —respondió, retrocediendo—. Solo quería saber si estaba permitido.

Necesitaba ver a sus hermanos cuanto antes, pero no quería romper ninguna regla el primer día.

—No eres mi prisionera. Puedes entrar y salir a tus anchas. Pero, como invitada en mi casa, quiero saber dónde estás en todo momento. Mándame un mensaje cuando salgas y cuando regreses.

—Ah —suspiró con alivio.

—Estoy pagando una fortuna por ti. No quiero desperdiciar mi inversión —apuntó con frialdad.

La palabra la hizo estremecerse. Estaba allí como proveedora de alimento y nada más. Beckham ni siquiera se molestaba en ocultar la humillación implícita en sus palabras.

—Inversión —repitió con voz apagada.

—Así es, señorita Carpenter. Una inversión muy muy costosa —remató.

—Ya veo. Entonces, ¿vamos a hacerlo o no? —espetó.

La rabia le brotó de inmediato. Se bajó el cuello de la camiseta y dejó al descubierto la yugular. Para eso estaba allí, ¿no? El *penthouse* de lujo, el teléfono nuevo, el refrigerador lleno, la habitación propia e incluso el mayordomo no eran más que distracciones. La realidad era simple: ella era comida y lo alimentaría. Si estaba ahí para trabajar, entonces quería tener muy claro de qué se trataba. No podía dejar que unos cuantos muebles elegantes la confundieran. Nada de esto era suyo, estaba a la merced de un vampiro que podía remplazarla tan fácil como desangrarla.

Le temblaron las manos mientras el miedo le punzaba en la piel. Sin embargo, esperó sin retroceder, a pesar de que él no se movió ni un milímetro.

Beckham ladeó la cabeza y se limitó a observarla.

—No tengo hambre. Y tú deberías... —la recorrió con la vista de pies a cabeza— refrescarte.

Y con eso, se marchó por el pasillo, entró a una habitación y azotó la puerta.

Reyna recobró la compostura poco a poco. Su respiración era irregular. No podía creer lo que acababa de pasar. Simple y llanamente, la había rechazado.

De algún modo, ese maldito hombre lograba insultarla incluso sin estar presente.

CAPÍTULO 4

Reyna despertó y se incorporó de golpe en la cama. Puso la mano sobre su pecho agitado; el corazón le latía a mil por hora y, por un momento, no recordaba dónde estaba ni por qué. Respiró con fuerza dos veces mientras sus ojos recorrían el lugar.

Visage. Beckham. *Penthouse.*

Una cama enorme, blanca y mullida, una alfombra esponjosa color crema, y cortinas largas de un verde tenue. Había también un clóset vacío que dudaba poder llenar algún día y su propio baño con tina de hidromasaje y regadera tipo cascada.

La noche anterior había pasado más de media hora bajo el chorro de agua hirviendo, tallándose cada centímetro. Ni siquiera se había dado cuenta de lo sucia que estaba. Era como si tuviera una piel nueva, y su cabello oscuro, que solía ser opaco y lacio, caía en ondas suaves y brillantes gracias al champú y acondicionador carísimos.

Pero ahora tenía que volver a la realidad. Era su primer día de trabajo de verdad y estaba segura de que Beckham iba a querer alimentarse. Tenía que prepararse para ese momento, lo cual significaba comer un desayuno abundante para evitar desmayarse por la pérdida de sangre.

«Pérdida de sangre». Se estremeció solo de pensarlo.

Salió de la cama de un salto y buscó su ropa. Se había ido a dormir con una camiseta blanca enorme que encontró en uno de los cajones; era mejor que volver a ponerse su ropa sucia de la noche anterior. Sin embargo, ahora que estaba lista para empezar el día, su ropa vieja había desaparecido.

Entró al vestidor y abrió la boca con asombro: una cuarta parte del espacio ya estaba llena de ropa. Vestidos hermosos de todos los colores imaginables; faldas largas, blusas transparentes, pantalones ajustados que seguramente realzarían sus formas. Era muchísima ropa, más de la que jamás soñó tener en casa.

Deslizó los dedos por los costosos materiales —satín, encaje, seda— y retrocedió casi de inmediato. ¿De qué se trataba todo eso? Revisó las etiquetas: todo era nuevo y de su talla.

«Pero ¿cómo saben mi talla?».

Aunque las prendas eran lindas, no sentía que fueran suyas; era como jugar a disfrazar a una muñeca. Como si alguien hubiera elegido ropa de forma aleatoria sin pensar en la persona que la usaría.

Se alejó del despliegue de atuendos y revisó el resto del cuarto. Los cajones estaban llenos de ropa interior tan pequeña y encaje tan fino que dudaba que le cubrieran un centímetro del cuerpo. Cerró el cajón de golpe.

El clóset había estado vacío la noche anterior. No entendía cómo había llegado todo eso sin que ella lo notara. No le gustaba que cualquiera pudiera entrar a su cuarto sin que se diera cuenta, aunque no había tenido uno propio desde hacía diez años. Estaba por salir cuando notó que su ropa vieja estaba amontonada en el bote de basura.

—¿Pero qué...? —La sacó de un tirón—. No puedo creer que alguien haya tirado mi ropa.

Se puso de nuevo la camiseta gastada y los jeans raídos sobre el cuerpo limpio. No iba a ponerse esa ropa de muñeca; si Beckham había ordenado eso, estaba muy equivocado. Ella no era una muñeca que él pudiera vestir como quisiera: iba a usar lo que se le diera la gana.

Ya vestida, salió disparada al salón; estaba vacío. Murmurando insultos entre dientes, se metió a la cocina para prepararse el desayuno. Estaba sacando los ingredientes para un omelette cuando Beckham salió del pasillo del fondo. Lucía tan imponente como siempre, con su traje negro de tres piezas y una corbata morada con un patrón oscuro.

Revisaba su teléfono, como de costumbre, y no levantó la vista hasta que escuchó el primer crujido del cascarón. Sus ojos la encontraron, y ella le devolvió la mirada con frialdad. Él la evaluó, y Reyna desvió los ojos: aunque estuviera enojada, era difícil sostenerle la mirada. La mitad del tiempo parecía querer desayunarla; la otra mitad, lanzarla por la ventana.

—¿Por qué demonios sigues usando esa ropa tan espantosa? —preguntó con severidad.

—¿Y por qué demonios trataste de tirarla? —replicó ella.

—Es asquerosa.

—La otra ropa no me acomoda —espetó, mientras rompía otro huevo y batía el contenido con energía.

—Toda es nueva. —Ella se encogió de hombros con indiferencia, sin dignarse a mirarlo—. Y muy costosa.

Reyna suspiró y lo miró directo a los ojos.

—Parece ropa de muñeca. —Puso cara de asco—. No conozco a nadie que se vista así para estar en su casa.

Beckham la fulminó con la mirada.

—Tú no conoces a nadie. Claro que no conocerías a alguien que pueda ponerse esa ropa.

Reyna se tensó.

—Pues quiero algo que sea más como yo —insistió.

—Lo que llevas puesto ya no eres tú —aclaró con una voz peligrosamente baja—. Tíralo.

—¿Perdón?

Ahora era ella la que miraba con amenaza. Él no podía darle órdenes así como así.

—Dije que lo tires a la basura.

—Trabajo para ti, pero eso no significa que puedas controlar cada aspecto de mi vida.

Beckham inclinó la cabeza y la miró como si fuera una niña de tres años haciendo un berrinche.

—Dije que tires esa ropa, ya —repitió acercándose a paso lento—. Compra ropa nueva si no te gusta la que pedí, pero no puedo dejar que me vean con alguien vestida como tú. Ya hiciste el ridículo anoche en el vestíbulo. ¿Quieres seguir avergonzándote?

No dejaba espacio a discusión. Reyna asintió en silencio; con él tan cerca, le temblaba todo el cuerpo.

—Bien. Entonces ve a cambiarte.

Reyna dejó el batidor en el tazón, dio un rodeo y desapareció en su cuarto. No podía creer que estuviera dejándolo manejar su vida y vestirla como a una niña. Pero ¿cómo decir que no?

Buscó el conjunto menos llamativo que encontró: una blusa blanca de gasa con botones, metida en una falda de lentejuelas de color dorado rosado. Trató de no sentirse ridícula al caminar con eso puesto.

La aprobación silenciosa de Beckham no la hizo sentir menos incómoda. Aunque sí le dio un ligero alivio saber que al menos había hecho algo bien, incluso si acababan de pelear por ello.

—Toma. —Beckham deslizó una tarjeta negra sobre la barra de la cocina.

—¿Qué es esto?

—La empresa abrió una cuenta para ti con acceso a tus pagos, todo está en tu cuenta de ahorros. Puedes usar esta tarjeta para cualquier otra compra. También sirve como llave para el *penthouse*. Tu primer pago ya fue depositado.

Reyna tomó la tarjeta y la miró con asombro: tenía una pequeña fortuna en la mano. Era irreal.

—Gracias.

—No la pierdas. No son fáciles de conseguir.

Ella asintió y volvió a su desayuno. Terminó su omelette y se sentó a comer, acomodando la falda para no mostrar de más. Cuando se sentó junto a Beckham, él levantó la vista del celular: parecía sorprendido de que siguiera ahí. Estaba tan acostumbrado a estar solo que tener a alguien más en su casa lo descolocaba.

—Bueno, eso… —dijo como despedida y se dirigió a la puerta.

—¿A dónde vas?

Él se tensó al escuchar la pregunta.

—Al trabajo.

—¿Y cuándo vuelves?

—Sincronicé mi horario con tu teléfono. Usa la función de calendario y ahí tendrás la información actualizada.

—Ah, la función de calendario, claro —murmuró. Por supuesto que tenía un horario para todas sus cosas de trabajo.

Sin decir nada más, Beckham salió del *penthouse*, dejándola completamente sola. Y Reyna seguía sin tener ni la menor idea de qué se suponía que debía hacer. No habían hablado de cuándo se alimentaría, y él ni siquiera había mencionado querer beber su sangre.

Los vampiros necesitaban alimentarse cada dos o tres días, aunque podían sobrevivir hasta una semana sin hacerlo. Sin embargo, toda la información de Visage había dejado claro que su patrocinador querría alimentarse de ella a diario.

«¿Acaso no me está pagando para eso?».

CAPÍTULO 5

Reyna caminaba de un lado a otro del departamento.

Por fin había logrado revisar el calendario de Beckham en su teléfono. Se suponía que iba a estar fuera la mayor parte del día por compromisos de trabajo. Había revisado dos veces para ver si en su apretadísima agenda había espacio para comer, pero no tuvo suerte. Ella no aparecía para nada, y hasta donde podía ver, salvo que estuviera leyendo mal, él nunca se tomaba un descanso. Nunca frenaba; no parecía hacer nada más que trabajar.

Y eso a Reyna le venía perfecto.

Con él fuera todo el día, podría ir a ver a sus hermanos. Sería una visita rápida, no más de tres o cuatro horas. Estaría de vuelta antes de que Beckham siquiera notara que había salido de la ciudad.

No era como si le hubiera prohibido salir; de hecho, le había dicho explícitamente que podía hacerlo. Sin embargo, eso no apaciguaba su miedo al pensar en lo que le haría si volvía a disgustarlo. Casi lo había hecho estallar solo por usar su ropa vieja. Era una bomba de tiempo, y a Reyna le preocupaba acabar del lado equivocado de la explosión.

Aun así, tenía que ver a sus hermanos. Se aseguraría de no romper ninguna de sus reglas, y todo estaría bien.

Redactó un mensaje para Beckham. Le costaba manejar el teléfono, por lo que tuvo que borrarlo y corregirlo al menos una docena de veces antes de enviarlo:

Voy a salir. No estaré fuera mucho tiempo.
Llevo el celular y la tarjeta.

La respuesta llegó casi al instante. ¿Cómo demonios escribía tan rápido?

Llama a mi chofer, Gerard. Él te llevará a cualquier parte de la ciudad. Si vas de compras por ropa nueva, cárgalo a la tarjeta. No quiero que uses nada barato. ¿Entendido?

Sí.

Bien. No llegues tarde esta noche.
Tenemos que hablar.

Tragó saliva. Hablar, eso no podía ser bueno. «¿Ya está enojado conmigo? ¿O es algún tipo de código para decir que quiere alimentarse?». De cualquier modo, lo averiguaría esta noche. Él no volvería hasta más tarde, así que tenía tiempo de sobra para ver a sus hermanos y regresar a tiempo para su conversación.

Encontró una bolsa en su clóset, donde guardó el teléfono y la preciada tarjeta negra. Los únicos zapatos del armario que no tenían tacones de diez a quince centímetros eran unas alpargatas color *nude*. Tendría que arreglárselas con ellas, así que se las puso y bajó al vestíbulo. Debería llamar al chofer de Beckham, pero él había dicho que la llevaría a cualquier lugar *de la ciuda*d y ella quería salir *de* la ciudad. Si tenía dinero suficiente para comprar ropa cara, entonces también tenía suficiente para tomar un taxi que la llevara fuera de la ciudad y la trajera de regreso.

Decidida, tomó el ascensor. Por las miradas que recibía de la gente a su alrededor, era evidente que nadie la reconocía como la mujer que Beckham había traído anoche. De alguna forma, en una sola noche había logrado llegar a la altura de sus estándares. Incluso una mujer la miró con envidia por sus ridículas alpargatas. Lo que no daría por unos tenis en ese momento.

El valet se irguió al verla.

—¿Puedo ayudarla, señorita?

«¿Señorita, yo? ¡Increíble!».

—Eh... necesito un taxi.

El valet silbó y un coche negro se detuvo frente al edificio.

—¿Eso es un taxi? —preguntó con escepticismo—. Pensé que eran amarillos.

—Solo lo mejor para nuestros clientes de Visage —aclaró, mirándola con curiosidad.

—Ah, bueno. ¿Puede decirme cuánto cuesta?

Le dio vergüenza preguntar, pero no estaba segura de poder pagar un viaje tan largo en un coche como ese.

—Es nueva aquí, ¿verdad? —El valet le dedicó una sonrisa amable. Era reconfortante que alguien la tratara con amabilidad después de andar de puntitas todo el tiempo con Beckham.

—Sí —suspiró—. ¿Se nota mucho?

—Un poco. Soy Everett.

—Reyna. —Se estrecharon las manos, y ella suspiró aliviada de encontrar un poco de humanidad en medio de toda la situación.

—No se preocupe por el taxi. Se carga a su habitación. ¿Tiene la tarjeta?

Reyna sacó la tarjeta negra, y él silbó con admiración.

—¿Qué?

—Esta tarjeta es ilimitada.

—¿Perdón?

Él frunció el ceño, haciendo una expresión que parecía de disculpa.

—Su tarjeta es negra. Significa que tiene fondos ilimitados.

Ella abrió mucho los ojos y parpadeó varias veces. Eso no podía ser cierto, no había forma. Le estaban pagando por sus servicios, no le estaban dando acceso a toda la fortuna de Beckham.

—Creo que se equivoca.

Él volvió a sonreír.

—Seguro que sí —asintió, pero ella sabía que mentía—. Después de usted —indicó al abrirle la puerta. Reyna se bajó la falda mientras se deslizaba por el asiento de cuero.

—Gracias.

—Un gusto conocerla, Reyna.

—Igualmente, Everett.

—¿A dónde, señorita? —preguntó el chofer.

—Número cincuenta y cuatro del Bulevar Este, en el Distrito de Almacenes.

Él alzó las cejas al escuchar la dirección. Obviamente se preguntaba por qué una mujer que salía de ese edificio, con un atuendo impecable, iba a un suburbio destartalado.

—Solo acerque la tarjeta al lector y nos vamos.

Sacó la tarjeta negra, todavía pensando en lo que Everett le había dicho. Observó la pantalla en la parte trasera del coche y siguió las indicaciones. El monitor se iluminó apenas lo tocó:

Beckham Anderson
Reyna Carpenter
Visage Incorporated
Servicios limitados

Se quedó boquiabierta.

Y entonces comenzaron a aparecer los números. Observó cómo el costo del viaje subía de manera vertiginosa: era más dinero del que ella o sus hermanos habían visto en toda su vida, todo para un solo viaje en coche fuera de la ciudad. Increíble.

No podía apartar la vista de la pantalla mientras la ciudad desaparecía tras ellos y se acercaban a su antiguo vecindario. Solo había pasado un día y ya sentía que había vivido una eternidad. El conductor se detuvo frente al Distrito de Almacenes con lentitud, casi con cautela. Haber estado lejos, en el departamento inmaculado de Beckham, hacía que el contraste con su hogar fuera abrumador.

Era sucio y, de hecho, describirlo así era quedarse corta. Era negrura, hollín, contaminación. Era lo opuesto a Visage.

Qué ironía que su hogar resultara más oscuro y tenebroso que un lugar lleno de vampiros, famosos por anhelar la noche, por prosperar en la noche.

—Cincuenta y cuatro del Bulevar Este. ¿Qué edificio? —preguntó el conductor.

Ella señaló un destartalado edificio de departamentos de cinco pisos. Parte del techo había sido destruido un par de años antes, durante una fuerte tormenta, así que se veía aún más deteriorado que los edificios que lo rodeaban. Sus hermanos vivían en el tercer piso, en un tugurio lleno de corrientes de aire.

—Voy a ver si hay alguien en casa. ¿Puede esperarme?

—Señorita, no le recomendaría a alguien como usted subir sola.

«Un día fuera de casa y ya no pertenezco», pensó.

—Estaré bien. Espéreme aquí.

Cuando abrió la puerta, un leve escalofrío le recorrió el cuerpo. Sus alpargatas *nude* tocaron la tierra cubierta de hollín. Por alguna razón, lo primero que pensó fue que Beckham jamás le permitiría conservar esos zapatos.

Subió hasta el tercer piso sin interrupciones. Ni siquiera la señora Lowry estaba sentada frente a su puerta abierta, lista para gritarle a cualquiera que pasara. Como no había nada que robar en el departamento, nunca lo cerraban con llave, así que entró sin problemas.

—¡Brian! ¡Drew! —llamó.

No hubo respuesta. Entró a la única habitación y la encontró vacía, apenas con tres tristes colchonetas en el suelo. De seguro sus hermanos estaban en el trabajo; debería haber ido allí primero, pero había querido revisar el departamento.

Bajó las escaleras a toda prisa y casi chocó con Gary Forman, el pervertido del edificio, que le agarró el brazo con brusquedad.

—¿Tienes algo de cambio? Una chica tan bonita como tú seguro tiene algo extra para un pobre hombre como yo.

—Gary, soy yo, Reyna. Suéltame.

—¿Reyna? —La miró con ojos desorbitados, aún sin soltarla—. No, Reyna se fue ayer. Sus hermanos la están buscando por todos lados.

—Pues he vuelto —espetó—. Si regresan, ¿puedes decirles que fui a los almacenes?

Jaló su brazo para zafarse y se alejó lo más rápido que pudo. Cuando por fin se dejó caer de nuevo en el asiento trasero del auto, tenía el estómago hecho un nudo. Con un suspiro, se dio cuenta de que tenía una huella de mano mugrienta en su piel limpia. Con razón nunca se había sentido limpia antes.

Le indicó al conductor la dirección del almacén donde trabajaban sus hermanos y le pidió que se estacionara a la vuelta para que el coche no fuera visible. Él se ofreció a acompañarla, pero estaba más preocupada por que alguien le robara el auto que por cualquier cosa que pudiera pasarle.

Dobló la esquina hasta el frente del almacén justo al final de un turno. Su corazón se detuvo cuando al menos una docena de hombres hambrientos la miraron fijamente. Nunca en su vida había tenido miedo de los hombres en ese barrio, pero ahora no se parecía en nada a una mujer de los almacenes. Parecía una chica rica de ciudad: ni ella misma se habría reconocido.

Entonces, uno de ellos dio un paso al frente: era Steven. Reyna apretó los dientes con frustración, no era el momento para encontrarse con su ex. No había hablado con él desde que la había dejado por otra y no tenía ningún interés en hacerlo ahora, pero tenía que hacerlo si quería encontrar a sus hermanos pronto. El tiempo corría.

—Hola, Steven —saludó y fue directo hacia él. Los otros hombres se dispersaron al ver que ya estaba «apartada», pero unos pocos la observaron con curiosidad al pasar.

—Hola, preciosa. ¿Qué puedo hacer por ti? —Sus ojos la recorrieron de arriba abajo.

—Estoy buscando a mis hermanos —respondió con impaciencia.

—¿Los conozco?

Reyna le lanzó una mirada incrédula. ¡Maldita sea! Habían estado juntos más de un año y ni siquiera podía reconocerla con un cambio de ropa y un buen baño.

Chasqueó los dedos frente a su cara para apartar su mirada de su escote.

—Steven, soy yo, Reyna.

—¿Reyna Carpenter? —Parecía que los ojos se le saldrían de la cara—. ¡Mierda, mujer!

—Sí. Estoy probando algo nuevo —afirmó con voz neutra—. ¿Has visto a Brian o Drew?

—¿Algo nuevo? Te ves increíble, carajo.

—Gracias, pero… ¿has visto a mis hermanos? —repitió. No podía ocultar la impaciencia en su voz.

—Estuvieron buscándote ayer. —Steven silbó mientras descaradamente le pasaba la mano por el costado—. La pequeña Reyna Carpenter ya creció y tiene cuerpo de mujer debajo de esos jeans y camisetas.

—Ya basta, Steven. —Le apartó la mano de un manotazo—. Ya sabes cómo me veo. No estoy aquí por ti, necesito hablar con mis hermanos.

—No te preocupes por ellos —dijo intentando persuadirla; luego, la hizo retroceder con esa mirada hambrienta que ya conocía y que anunciaba problemas.

—Steven —advirtió.

—Vamos, linda. ¿No quieres otra ronda?

—Fuiste tú quien me dejó, ¿recuerdas? Querías ver qué más había por ahí.

—No lo recuerdo así —espetó, restándole importancia.

Su espalda chocó con la pared del almacén y jadeó con nerviosismo. A Steven le brillaron los ojos: era claro que tenía ventaja y lo disfrutaba. En ese vecindario, nadie detendría a un hombre por abusar de una mujer. Debería haberle hecho caso al conductor y pensar en su seguridad. No imaginó que tendría que preocuparse por nadie de aquí, mucho menos por Steven.

—¿De dónde sacaste esta ropa nueva? —inquirió él, jalando la tela.

—No importa.

—Reyna, puedes decírmelo. —Su mano bajó por su cintura y ella lo empujó sin éxito; había perdido cualquier escape posible al quedar contra la pared.

—No me interesa.

—Explícame, ¿cómo una chica tan pobre como tú puede tener todos estos lujos de un día para otro? —Su mirada estaba llena de lujuria—. O es una puta, o es una puta de sangre. ¿Acaso fuiste a Visage?

Reyna apartó la mirada, incapaz de soportar la acusación en sus ojos.

—Déjame en paz. —Pero hasta para ella sonó débil.

—Entonces sí fuiste. Enséñame el cuello. —Le inclinó la cabeza, buscando las marcas de mordida que delataban a quienes trabajaban para un vampiro. Ella intentó abofetearlo, pero él le agarró la mano y la sujetó contra su costado.

—Si puedes ser una puta para un vampiro, puedes ser una puta para mí.

Sus labios bajaron hacia su cuello. Su enorme cuerpo la aplastaba violentamente contra la pared. No importaba cuánto se moviera, se retorciera o pataleara, no podía escapar.

Las lágrimas le corrían por el rostro. Había decidido ir a Visage para ayudar a su familia. Durante todo ese tiempo había tenido miedo de ser utilizada y maltratada por el vampiro que la recibiera. Sin embargo, Beckham no había hecho nada de eso: le había dado un lugar donde vivir, un guardarropa nuevo y acceso a fondos ilimitados. Ni siquiera la había mordido todavía. En cambio, sus peores pesadillas se estaban haciendo realidad por culpa de alguien a quien conocía desde siempre.

Su mundo acababa de ponerse patas arriba.

CAPÍTULO 6

—¡Aléjate de ella! —gritó una voz a sus espaldas.

Reyna cerró los ojos y pidió que todo desapareciera. Había sido un error: no debió haber venido, no vestida así. Sin embargo, jamás se le pasó por la cabeza que sería reconocible. Se veía diferente, pero seguía siendo la misma Reyna.

Steven se apartó bruscamente y ella se alejó tambaleándose y jadeando. Se cubrió la boca y observó como lo empujaban hasta hacerlo retroceder.

—¡Brian! ¡Drew! —exclamó. Sus hermanos la habían salvado.

Pero ahora no le prestaban atención. Estaban centrados en Steven. Eran dos contra uno, así que él llevaba las de perder, y aunque antes habían sido amigos en el trabajo, sus hermanos no toleraban que alguien le faltara el respeto a una mujer. Reyna los había visto llegar a casa llenos de sangre más veces de las que podía contar. Eran los únicos en el barrio que defendían a las chicas, y siempre la habían defendido a ella.

Steven lanzó un puñetazo, pero Brian le sujetó el brazo, lo giró y se lo torció en la espalda. Drew le dio un golpe sólido en el riñón y otro en la cara. Luego le barrió los pies y Steven cayó hecho un ovillo sobre la grava. Mientras intentaba incorporarse, Brian le dio una patada fuerte en las costillas, y Drew lo remató con otra en la sien. Steven quedó inerte, inconsciente.

—Dios mío, nunca he estado tan feliz de verlos —confesó entre lágrimas.

Ambos hermanos voltearon a verla, y Drew fue el primero en abrir mucho los ojos al reconocerla.

—¿Reyna? —preguntó, confundido.

«Dios, ¿de verdad me veo tan diferente con esta ropa que ni mis propios hermanos me reconocen?», pensó, corriendo hacia los brazos de Drew y hundiendo el rostro en su hombro. Él la abrazó y le dio un par de palmadas en la espalda.

—Todo está bien. Ya estás a salvo.

Ella asintió, tragando con fuerza.

—No puedo creer que estuviera a punto de...

—Nosotros tampoco, ese tipo es un imbécil. Olvídalo, solo dinos dónde has estado. Te buscamos por todas partes.

Brian le tocó el brazo suavemente y la apartó de Drew.

—¿Qué demonios te pasó?

Ambos abrieron mucho los ojos al mirarla con atención. Reyna no podía imaginarse cómo se veía para ellos en ese momento; no estaba usando la ropa más elegante de su nuevo clóset, pero era mucho más de lo que ellos habían visto nunca. Su piel estaba prácticamente impecable, y su cabello brillaba y olía a lavanda y miel.

—Vamos a casa y les cuento todo —prometió.

Brian negó con la cabeza y cruzó los brazos; era el mayor de los tres y siempre actuaba como si fuera su padre. Tenía la frente arrugada por la preocupación y el gesto endurecido: estaba claro que su desaparición lo había afectado, se veía demasiado agotado para alguien tan joven.

—Tenemos que hablar ahora, Reyna, nos diste un susto de muerte. Tuvimos que faltar al trabajo para buscarte. Nunca recuperaremos ese dinero, así que espero que tengas una buena explicación.

—Lo sé, lo sé. Lo siento. Puedo explicarlo.

—Entonces hazlo —exigió Drew, intentando imitar la postura de su hermano. Siempre había idolatrado a Brian, pero era mucho más suave y artístico. Si alguien en su familia necesitaba salir de los almacenes, era Drew. Era demasiado inteligente y creativo para quedar atrapado en una fábrica.

—Vamos. Tengo un coche esperándonos a la vuelta.

Dirigió una mirada nerviosa a los trabajadores de la fábrica, quienes observaban a Steven tirado en el suelo y luego subían la vista hacia su ropa nueva. A los ricos no se les recibía bien por ahí; de hecho, tenían altas probabilidades de ser asaltados o asesinados. Debería haberlo pensado mejor, pero ¿cómo iba a imaginar que no la reconocerían en el único lugar que había llamado hogar?

—Todo el mundo nos está viendo —susurró.

Sus hermanos entendieron el mensaje y le hicieron una seña para que los guiara. Adelantándose para caminar a su lado, Drew se inclinó y le susurró al oído:

—¿Dijiste «coche», Rey?

—Les explicaré en casa —aclaró, avergonzada.

Por suerte, el auto estaba intacto cuando regresaron, con el conductor aún adentro y sin un rasguño en el reluciente exterior negro. Era algo que no podía decir de su propia apariencia. Brian y Drew, por su parte, parecían estar en shock.

—Eso no es un coche, Reyna —espetó Brian—. Es un auto muy muy caro. Me estás asustando.

Cuando el conductor los vio acercarse, se bajó del coche.

—Adelante, señorita Carpenter —dijo, abriéndole la puerta.

Ella le sonrió y evitó las miradas de sus hermanos. Esto no iba a ser nada fácil.

—Reyna, empieza a hablar —ordenó Brian una vez dentro del vehículo, de camino al departamento. Sin embargo, ella señaló al conductor con un gesto de la cabeza.

—Hablaremos cuando estemos solos.

El trayecto fue tenso.

Drew no dejaba de sujetarla como si fuera a desaparecer de nuevo, pero Brian hervía de furia. Probablemente se había dado cuenta antes que Drew de que algo había salido muy mal y, como cabeza de familia, era su responsabilidad prevenirlo. Quería tranquilizarlo, pero la verdad era que algo sí había salido muy mal.

Bajaron del coche cuando el conductor los dejó de nuevo frente al edificio. Reyna se congeló al ver el total del viaje: no había forma de que tuvieran dinero para eso. El alza del precio del combustible había hecho del transporte público una necesidad, y la mayoría de la gente caminaba. Ella misma había caminado hasta el hospital de Visage.

—¿Desea que la espere, señorita Carpenter?

—¿Me va a costar una fortuna si lo hace?

—Me temo que sí —dijo con una risa en el rostro—, pero dudo que al señor Anderson le importe.

Reyna suspiró. No podía seguir viviendo de su caridad, así que buscaría otra forma de volver.

—No, gracias. Llamaré a otro taxi.

—¿Está segura? No me molesta esperar.

—No, está bien.

Cerró la puerta tras ella y siguió a sus hermanos hasta el tercer piso y luego al diminuto departamento de una habitación. Antes, con las prisas, no se había dado cuenta del contraste entre su hogar y el *penthouse* de Beckham. Había pasado apenas un día y ya lo sentía demasiado pequeño y apretado, pero, al mismo tiempo, muy acogedor y habitado. El departamento de Beckham, en cambio, parecía abandonado. No había amor allí; todo el dinero del mundo no podía hacer que una casa se sintiera como un hogar.

—Ya estamos aquí —comenzó Brian—. Ahora, habla. ¿Dónde has estado? ¿Por qué estás vestida así? ¿Cómo conseguiste ese auto?

Como si ya supiera la respuesta, Drew frunció el ceño y apartó la mirada. Brian no quería creerlo; tenía que oírlo de su boca para que fuera verdad.

—Fui a Visage ayer.

—¡¿Qué?! —gritó Brian—. No, tú no…

—Me inscribí hace semanas y llegó mi turno. Fui al hospital, pasé los exámenes y me asignaron un patrocinador.

Sus hermanos parecían horrorizados. Completamente horrorizados.

—Dime que no lo hiciste —murmuró Brian.

—Sí lo hice —confirmó. Ver el dolor de su hermano hizo que su confianza flaqueara, pero ya no podía retroceder—. Me asignaron a un funcionario de alto rango de Visage, se llama Beckham Anderson.

—No nos importa su nombre —escupió Drew—. Nos importa que está bebiendo la sangre de nuestra hermana.

Reyna se estremeció.

—Él no ha… Bueno, aún no.

—¿Cómo pudiste hacer esto? —preguntó Brian.

—Dejen de mirarme así. —Reyna los señaló—. Ustedes trabajan día y noche por migajas, ¿y para qué? ¿Para tener este departamento diminuto y apenas suficiente comida? La mitad del tiempo no tenemos electricidad ni agua. Trabajan demasiado por muy poco y yo no podía seguir viéndolos sin hacer nada.

—¿Así que decidiste alimentar a esos malditos chupasangres? —replicó Brian.

—Busqué trabajo. Saben que busqué por todas partes, pero nadie quiso contratarme. —Abrió los brazos—. No soy nadie. No tengo educación. No tengo habilidades. IR ahí era mi única opción.

—Siempre hay opciones. Y sabías que esta era la equivocada, por eso no nos lo dijiste.

—No me juzgues, Brian —exigió. Había tomado una decisión y pensaba mantenerla—. Hice lo que tenía que hacer y, para que lo sepan, me asignaron a un sistema donde gano el doble que un empleado promedio.

—Llámalo por su nombre, Rey. Acompañante de sangre —soltó Drew.

No pudo mirarlo a los ojos. Le avergonzaba demasiado esa palabra.

—¿Por qué el doble? —exigió saber Brian, cruzando los brazos con furia. No era el reencuentro feliz que ella esperaba.

Esta parte era la que más temía contarles. La mayoría de los empleados de Visage rotaban mensualmente, con tiempo libre para ver a sus familias. Su situación era distinta y sus hermanos la odiarían por eso.

—Porque firmé para un nuevo puesto. Uno de los doctores está desarrollando un nuevo sistema de compatibilidad —explicó con cautela.

—¿No lo hacen por tipo de sangre? —preguntó Brian—. ¿Cómo puede ser nuevo?

—Bueno, ahora buscan personas interesadas en un puesto más prolongado.

Brian frunció el ceño.

—¿Qué tan prolongado?

—Eh... indefinido.

Drew se alejó de ella.

—Es broma, ¿verdad?

—¿Quieren mantenerte como proveedora para siempre?

—No, solo la residencia es permanente. Cuando tenga suficiente dinero, volveré. Podremos pagar un lugar mejor, y yo podré ir a la universidad. Podremos salir adelante.

—¿Tú crees que esos chupasangres te dejarán ir una vez que estés atrapada en su sistema? —Brian la miró con dureza.

—No tienes idea de lo que estás diciendo. Eso no es lo que están haciendo.

—No puedes hacer esto, Rey —protestó Drew.

—Ya lo hice. —Dio un paso atrás. No la harían cambiar de opinión. Ya había evaluado los pros y los contras, y nada de lo que dijeran haría que se arrepintiera—. Estoy viviendo en la ciudad, en casa de mi patrocinador. Me dio toda esta ropa nueva y acceso a un chofer. No puedo irme.

—Te compró —sentenció Brian en voz baja—. Nuestra hermanita, esclava de un vampiro.

—Dios mío, ¡no estoy esclavizada!

—Te da dinero, te compra ropa para que te veas irreconocible y te deja vivir en su casa. Te está haciendo completamente dependiente de él. Así, cuando te saque sangre, vas a sentir que se lo debes, que tu lugar es al lado de un monstruo, cuando tu lugar es aquí —Brian le tomó las manos—, con nosotros, Reyna.

—No tienes que hacer esto —insistió Drew—. Vuelve, déjanos cuidarte. Estábamos bien.

—¿Bien? —Reyna soltó sus manos—. ¿Esto es estar bien para ustedes? Merecemos algo mejor que un departamento apestoso. Algo mejor que una habitación mohosa y fría por donde se cuela el aire, donde a menudo nos enfermamos. Merecemos trabajos justos, trabajos que no nos maten de agotamiento. Merecemos comida de verdad, un sueldo digno, acceso a salud y mucho más. No me digan que estamos bien, porque estamos muy lejos de estar bien.

Sus hermanos apartaron la mirada. No podían negarlo: de verdad necesitaban ese dinero.

—Esta es mi decisión. Ustedes me cuidaron toda la vida. Ahora déjenme cuidarlos a ustedes. Voy a enviarles dinero para que empiecen a vivir mejor.

—Rey, por favor —imploró Drew.

—No podemos permitir que termines así —añadió Brian—. Después de todo lo que hicimos para criarte…

—Los quiero, pero esta oportunidad es única y no voy a cambiar de opinión.

Drew fue el primero en acercarse. La abrazó fuerte. Por mucho que hubiera hablado con firmeza, seguía sintiendo miedo. No podía contarles cómo era Beckham en realidad; se volverían locos si supieran la verdad.

—Ven aquí —murmuró Drew.

Y luego los brazos de Brian los envolvieron a los dos. Reyna trató de no quebrarse, pero la verdad era que no sabía cuándo volvería a verlos.

Si es que los volvía a ver.

CAPÍTULO 7

—Dios mío, ¿qué hora es?

Brian sacó de su pantalón el viejo reloj de bolsillo de su padre.

—Cinco menos cuarto. ¿Quieres cenar?

—¡Cinco menos cuarto! —Reyna se puso de pie de un salto—. Tengo que irme. Debo volver a la ciudad. ¿Cómo se hizo tan tarde?

Cuando vivía ahí, rara vez podía pasar tiempo con sus hermanos, que siempre estaban agotados por trabajar catorce horas al día. El tiempo se les había escurrido entre los dedos. Pensaba quedarse solo un rato y volver antes de que Beckham siquiera lo notara. Ahora le preocupaba llegar demasiado tarde, y se suponía que iban a hablar esa noche.

—¡Mierda!

Tomó su bolso y sacó su teléfono, no lo había revisado en todo el día. De hecho, lo había olvidado por completo después de enviarle a Beckham esos mensajes por la mañana.

—¿Eso es un teléfono? —preguntó Drew, asombrado.

—Sí. Beckham me lo dio.

Brian apretó los labios, claramente disgustado con la riqueza que aquel tipo ostentaba, pero en ese momento no había mucho que pudiera hacer al respecto. Reyna tocó la pantalla hasta que se encendió y de inmediato se le fue el alma al suelo: tenía dos llamadas perdidas y dos mensajes de texto de Beckham. También un mensaje de voz, al que no sabía cómo acceder. Abrió el primer mensaje.

Salí temprano del trabajo para que hablemos. ¿Ya comiste?

Por un momento, se le olvidó cómo respirar. ¿Estaba preguntando si había comido para asegurarse de que ella estuviera bien... o para saber si él podría alimentarse? ¿O simplemente tenía curiosidad? ¿Tal vez quería llevarla a cenar usando uno de esos atuendos ridículos? Recordó el segundo mensaje y lo abrió de inmediato.

¿Dónde estás? Estoy en casa. Te he estado buscando. Te dije que tuvieras el teléfono contigo todo el tiempo. Llámame en cuanto leas este mensaje.

—¿Qué pasa? —preguntó Brian—. Estás pálida como un fantasma.

—Yo... ya debería haber regresado. Él necesita que vaya.

—¿No puedes quedarte un poco más?

—No —dijo tajante.

Brian apretó los labios.

—No me gusta esto, Reyna.

—Bueno, todos tenemos que hacer sacrificios. —Se mordió el labio y bajó la mirada hacia el teléfono con tristeza—. Tengo que llamarlo.

—Te ves aterrada, Rey —apuntó Drew con suavidad, y su hermana lo miró a los ojos.

—Lo estoy.

Entró al dormitorio en busca de algo de privacidad. Había planeado todo el día para regresar a tiempo con Beckham, y ni siquiera había logrado eso. Incluso en sus interacciones breves,

Beckham tenía mal genio, era volátil y errático; lo último que deseaba era hacerlo enojar.

Tragó saliva y marcó su número, sujetando torpemente el teléfono cerca de su rostro. Apenas sonó una vez antes de que su profunda voz cruzara la línea.

—Reyna —gruñó.

—Hola —saludó, incómoda—. Perdón. Creo que no escuché el teléfono.

—¿Dónde mierda estás?

—Salí —respondió con tono desafiante—. Te mandé un mensaje.

—Eso fue hace horas, y ni siquiera dijiste a dónde ibas.

—No sabía que tenía que hacerlo.

Él masculló en voz baja. Lo estaba provocando con sus respuestas, pero en realidad no había roto ninguna regla, excepto no haber contestado enseguida.

—Bueno, ¿dónde mierda estás, entonces?

—Estoy visitando a unos amigos. Tú dijiste que podía salir —le recordó.

—Sé perfectamente lo que dije, Reyna. Deja de esquivar la pregunta. ¿Dónde? ¿Dónde estás? ¿Y por qué demonios no estás en el *penthouse?*

Reyna cerró los ojos y se aclaró la garganta. «Aquí vamos», pensó.

—En el Distrito de Almacenes.

Beckham maldijo entre dientes.

—Eso está a una hora de distancia.

—Lo sé —susurró.

—Esto es inaceptable. Dije que podías tener cualquier cosa dentro de lo razonable, y eso no implica manejar una hora fuera de la ciudad y pasar el día en los barrios bajos.

—No lo especificaste.

—Pues lo estoy haciendo ahora. Regresa ya mismo y discutiremos exactamente qué significa *dentro de lo razonable* para mí.

La llamada se cortó.

El labio inferior le temblaba mientras luchaba por no llorar. No iba a llorar, no por Beckham. Este era su primer trabajo y ya temía que la fueran a despedir. Esa posición permanente no iba a durar mucho si él se enojaba así el primer día.

Mientras esperaba unos minutos para calmarse, le llegó otro mensaje de Beckham.

Voy a enviar un coche a buscarte. Responde con tu dirección de inmediato.

Escribió la dirección de la casa de sus hermanos. Le molestaba que ahora tuviera acceso a ella, aunque lo más probable era que estuviera en su archivo por si quería buscarla. Estuvo a punto de enviar otro mensaje para disculparse, pero se contuvo en el último segundo.

—¿Qué pasó? —preguntó Drew cuando ella regresó a la sala.

—Tengo que irme. Va a mandar un coche a buscarme.

—Rey. —La voz de Brian sonaba tensa—. ¿Estás segura de esto?

—No hay otra opción, Brian.

—No podemos protegerte allá. ¿Cómo sabes que no te va a matar en cualquier momento? Al fin y al cabo, es un monstruo.

—Supongo que no lo sé, pero estaría pagando mucho dinero solo para matarme. Tengo que confiar en que todo saldrá bien.

Le costaba hablar. No confiaba en que las cosas salieran bien; por el contrario, confiaba en que Beckham la despediría por insubordinación y buscaría la manera de cobrarle el viaje en taxi. Sin embargo, tenía que mantener las apariencias por sus hermanos: necesitaban esa seguridad más que ella.

Quince minutos después, una enorme camioneta negra se estacionó frente a su edificio. No podía verse más fuera de lugar.

—Tomen —indicó, entregándoles un papel—. Sé que no tienen teléfono, pero si hay una emergencia, pueden localizarme en ese número.

—¿Y tú cómo nos vas a contactar?

Ella retuvo las lágrimas y desvió la mirada.

—No lo sé.

—¿Cuándo te volveremos a ver? —preguntó Drew.

Negó con la cabeza; tampoco lo sabía.

—Los voy a extrañar. —Los abrazó con fuerza y poco después desapareció en el auto de vidrios polarizados. Quería alargar la despedida, pero dolía demasiado. Dolía dejarlos atrás.

Mientras se alejaba del Distrito de Almacenes, se giró en el asiento y vio cómo las siluetas de sus hermanos se desvanecían en la distancia. Cuando ya no pudo distinguirlos, regresó la vista al frente y trató de no llorar. Tenía casi una hora para practicar su mejor cara ante Beckham.

Tardaron menos en regresar que lo que había tardado en llegar a los almacenes. Supuso que Beckham le había infundido el temor de Dios al conductor. Si es que creía en Dios… o si es que Dios creía en él.

El único rostro amable que había conocido no estaba trabajando, así que cruzó con paso rápido hacia los ascensores. Lucía impresentable; todas las personas que por la mañana la habían mirado con envidia, ahora la contemplaban con desprecio. Ni siquiera quería ver su reflejo.

Deslizó la tarjeta negra en la ranura del ascensor, que subió sin esfuerzo. Sonó el timbre y se abrieron las puertas al *penthouse* impecable de Beckham. Respiró hondo y caminó tambaleante con sus alpargatas.

Beckham no estaba en la sala ni en la cocina cuando llegó. Miró hacia la puerta que siempre permanecía cerrada; se preguntaba si era su dormitorio o un pasillo que llevaba a otro lugar. De cualquier modo, no pensaba averiguarlo justo ahora que él ya estaba furioso con ella.

Caminó de puntitas hacia su cuarto, con la esperanza de cambiarse y lucir algo más decente antes de tener que enfrentarlo.

—Reyna.

Sus pies se detuvieron en seco y cerró los ojos por un instante para contener el miedo. No podía enfrentarlo como un cachorrito asustado, tendría que aguantar.

Se dio la vuelta lentamente para mirarlo.

—Hola.

—¿Cómo estuvo tu viaje? —La voz de Beckham era hielo puro.

—Bien. —Tragó saliva y mantuvo las manos a los costados—. ¿Y tu trabajo?

—Bien.

Avanzó hacia ella con tal facilidad y gracia que parecía flotar. Reyna intentó no temblar cuando se acercó. No debía mostrarle miedo, pero estaba segura de que él lo podía oler.

—Reyna. —Se detuvo justo frente a ella—. Eres la empleada más insubordinada que he tenido jamás, y llevas trabajando conmigo apenas veinticuatro horas.

—Debes tener un entorno laboral muy predecible.

No podía creer que acabara de decir eso. Provocarlo era lo último que quería.

—Así me gusta mi trabajo, y así quiero que sea mi vida. Tú, en cambio, no estás encajando en ella.

—No me has dado mucho tiempo. Tenía que salir, era importante.

—No tendría que darte tiempo —espetó—. Dime por qué fuiste a los almacenes.

Tragó saliva con dificultad. No quería hablar de sus hermanos; cuanto más supiera de ella, más podría usarlo en su contra. Esta era una relación profesional, y no tenía que compartir nada personal con él.

—¿Y bien?

—Mira, si vas a despedirme, hazlo de una vez.

Beckham ladeó la cabeza. Ella lo miró a los ojos, tan oscuros como el ónix. Daría cualquier cosa por saber qué estaba pensando cada vez que la observaba así.

—¿Despedirte? ¿Crees que te voy a despedir?

—¿Qué se supone que piense? —preguntó ella con impotencia.

—Quiero respuestas. Trabajas para mí y te perdiste una reunión importante. Tengo derecho a saber dónde estabas.

Reyna apartó la vista por primera vez. No podía mentirle a la cara, pero tampoco quería contarle sobre sus hermanos, y Beckham no la dejaría ir sin explicaciones. No podía creer que no la hubiera despedido al instante así que, dentro de todo, era una buena señal.

—Fui a visitar a mis hermanos. No les dije que iba a Visage, así que no sabían dónde estaba desde que me asignaron contigo.

Beckham se relajó visiblemente al escucharla.

—¿Tus hermanos?

—Sí —asintió, agotada—. Necesitaba decirles dónde estaba, no quería que se preocuparan.

—¿Eso fue todo lo que hiciste? Te ves como si te hubieras revolcado en el lodo.

—Bueno… —Hizo una mueca de vergüenza—. Me topé con mi ex.

—Más que topártelo, parece que te hubieras estrellado contra él —espetó. Toda la tensión había vuelto a sus hombros.

—No fue nada. Solo que… —Reyna ni siquiera podía decirlo. ¿Cómo le explicaría a un vampiro que la estaban juzgando por vivir con él y hacer lo correcto por su familia?

—¿Solo qué? —Su tono, más que de duda, era imperativo.

—Nada. No todos tienen una buena opinión de las mujeres que trabajan para Visage.

—¿Fue grosero contigo?

«Grosero», repitió en su mente y soltó una risa.

—Ahora que lo pienso, siempre ha sido grosero conmigo. O, bueno, más que grosero, siempre ha sido un imbécil.

—¿Y aun así fuiste a verlo?

¿Por qué la estaba interrogando? ¿Y por qué le estaba respondiendo? Beckham parecía muy interesado y, de hecho, le costaba apartar la mirada de sus ojos: eran hipnóticos. Quizá debería estar aterrada al hablar con él de esto, pero más que furioso, parecía tenso. Eso le dio valor para continuar.

—No fui a verlo. Él trabaja en el almacén y me lo encontré cuando fui a buscar a mis hermanos.

—¿Cómo se llama? —preguntó Beckham, con tono autoritario.

—¿Qué? —Reyna salió del trance—. ¿Por qué la pregunta?

—No permitiré que nadie te amenace. Eres demasiado valiosa.

Era valiosa... como un diamante o una obra de arte. No era una persona, sino un objeto.

—No importa —replicó girándose, herida por sus palabras.

—No me des la espalda.

Su cuerpo se tensó ante la orden. Tragó saliva con dificultad, temiendo que volviera a surgir ese depredador feroz que la miraba como si pudiera partirla en dos.

—No hemos terminado —afirmó, obligándola a mirarlo de nuevo—. Tenemos que establecer algunas reglas más. No puedo dejar que salgas del edificio a menos que estés con mi chofer en todo momento. Además, quiero que me informes a dónde vas, no solo que vas a salir.

—No necesito que me cuiden.

—Pues ya demostraste que eso no es cierto.

Reyna suspiró. Aunque lo deseara, no lograba enfadarse por las nuevas restricciones. A su manera, Beckham parecía genuinamente preocupado por su seguridad. Casi se sentía culpable por haberlo asustado. Resultaba hasta gracioso cuán absurdo era todo: ella había asustado a un vampiro.

—Lo siento —susurró al fin.

Antes no lo lamentaba, se había sentido furiosa. Ahora, genuinamente estaba arrepentida. Necesitaba ver a sus hermanos, pero no había pensado que sus acciones pudieran afectar a

Beckham. No es que él pareciera alterado, no exactamente. Era solo… una sensación.

—Acepto tus disculpas. Es todo por ahora.

Le dio la espalda y se dirigió hacia el pasillo, como si diera por concluida la conversación.

—Disculpa —susurró ella—. ¿No querías hablar conmigo de algo? ¿O era solo eso?

Él se detuvo, aunque no volteó hacia ella.

—De hecho, sí. Mañana por la mañana tenemos planes, así que prepárate para salir a las ocho.

—¿Planes? —Arqueó la ceja, esperando una explicación.

—Han surgido algunos imprevistos. —Al fin, la miró desde la distancia, y Reyna se esforzó por no perderse otra vez en esos ojos. ¿Cómo podían ser tan hipnóticos? ¿Era algún tipo de habilidad vampírica? Seguía poniéndola nerviosa, pero no podía apartar la mirada—. Te lo contaré en la mañana, ahora que sé que estás a salvo.

Ella abrió la boca para hacer otra pregunta, pero la cerró de inmediato. Lo haría en otro momento.

—¿Algo más? —preguntó él.

Los pocos pasos que los separaban parecían un abismo. Estaban tan cerca y tan lejos al mismo tiempo. No sabía si hacer la única pregunta que la rondaba, la que temía de verdad.

—Leí tu agenda y no vi nada sobre comida —susurró—. No sé si fue un error o cuándo…

Las palabras murieron en sus labios al ver reaparecer ese brillo hambriento en sus ojos. ¿Por qué carajos había vuelto a sacar el tema?

—¿Por qué? —inquirió él, avanzando hacia ella con paso lento—. ¿Tan dispuesta estás a darme tu sangre, pequeña?

Reyna se quedó paralizada, sin saber qué decir. No es que tuviera prisa, solo quería estar preparada. Sin embargo, la forma en que él la miraba hacía que su sangre hirviera. Nadie la había mirado así jamás.

—¿Y bien?

Ahora estaba justo delante de ella y no podía ocultar su corazón desbocado. Había abierto la caja de Pandora. En cualquier momento, sentiría lo que era que un vampiro se alimentara de ella. Temblaba de miedo y era como si le faltara el aire… todo al mismo tiempo.

Beckham alzó una mano y la deslizó por su cabello. Reyna cerró los ojos involuntariamente al sentir esas grandes manos tomando el control. Cayó en cuenta de que era la primera vez que él la tocaba, y fue plenamente consciente de su poder. Siempre había visto esa fuerza contenida bajo la superficie, pero ahora la dirigía hacia ella, y se sentía tan indefensa como un cordero bajo sus dedos.

Él bajó lento por la curva de su cuello hasta la vena que latía con fuerza. Reyna abrió los ojos y se encontró con el reflejo de su propio miedo. Allí estaban, amplificados, todos sus temores.

Beckham se inclinó para alcanzar su piel. Ella inhaló hondo al sentir sus labios rozar la zona tan suave y sensible. Cerró los ojos de nuevo, y todos los pensamientos desaparecieron.

No fue como lo había imaginado. Reyna había anticipado terror. Puro y absoluto. No esto. No había imaginado que algo se agitaría en su estómago, ni el calor en la parte inferior de su vientre por la cercanía. Una parte de su mente le decía que se apartara, que esto era lo último que deseaba, que daría su sangre por necesidad y no por gusto. Sin embargo, esa voz se apagó con los besos suaves en su clavícula.

Y entonces, lo sintió: un pinchazo agudo en el cuello. Todo su cuerpo se estremeció ante lo que sabía que vendría.

De la nada, Beckham la empujó con brusquedad para apartarla. Su cuerpo chocó con la pared a varios pasos de donde estaba y se golpeó la cabeza al caer. No fue un golpe demasiado fuerte, pero ya sentía que le pulsaba con fuerza y la vista se le nubló un instante. Se llevó la mano a su cuello, donde encontró un leve rastro de sangre.

—¿Qué? ¿Qué pasó? —preguntó. El miedo volvió con fuerza, borrando todo lo que acababa de sentir.

Él respiraba con agitación y evitaba su mirada.

—¿Beckham? —susurró, usando su nombre por primera vez.

Él alzó la mirada.

—Nada. No pasó nada —espetó y salió de la habitación sin decir nada más.

Reyna estaba tan confundida. ¿Por qué se había detenido? Y aún más importante: ¿por qué deseaba que no lo hubiera hecho?

CAPÍTULO 8

Reyna no estaba acostumbrada a tener ropa nueva, y quién sabe si alguna vez llegaría a habituarse. No había nada en su armario menos extravagante que el conjunto del día anterior. Además, sus alpargatas habían desaparecido; seguro Beckham había ordenado que las tiraran por pisar el suelo del Distrito de Almacenes.

Por un momento le dieron ganas de ponerse algo exagerado, pero aún no sabía a dónde iban, y el miedo de lo que había sucedido la noche anterior, el arranque de furia desbocada de Beckham, la contuvo. Se enfundó en un sencillo vestido negro sorprendentemente cómodo; el tejido era tan liviano que parecía aire. Habría dado lo que fuera por tener sus Converse en ese momento, pero terminó con unos tacones negros de más de diez centímetros. Le apretaban un poco los dedos, aunque al menos tenían una suela acolchada.

Caminó tambaleándose hasta el espejo. Aunque se sentía ridícula, tenía que admitir que se veía bien. No lucía espectacular, más bien pasable.

Beckham la esperaba afuera de su habitación. Se veía peligrosamente atractivo, vestido con un traje negro impecable, camisa y corbata también negras. La forma en que la recorrió con la mirada fue suficiente para saber que había acertado. La observó diez segundos más de lo normal antes de regresar la vista a su teléfono.

—¿Aceptable? —preguntó, girando sobre sí misma. Ahora sí que se sentía como una muñeca.

—Te ves bien —respondió.

«Bien», pensó Reyna. «Claro».

—Vamos

Beckham se dirigió al ascensor. Ella se apresuró a seguirlo, pero aquello resultaba todo un reto con esos tacones ridículos. Las puertas casi se cerraron en su cara y, al intentar detenerlas, tropezó hacia adelante, extendiendo el brazo para alcanzarlas. Se abrieron de nuevo.

Buscó apoyarse bien, pero no lo consiguió. Se tambaleó y fue a dar contra Beckham, agarrándose de su traje y estrellándose con su pecho.

—Dios mío —gimió, intentando enderezarse, solo para resbalar de nuevo. Beckham extendió una mano, la tomó de la cintura y la mantuvo erguida con su brazo firme. Pero ella seguía pegada a él, mirando esos pozos oscuros que eran sus ojos—. Eh... perdón.

Tragó saliva y luchó por no mirar sus labios, los mismos que le habían besado el cuello la noche anterior. No, no pensaría en eso ni en el beso, ni en la mordida, ni en cuánto había deseado que sucediera mientras él la tocaba como ahora, con su mano reposando sobre su cintura.

Dio un paso atrás y carraspeó.

—Perdón —repitió.

—Ten más cuidado —repuso él con brusquedad.

—Apuntado. —Un escalofrío le recorrió la espalda bajo su mirada, sintiendo todo el peso de su poder. ¿Cómo podía estar pensando en sus labios? Lo único que él quería hacer era arrancarle la garganta, y podría hacerlo con suma facilidad.

Excepto que no lo había hecho.

Al menos no todavía.

Tragó saliva con dificultad e intentó deshacer el nudo que sentía en el estómago mientras el ascensor bajaba suavemente hasta el vestíbulo. Al salir, el teléfono de Beckham comenzó a sonar.

—Tengo que atender esto —dijo—. Ve al coche, te alcanzo en un minuto.

—Vale.

Se preguntó quién lo llamaría tan temprano. Claro que ella nunca había recibido una llamada, entonces ¿qué iba a saber? Debía de ser importante.

Como pudo, cruzó el suelo de mármol sin resbalarse. Era probablemente lo menos sexy que había hecho en su vida: caminaba como un pato. Los tacones le apretaban los pies y el vestido se le subía a cada paso. Aceleró su andar cuando por fin pisó la alfombra bajo las puertas de cristal.

—¡Everett! —exclamó y se cubrió la boca casi de inmediato. No había querido sonar tan entusiasta, pero era la única persona que había sido amable con ella.

—Hola, Reyna. —Su sonrisa se iluminó al verla—. ¿Tuviste un buen día ayer?

—Fue… intenso —explicó, con su propia sonrisa apagándose un poco.

—Seguro que sí. ¿Necesitas un taxi?

—En realidad, voy en el coche de Beck… del señor Anderson.

Everett asintió y apartó la vista de inmediato. Chasqueó los dedos hacia un hombre al otro lado del estacionamiento, y pronto un reluciente coche negro se detuvo frente al servicio de valet.

—Aquí tiene —dijo, cambiando su tono al dirigirse a ella. Reyna no entendía qué había hecho mal.

—¿Todo bien, Everett? —preguntó, tomándole del brazo para detenerlo.

—Por supuesto.

El coche ya estaba estacionado frente a ella.

—Permítame. —La acompañó hasta el vehículo y le abrió la puerta trasera.

—¿Everett? —insistió.

—Reyna, estás aquí con nuestro cliente más importante. Pensé que... Bueno, no importa. —Sonrió.

—¿Qué pensaste? ¿Que me vendría bien un amigo? Porque acertaste.

—¿Un amigo? —repitió y soltó una carcajada—. Tú no eres de la ciudad, ¿verdad?

—No —admitió.

—Se nota. —Everett suspiró y sacó una tarjeta del bolsillo de su saco. Deslizó el papel en su bolso al ayudarla a subir al coche—. Unos amigos y yo iremos este fin de semana a un antro cerca de aquí. Llámame si quieres venir.

—¡Claro! —respondió, tal vez con demasiado entusiasmo, así que tosió y rectificó—. O sea, sí... mmm... si puedo salir.

—Si no, habrá más oportunidades.

Ella asintió.

—Gracias.

—No, gracias a ti.

Se hundió en el asiento trasero y Everett cerró la puerta. Buscó la tarjeta en su bolso y acarició las letras con los dedos: «Everett Taylor». Por poco brincaba de alegría. ¡Tenía planes para el fin de semana! Planes de verdad. Con humanos.

La puerta del vehículo se abrió de nuevo y Reyna se apresuró en guardar la tarjeta. Luego se deslizó hacia el otro asiento justo cuando Beckham subía.

—Vamos.

Beckham sacó el celular enseguida y le dedicó toda su atención. Reyna estaba segura de que era adicto: ¿cómo podía alguien pasar tanto tiempo pegado a una pantalla? Se perdía todo con la cara hundida en ese aparato. Le daba igual que llevara doscientos años en la ciudad. Bueno, de hecho, no sabía cuántos años tenía, aún había muchísimo por descubrir.

Sin apartar la vista de la ventana, preguntó:

—¿A dónde vamos, por cierto?

—Al trabajo —respondió.

Reyna se estremeció al pensar en la sede de Visage, con tantos vampiros en un solo lugar.

—Ah, ¿vamos al trabajo nada más? ¿Me arreglé así solo para ir a tu trabajo?

—¿Consideras que esto es arreglarte?

—Sí, mucho —replicó, pasando los dedos por el tejido sedoso del vestido.

Él soltó una risa seca.

—Sí, vamos al trabajo nada más. Tenemos una presentación especial esta mañana y tú vas a participar.

—¿Yo? —protestó—. ¿Cómo voy a participar?

—Formarás parte de la presentación, puede que digas algunas palabras. Solo haz lo que yo diga —añadió distraído.

—Lo siento. —Negó con la cabeza—. Pero hay dos cosas que no hago: involucrarme con agujas y hablar en público.

Beckham por fin apartó la vista del teléfono.

—¿Le tienes miedo a las agujas?

Reyna se estremeció ante su pregunta; al menos había conseguido su atención.

—Me dan escalofríos —agregó. Beckham le dedicó una expresión de lo más divertida, como si no pudiera creer que alguien le tuviera miedo a algo tan trivial. Incómoda, se removió en el asiento—. Oye, es un miedo común.

—¿No crees que es irónico tener miedo a las agujas y trabajar para un vampiro?

Ella le lanzó una mirada de reojo y se obligó a no tocarse el cuello, justo en el lugar donde sus colmillos la habían rozado la noche anterior.

—Para que fuera irónico, dicho vampiro tendría que morderme.

—No me tientes, pequeña —replicó.

Reyna se enderezó de golpe. Eso no era lo que había querido decir.

—¿Ese es mi nuevo apodo o qué? ¿«Reyna» es demasiado largo?

—«Reyna» es perfectamente adecuado.

Y se hundió de nuevo en el teléfono, dando por terminada la conversación.

Reyna, por su parte, volvió a mirar por la ventanilla, observando la ciudad gris bañada por la tenue luz de la mañana. Tenía una belleza lúgubre, pero belleza, al fin y al cabo.

Entonces él le apartó el cabello oscuro del hombro; la piel se le erizó y todos sus pensamientos se desvanecieron.

Con el cuello al descubierto, Beckham tocó el punto sensible donde sus colmillos la habían rozado.

—Sí lo eres. —Reyna no se movió, ni siquiera respiró. Sintió sus manos recorrerla como descargas eléctricas. Luego, los dedos del vampiro subieron del cuello hasta su barbilla, obligándola a mirarlo y continúo—: Mira cómo tiemblas.

Una sonrisa arrogante se dibujó en su rostro. Parecía complacido de provocarle miedo, pero ella no podía evitar sentirse así. Ladeó la cabeza, analizándola, hasta que pareció encontrar lo que buscaba.

—Así es, Reyna, eres mi pequeña.

Y entonces solo existía Beckham.

Un depredador acechando a su presa.

Y ella estaba atrapada.

Como un conejo en una trampa.

De pronto, Beckham dejó caer la mano. Por un instante, Reyna se había olvidado por completo de dónde estaba y qué estaba haciendo. Se acomodó en su asiento, intentando recuperar el control.

El coche se detuvo frente a Visage. Gerard, el conductor, rodeó el vehículo para abrirle la puerta a Beckham, y luego le ofreció la mano a Reyna para ayudarla a bajar. Se tambaleó un segundo, pero logró mantener el equilibrio. Alzó la vista y, asombrada, contempló el enorme edificio de cristal.

Corrió para alcanzar a Beckham cuando notó que no la había esperado, y ni siquiera había volteado para asegurarse de que lo seguía. Por suerte, los tacones no resbalaron en los escalones de hormigón, y entró justo detrás de él en Visage Incorporated.

Detuvo su andar apenas puso un pie dentro del edificio más alto de la ciudad. El vestíbulo era espectacular: cristal sobre cristal sobre más cristal. Todo lo demás estaba hecho de mármol blanco, porcelana reluciente y granito pulido.

—Reyna. —Beckham la llamó con tono cortante.

—Perdón. —Se apresuró a alcanzarlo—. Es que… es increíble.

—Pasa por el control de seguridad.

—¿El qué?

Beckham soltó un suspiro.

—Que pases por el escáner corporal.

Reyna miró una caja de cristal que no había notado antes.

—¿Y qué buscan?

—Cualquier cosa o persona que no pertenezca aquí. Ya te registré.

—Okey.

Avanzó con cautela. Al atravesar el escáner, una luz roja parpadeó y recorrió su cuerpo. Una imagen de ella misma apareció enfrente, la luz cambió a azul y apareció el mensaje:

Sujeto humano: Reyna Carpenter
Identidad confirmada
Aprobada

Siguió caminando y se estremeció cuando la imagen desapareció. Beckham la esperaba al otro lado.

—¿Qué mierda fue eso?

—Una medida de seguridad.

—¿Y qué pasa si no te aprueban?

—Más vale que no lo descubras nunca.

Reyna puso los ojos en blanco ante su falta de respuesta y volvió a mirar a su alrededor. Todos vestían con traje negro. Incluso las mujeres llevaban faldas negras de tubo y blusas blancas impecables. Todo era pulcro, ordenado, ni un solo detalle estaba fuera de lugar.

Siguió a Beckham hasta el ascensor.

—¿Todos los que trabajan aquí son vampiros?

—Claro que no, tú trabajas aquí.

—Sabes a lo que me refiero, Becks.

El vampiro se detuvo para mirarla antes de pulsar el botón.

—¿Becks? ¿Ese es mi nuevo apodo? ¿«Beckham» es demasiado largo?

Reyna se encogió de hombros, restándole importancia, pero se sintió ligeramente victoriosa por haberlo descolocado al menos un segundo.

El ascensor se abrió y ambos entraron. Beckham seleccionó el piso al que iban.

—¿Hay humanos en tu piso?

—¿Por qué siempre haces tantas preguntas? —espetó de mal humor.

Ella se encogió un poco, pero aun así replicó:

—Porque no me das ninguna respuesta.

—Ya tienes todas las respuestas que necesitas —explicó, buscando su teléfono como por reflejo.

—Genial.

Beckham la ignoró, centrado en lo que fuera que estuviera viendo. El ascensor se detuvo, pero antes de que ella pudiera salir, él extendió la mano e impidió que las puertas se abrieran.

—¿Qué pasa? —preguntó, exasperada.

—Intenta no hacer enojar a nadie. —Reyna frunció el ceño—. No todos son tan… amables como yo.

—¿Amable? —No pudo evitar que el sarcasmo se le adivinara en la voz.

Los ojos de Beckham se oscurecieron con seriedad.

—Sí, y más vale que no lo olvides.

Sin más ceremonias, abrió las puertas y salió del ascensor. Ella refunfuñó en voz baja, pero lo siguió. Claramente, había una razón para aquella advertencia. Tal vez sí debía tener más cuidado en su trabajo, rodeada por un mar de vampiros. Se mantuvo muy cerca de él mientras avanzaban hacia su oficina.

—¿Becks? —susurró cuando sintió miradas desde todas las direcciones—. ¿Todos lo saben?

—¿Saber qué?

—Tu qué crees...

—¿Que eres humana? —preguntó—. Sí, creo que eso es bastante evidente.

Claro que no se refería a eso. Se preguntaba si todos sabían que Beckham era su patrocinador. ¿La despreciaban por haber aceptado ser una empleada humana? Necesitaban a personas como ella para generar ingresos y mantener la empresa a flote, pero eso no significaba que no juzgaran a quienes hacían ese trabajo. Había visto los peores comportamientos en su propia especie, así que no podía imaginar cuánto más la rechazarían los vampiros. Sin embargo, se abstuvo de expresar sus inquietudes mientras caminaban por el pasillo.

No fue una sorpresa que la oficina de Beckham estuviera en la esquina del último piso. La altura mareaba, por lo que desvió de inmediato la vista de la ventana. No le daban miedo las alturas, pero aun así resultaba intimidante.

Beckham se dirigió hacia un gran escritorio negro frente a una pared llena de pantallas. Tecleó unas cosas en la computadora y se desconectó del mundo.

—Anderson —llamó alguien desde la puerta.

Reyna se volteó con rapidez y vio entrar a un hombre alto y de tez clara. No era especialmente atractivo, pero su presencia era autoritaria. No se imaginaba a nadie más irrumpiendo así en la oficina de Beckham.

—Batiste —respondió con naturalidad, aunque con un matiz tenso. Este debía ser uno de esos vampiros que eran de cuidado.

—¿Es ella? —Los ojos del hombre recorrieron la piel de Reyna, que de pronto se sintió completamente expuesta con su vestidito negro.

—Sí. Reyna, él es Roland Batiste.

El hombre cruzó la habitación con paso felino y le tendió la mano. Ella la tomó con lentitud.

—Hola —saludó, dudando.

—El placer es todo mío, *mademoiselle*. Eres simplemente *magnifique*. —Besó su mano con teatralidad—. William tenía razón, lo mejor de lo mejor.

—¿Te importa, Roland? —intervino Beckham, que de pronto estaba codo a codo a su lado.

No debería haber sentido calidez por tenerlo tan cerca, pero así fue. Roland le provocaba escalofríos, había algo en él que la ponía en alerta. En ese momento comprendió lo que Beckham quiso decir en el elevador: Roland era peligroso, lo sentía en cada fibra de su cuerpo. Le asustaba pensar que Beckham fuese el bueno en comparación. Todo acerca de la situación resultaba aterrador.

—*Mais bien sûr*.

Reyna miró a Beckham, confundida.

—¿Eso fue francés?

Roland soltó una carcajada.

—Efectivamente. Dije «pero por supuesto». Mis modales... qué horror.

—Tan cuestionables como siempre —dijo Beckham con sequedad.

Roland siguió riendo como si Beckham hubiera hecho una broma, pero Reyna notó que hablaba muy en serio. No quería que nadie, y mucho menos Roland, la tocara.

—William nos espera en la sala de reuniones en cinco minutos. Yo también llevaré a mi mascota. Ya verás, es lo que ustedes en este país llaman un bombón.

Beckham lo despidió con un gesto de fastidio y Roland salió del despacho.

Reyna soltó el aire con alivio al verlo marcharse.

—¿Ese es el tipo de persona al que te referías cuando dijiste que tú eras amable?

Beckham seguía mirando la puerta, sin apartarse de ella. Su voz fue firme cuando respondió:

—Sí. Exactamente ese tipo.

CAPÍTULO 9

—Haz exactamente lo que yo diga —ordenó Beckham mientras se acercaban a la puerta abierta de la sala de conferencias.

Reyna asintió levemente. Después de su encuentro con Roland, no le hacía nada de gracia asistir a esa reunión. Estaba a punto de entrar a una sala llena de vampiros muy poderosos, y eso bastaba para dejarla sin habla. Ojalá supiera qué carajos estaba haciendo allí.

Beckham entró en la amplia sala de conferencias y ella lo siguió de puntitas con la cabeza gacha. La sala ya estaba llena y rebosaba de expectación. Rezaba por volverse invisible, aunque resaltaba completamente.

Beckham tomó asiento cerca del fondo de la gran mesa rectangular.

—Siéntate aquí —indicó, señalando el lugar que estaba justo a su lado.

La silla la hacía parecer un poco más bajita, pero no estaba en condiciones de discutir.

Pocos minutos después, un desconocido entró en la sala y se hizo el silencio. Estaba encorvado y se apoyaba pesadamente en un bastón; su pelo era escaso, tenía la piel cetrina y parecía aún más pálido que los demás vampiros. Si no hubiese sabido lo que era, habría creído que se trataba de un anciano a punto de morir. Todos los hombres y mujeres presentes eran claramente vampiros, con sus cutis impecables, trajes inmaculados y cuerpos jóvenes y hermosos. Y todos, sin excepción, le mostraban una reverencia evidente.

El hombre avanzó hasta la cabecera de la mesa y se acomodó en su silla. Por lo frágil y enfermo que se veía, cualquiera habría esperado que alguien se apresurara para ayudarlo a sentarse, pero nadie se movió. Reyna también había pensado que no era tan intimidante… hasta que sus ojos barrieron la sala y se posaron sobre ella, sentada al lado de Beckham. En ese instante, supo que era letal.

Un escalofrío le recorrió la espalda y apartó la mirada de inmediato. A pesar de su estado, se veía que no era alguien a quien debía tomarse a la ligera.

—Bienvenidos —saludó. Su voz retumbaba a pesar de su aparente fragilidad—. Para quienes no me conocen, soy William Harrington, fundador y director ejecutivo de Visage Incorporated, y hoy es un gran día para la empresa.

La sala se mantuvo en silencio, y Reyna sintió cómo la tensión se acumulaba.

—Todos ustedes han contribuido enormemente a que este momento se hiciera realidad. Llevo más de veinte años trabajando por este resultado, y hoy por fin lo hemos logrado.

La joven tragó saliva. Eso no sonaba bien.

—Como ya saben, desde el anuncio de la Casa Blanca, el Censo de Sangre fue aprobado por el Congreso y firmado por el presidente.

Los presentes aplaudieron, pero Reyna miró a su alrededor, desconcertada. ¿Un Censo de Sangre? ¿Qué demonios era eso?

El hombre levantó una mano y el silencio volvió.

—Nuestra versión de la legislación fue aprobada, y el presidente ha accedido a colaborar directamente con Visage para completar todas las pruebas de tipo sanguíneo incluidas en la muestra del censo. Una vez finalizada, tendremos una lista completa con los tipos de sangre de toda la población humana del país.

El rostro de Reyna palideció. ¿Por qué necesitarían una lista completa? ¿Acaso no tenían ya un programa voluntario con más empleados que cualquier otra empresa del mundo? ¿Para qué querrían un registro total de los tipos de sangre humanos?

La sala estalló en aplausos de nuevo, pero ella se inclinó hacia Beckham.

—¿Yo tengo que participar en el Censo de Sangre? —susurró.

—No.

—¿Por qué no?

—Solo quienes no han sido evaluados por Visage en los últimos diez años deben someterse a la prueba.

—¿Por qué?

—¿Por qué qué? —gruñó en voz baja.

—¿Por qué específicamente en los últimos diez años?

—Nueva tecnología.

Reyna frunció el ceño.

—Pero ¿qué más da, si solo buscan el tipo de sangre? Eso existe desde hace décadas.

—Cállate, Reyna. Estamos en medio de una reunión —espetó.

La joven se recostó bruscamente en su silla, odiaba que la cortara así. Seguro que no era la única a la que le parecía extraño incluir una prueba de sangre en un censo.

Se distrajo durante la siguiente media hora mientras hablaban sobre la implementación y los aspectos comerciales que tendría la participación de Visage en el censo. Debieron cambiar de tema en algún momento, porque Beckham la empujó con el codo para llamar su atención, y ella alzó la vista hacía el hombre mayor que seguía hablando.

—Como ya hemos tratado en reuniones anteriores, los puestos de patrocinador permanente han entrado oficialmente en vigor.

«Ah, me hablan a mí».

—Tres de nuestros cargos de más alto rango han traído hoy a sus sujetos para hablar del nuevo programa. Roland Batiste,

Cassandra Dresla y Beckham Anderson. Por favor, pasen al frente con sus sujetos.

La silla de Beckham chirrió al arrastrarse sobre el suelo, y la ayudó a levantarse. Las piernas de Reyna temblaban al avanzar hacia el frente de la sala. Roland fue detrás de ellos, seguido por una mujer alta, delgada como una modelo, enfundada en un vestido blanco ceñido y con una melena rubia y suelta. Detrás llegó una tercera mujer, pelirroja, con el cabello recogido en un chongo bajo, y con una belleza tan deslumbrante que parecía irreal. Se veía peligrosa, pero seductora.

Ella fue la primera en alcanzar a Roland.

—Roland, cariño.

—Cassandra —respondió, mostrando una sonrisa magnética mientras le besaba ambas mejillas.

—Beckham, querido. —La mujer sonrió y se colocó junto a él para besarle las mejillas también.

—Cassie —saludó el vampiro con cordialidad.

Detrás de Cassandra apareció un hombre. Era guapo, de cabello rubio y labios carnosos. Sus ojos no se apartaban del rostro de Cassandra: estaba completamente embelesado.

Roland fue el primero en hablar:

—Estoy satisfecho con mi experiencia siendo patrocinador de un sujeto permanente. Llevamos unas dos semanas juntos y ya es mucho mejor que el programa rotativo. He podido conocerla a un nivel más personal —agregó, mirando a la mujer con lujuria—, porque sé que no se irá. Esta es mi Sophie.

Sophie desfiló al frente, apoyó una mano en su cadera y adoptó una postura teatral. No parecía asustada en absoluto; al contrario, disfrutaba la atención.

—Antes participaba en el programa rotativo, y que me ofrecieran una posición permanente era el sueño de mi vida. Sinceramente, no podría haber pedido nada ni a nadie mejor.

Reyna se contuvo de poner los ojos en blanco. Qué sarta de tonterías.

—Este es Felix. —Cassandra sonrió y deslizó una mano por el brazo de su sujeto—. Lleva conmigo un mes. Admito que estaba escéptica, pues tener un sujeto permanente en mi vida, en mi casa, con mi agenda... sonaba más a molestia que a beneficio. Pero tener a alguien siempre disponible, sin preocuparme de cuadrar horarios... bueno, Felix me ha hecho cambiar de opinión. Es delicioso.

Reyna no pudo evitar una mueca por la terrible elección de palabras.

Felix desvió la mirada del rostro de Cassandra solo lo justo para hablar al público.

—Llevaba tres años en la universidad antes de llegar a Visage. Tenía casi cien mil dólares de deuda y sentía que no había servido de nada. Cuando la economía colapsó, no conseguía trabajo y no tenía adónde ir. Tuve que entrar al programa, y en estos años, nada ha sido mejor que estar en una posición permanente y segura con Cassandra.

Volvió a mirarla embelesado, prácticamente hipnotizado.

Ahora le tocaba a Beckham. Ay, Dios, ¡y luego a ella! ¿Qué carajos iba a decir? No podía hablar ante ese grupo. Apenas llevaba unos días allí y ya había metido la pata más veces de las que podía contar. Además, ni siquiera tenía experiencia previa con Visage.

Beckham tenía la vista fija hacia el frente. Ni siquiera se dignó a mirarla.

—Estoy satisfecho con mi participación en el programa permanente. Mi sujeto es Reyna, es obediente. El modelo de sujeto perfecto.

Se quedó boquiabierta. ¿Desde cuándo? ¿De dónde salían esas mentiras? Agachó la cabeza y clavó los ojos en el suelo, esperando que su incredulidad pasara por incomodidad.

—Muchos saben que al principio me oponía firmemente al programa —continuó Beckham.

Vaya, eso era nuevo.

—Pero tener a Reyna en mi casa, incluso por pocos días, ha hecho que cambie completamente de opinión. Este es el futuro de Visage.

Reyna intentó evitar que su rostro reflejara la sorpresa que sentía. ¿De qué hablaba? Odiaba tenerla en su casa, odiaba tenerla cerca y, sobre todo, odiaba tener que preocuparse por ella. ¿Por qué decía todo eso?

Dirigió la mirada al líder del grupo y pudo distinguir una expresión de triunfo. ¿En qué demonios se había metido?

—Reyna. —Con un gesto, Beckham le indicó que pasara al frente.

La joven puso un pie delante del otro y sintió cómo su cuerpo se paralizaba. Todos la miraban y esperaban que hablara. Las manos le sudaban, tenía la piel helada y sentía que se iba a desmayar. Abrió la boca para comenzar, pero no salió nada. Se llevó una mano al pecho que subía y bajaba junto con su respiración errática.

¿Qué se suponía que debía decir? ¿Qué esperaban de ella? Dios mío, eran demasiadas expectativas.

No, no podía hacerlo.

—Reyna —dijo Beckham con suavidad. Le apoyó la mano en la espalda para acercarla a él, y ella se dejó llevar—. Lo siento, no le gusta hablar en público.

—Voy a vomitar —susurró.

—La sacaré de aquí —anunció enseguida. No sabía si de verdad estaba preocupado o simplemente avergonzado, pero no le importaba. Sentía que no podía respirar y que pronto comenzaría a hiperventilar.

—Está bien. Asegúrate de que se sienta mejor, Beckham —indicó el señor Harrington, mientras Beckham la conducía hacia la puerta trasera—. Humanos, son tan frágiles. Bien, los puestos permanentes se implementarán para todos los empleados de alto rango de Visage tan pronto como encontremos candidatos adecuados.

La puerta se cerró detrás de ellos y Beckham le puso una mano en el hombro.

—Reyna, cálmate. Ya no hay nadie, estás a salvo.

—Lo... lo siento —tartamudeó. Se llevó una mano a la frente y con la otra se aferró al saco del vampiro.

—Cuando dijiste que no te gustaba hablar en público, pensé que te referías a que no era tu actividad favorita. No que te ibas a quedar congelada y a punto de desmayarte.

—Bueno, pues te aviso que hablar en público me deja al borde del colapso —soltó.

—¿Siempre haces eso?

—¿Qué cosa?

—Usar el sarcasmo como mecanismo de defensa.

—¿Tú qué crees? —respondió. Su respiración se iba normalizando poco a poco. Se apoyó pesadamente contra la puerta y echó la cabeza hacia atrás.

Las pupilas del vampiro se dilataron al verla con el cuello expuesto. Ella notó cómo se acercaba y su cuerpo se quedó inmóvil. Por un instante, fue como si el mundo girara en torno a ellos, como si Reyna lo hubiera estado esperando toda la vida.

Entonces Beckham retrocedió un paso y carraspeó.

—Será mejor que regrese.

Ella cerró los ojos, sin saber si era por el miedo o por la vergüenza de lo que él seguramente había visto reflejado en ellos.

—Está bien, ve.

—Tu corazón late muy rápido —murmuró él, tan cerca que casi podía sentirlo sobre ella.

—Sí —susurró. Su mano le rozó el cuello con suavidad, y ella casi dejó de respirar—. ¿Becks?

Abrió los ojos cuando la presión desapareció. Beckham ya no estaba.

Reyna se irguió y miró a través del vidrio de la puerta hacia el interior de la sala, pero no había rastro de él. ¿Qué carajos?

¿Dónde se había metido? ¿Y por qué había desaparecido justo después de tocarla?

Beckham era un misterio hecho persona.

CAPÍTULO 10

Reyna permaneció apoyada contra la puerta hasta que por fin logró calmarse, su pulso volvió a la normalidad y su respiración dejó de ser entrecortada. Aunque seguía desconcertada por lo ocurrido con Beckham, su mente volvía a funcionar con relativa claridad.

No sabía qué lo había ahuyentado y preguntárselo no serviría de nada. A pesar de que no llevaba tanto tiempo a su lado, estaba claro que no le gustaban las preguntas, mucho menos las que ella hacía.

Unos minutos después, la reunión de personal terminó y todos los vampiros comenzaron a abandonar la sala. Reyna se pegó a la pared, sintiéndose de pronto muy vulnerable sin Beckham a su lado. Sin embargo, apenas le prestaron atención. El flujo de gente se había reducido cuando Roland y Cassandra aparecieron con sus respectivos sujetos y en compañía del señor Harrington.

—Ah, aquí está, señorita Carpenter —dijo el anciano—. No creo que nos hayan presentado oficialmente. Soy William Harrington.

Le tendió la mano y Reyna extendió la suya.

—Eh… puede llamarme Reyna.

—Reyna, claro. Lamento su incomodidad antes. ¿Se siente mejor?

—Sí, mucho mejor —respondió con rapidez. Se encogió sobre sí misma al ver con quién estaba. Dios, ¿dónde carajos se había metido Beckham? La ponía nerviosa, sí, pero al menos era *su* vampiro.

—Bien. —Harrington mostró todos los dientes al sonreír. Reyna alcanzó a ver sus colmillos e intentó no estremecerse—. ¿Qué le parece el programa hasta ahora?

Sus ojos eran tan punzantes como sus colmillos. No sabía qué estaba buscando, pero no pensaba darle más información de la necesaria.

—Bien, estoy muy satisfecha.

—No lo dudo —soltó Roland.

—Gracias por preguntar, señor Harrington —agregó ella, ignorando el comentario de Roland.

—¿Dónde se metió Beckham, por cierto?

Roland se encogió de hombros.

—¿Quieres esperarlo? —preguntó a su líder, poniendo una mano sobre el hombro de Reyna—. Yo puedo encargarme de su mascota hasta que aparezca.

Sintió su corazón desbocarse. No, definitivamente no debía quedarse a solas con Roland, Beckham había sido muy claro al respecto. Pero ¿dónde carajos estaba?

Sophie tomó la mano de su patrocinador.

—¿Por qué? ¿También la quieres a ella?

—Oh, cariño, no te preocupes —apuntó, acariciándole el cabello como si fuera una niña—. Puedo ocuparme de las dos.

—No me gusta cuando hablas así —murmuró ella, haciendo un puchero.

La mano de Roland se enredó bruscamente en el pelo de Sophie, obligándola a echar la cabeza hacia atrás. La mujer hizo una mueca de dolor, con los ojos abiertos como platos.

—Pago mucho dinero por tenerte aquí, Sophie. Haré lo que me dé la gana.

Reyna tragó saliva, pero nadie más pareció inmutarse. No le había creído a Beckham cuando dijo que él era *amable*. Había palabras que lo describían mejor, como *frío, distante* o *sombrío*.

Sin embargo, al ver cómo Roland trataba a Sophie, se sintió afortunada.

—Sí, que Reyna venga con nosotros. Beckham sabe a dónde vamos —dijo Harrington.

—Estoy segura de que no anda lejos —soltó ella, mostrándose visiblemente nerviosa.

—No hay problema —intervino Cassandra—. Puedes venir con nosotros.

Le sonrió, pero Reyna no sabía si confiar en ella. No era tan inquietante como Roland, pero en su mirada había cierta ferocidad y una seguridad seductora que invitaba a no contradecirla.

Reyna echó un vistazo alrededor una vez más, ansiosa, y luego asintió.

—Está bien.

El grupo tomó el ascensor hasta un garaje subterráneo. El lugar estaba repleto de coches negros con cristales polarizados y limusinas, y al fondo había unos autos deportivos en tonos rojos, naranjas y amarillos. Ni un solo coche normal a la vista. Se preguntó si esa era la zona para ejecutivos y los empleados comunes se estacionaban en otro lado, o si todos esos autos eran propiedad de la empresa.

Tres vehículos se echaron en reversa y se detuvieron frente a ellos. Harrington subió al primero, solo. Roland y Sophie al segundo. El vampiro miró una vez por encima del hombro hacia Reyna, pero Cassandra puso una mano sobre la espalda de la joven y Roland desapareció en el interior de su coche.

El siguiente auto era para Cassandra, Felix y Reyna. Ella rodeó el vehículo y se sentó junto a Felix. Cassandra se apartó la melena roja de los hombros y los miró.

—Entonces, Reyna, ¿qué hacías antes de convertirte en acompañante?

Reyna tosió por la sorpresa. ¿También los vampiros les llamaban así?

—Eh… nada, en realidad.

Cassie alzó una ceja.

—¿Nada de nada? ¿No tenías vida?

—Pues… no. Terminé la escuela, no tenía dinero para ir a la universidad, y no encontraba trabajo.

No es que hubiera muchas oportunidades disponibles. Llevaba dos años buscando, pero nadie quería contratarla; al menos no para alguna actividad que sus hermanos aprobaran.

—Ya veo —dijo Cassandra, acariciando el brazo de Felix—. Entonces, tampoco tienes experiencia como acompañante, ¿cierto?

Reyna negó con la cabeza.

—Mmm. ¿Y cómo te sientes cuando Beckham te saborea?

Reyna se quedó muy quieta. Estuvo a punto de decir que aún *no lo había hecho*, pero, por alguna razón, sintió que esa no era la respuesta adecuada. No quería que pensaran que algo iba mal y la reasignaran… o la despidieran.

—Está bien —susurró.

—¿Bien? —Cassie soltó una risa—. Felix, ¿dirías que cuando te saboreo «está bien» y ya?

—Es como estar en el cielo mismo.

Cassandra le acariciaba el cuello provocativamente y Reyna no pudo evitar seguir el movimiento de su mano. Había pequeñas marcas en su piel; no eran heridas abiertas, solo minúsculas imperfecciones que ni siquiera habría notado si no estuviera atenta.

—Sí, lo es —ronroneó ella.

De la nada, expuso el cuello de Felix con brusquedad, mostró los colmillos y los hundió en su garganta. Reyna gritó y se pegó lo más que pudo a la puerta del coche. Se quedó boquiabierta al verla hundirse en el cuello del joven para beber la sangre espesa y roja. Un hilo le corrió por la barbilla hasta manchar la camisa de su acompañante, y el azul claro de la tela se oscureció al absorberla.

Reyna no podía apartar la mirada. Felix tenía los ojos en blanco y una expresión de éxtasis puro en su rostro. Cassandra emitió un sonido al beber, y la forma en que lo sostenía… era como sostener a una presa, como sostener su alimento.

Todo acabó tan rápido como había empezado. Cassandra recorrió con su lengua desde la clavícula hasta la herida para dejarla limpia. Ya estaba cicatrizando gracias a la saliva vampírica; solo quedaban dos pequeñas marcas y la mancha en su camisa.

—Oh, no, miren qué desastre he hecho —se lamentó, relamiéndose y observando la expresión horrorizada de Reyna—. No te preocupes, linda. Le conseguiremos otra camisa.

Y se echó a reír como loca antes de recostarse nuevamente en el asiento.

Reyna no se movió durante el resto del trayecto, ni siquiera cuando Felix se quitó la camisa, mostrando su torso esculpido, para ponerse otra. No quería pensar en cuántas veces había ocurrido eso como para que Cassandra llevara repuestos en el coche.

Quizá no estaba lista para que Beckham la mordiera. No, no lo estaba para nada.

Unos minutos después, llegaron a un restaurante. Cassandra la condujo al interior; era un local elegante, con una clientela de clase alta: uno de esos trajes costaba más que todo el Distrito de los Almacenes.

Los llevaron a una mesa al fondo y Reyna se sentó junto a Felix; el joven parecía normal, pero había algo en su forma de moverse que lo hacía lucir aturdido. ¿Era por la pérdida de sangre? ¿O Cassandra lo tenía drogado?

Harrington se sentó a la cabecera y miró el rostro pálido de Reyna.

—Cassandra —la reprendió.

—¿Hmm? —preguntó, mientras se aplicaba otra capa de lápiz labial rojo sangre.

—¿No podías esperar?

Ella alzó la vista con un aire travieso.

—¿Debería haber esperado? Tenía hambre y no es adecuado hacerlo en público.

Harrington le chasqueó los dedos a una camarera.

—Tráele a esta chica un vaso de agua.

Ella asintió y se esfumó. El agua apareció de inmediato y Reyna bebió tanto como pudo de un trago.

—¿Cuándo crees que entrará en vigor el Censo de Sangre, William? —preguntó Roland. Apoyó su brazo en el respaldo de la silla de Sophie y ella se inclinó hacia él.

—Tan pronto como logremos que el Poder Ejecutivo lo impulse. Son lentos, pero yo estoy financiando el proyecto, así que no depende de los impuestos. Idealmente, en un mes. El presidente habla de seis, pero no tiene ni idea.

—Pobre títere. Me pregunto a qué saben los títeres —entonó Cassandra.

—Es B positivo, Cassie. No vas a probarlo.

Ella alzó las cejas.

—Si fabricaras el maldito antídoto de una vez, podría probar a quien me diera la gana.

—¿Antídoto? —preguntó Reyna. No le gustó cómo sonaba eso para la población humana.

Harrington la miró.

—Todo está en fase de pruebas. Buscamos replicar al donante universal, así no haría falta ser tan específicos al seleccionar sujetos.

—Como en los viejos tiempos —dijo Roland—. Una *fête.*

Harrington rio.

—Ya tienes tu banquete, Roland. Ahora, tan solo disfruta de tu pequeña Sophie.

—Oh, lo hago.

—¿Y por qué… por qué lo necesitarían? —Reyna no pudo evitar la pregunta.

—Haces muchas preguntas, ¿no? —Harrington dirigió hacia ella su mirada de acero, y Reyna bajó la vista hacia su vaso—. Me sorprende que Beckham te permita ser tan curiosa, si lo detesta. Quizá aún no te ha roto.

Se estremeció ante la elección de palabras. ¿*Romperla*? ¿Eso era lo que tenía pensado para ella?

—Si tanto te interesa —continuó—, tengo un tipo de sangre rarísimo. ¿Sabes cuál es el más raro?

Reyna se aclaró la garganta.

—No.

—Rh nulo negativo. Significa que el individuo no tiene ningún antígeno Rh. Ni A, ni B, ni O. El verdadero donante universal. Es tan raro que solo he encontrado a tres personas que lo tienen desde que empecé a buscar.

—¿Solo tres?

—Exacto. Dos están muertas y una está a punto de estarlo. Un donante universal resolvería parte de mi problema. —Señaló su cuerpo deteriorado—. Buscamos un acompañante permanente para mí, pero estamos explorando otras opciones también.

—Bueno —murmuró, incómoda—. Espero que encuentre a alguien.

Harrington volvió a mostrar los colmillos.

—Yo también, querida. Estoy cambiando el mundo con esta empresa, empleando a más humanos que nunca. Cuando el censo entre en vigor, encontraré a los demás sujetos Rh nulo… si es que existen. —Su mirada se perdió por un momento y luego volvió a enfocarla—. Los encontraré.

En ese instante, Beckham apareció en la puerta como una tormenta a punto de estallar. Reyna se enderezó de inmediato, y él caminó por el lugar como si contuviera una fuerza que estaba a nada de desatarse.

—Ah, Beckham. Por fin —dijo Harrington.

—Perdón, William. Necesito hablar con Reyna. A solas.

Se apresuró a seguirlo y doblaron la esquina. Cruzaron las cocinas, salieron por la puerta de atrás y bajaron por un pasadizo hasta un callejón sin salida. Entonces la empujó contra la pared de ladrillo. Su puño se estrelló contra el muro, que tembló y dejó caer algunos fragmentos sobre los hombros de Reyna.

—Te fuiste —gruñó.

—Yo...

—No. —Con un movimiento brusco, le puso un dedo sobre los labios. Ella dejó de respirar y lo miró a los ojos, tan oscuros como la noche. Su cuerpo temblaba bajo esa mirada salvaje—. Te fuiste sin mí.

El silencio era denso. Estaban casi pegados, el dedo del vampiro seguía sobre su boca, y la mente de Reyna vagaba hacia lugares peligrosos.

—Eres *mi* sujeto. ¿Tienes idea de lo que fue volver y que hubieras desaparecido? De la nada estás con tres vampiros... —Ella negó lentamente, pero él le mostró los colmillos y Reyna se encogió de miedo—. Están hechos para beber tu sangre, para dejarte seca y convertirte en un cadáver vacío. Somos asesinos, no dudamos. Solo porque llevamos trajes y parecemos humanos no significa que lo seamos. No somos como tú, mucho menos *ellos*. La única forma de llegar a lo más alto en Visage es siendo despiadado, Reyna. ¿Lo entiendes?

—Me estás asustando —susurró.

—Bien.

Se apartó y se pasó las manos por el pelo, intentando calmarse.

—¿Qué ocurrió mientras no estaba? Cuéntamelo todo.

Ella le relató lo del coche con Cassandra, la charla sobre el censo y el tipo de sangre excepcional. Beckham gruñó en voz baja y pareció a punto de golpear la pared otra vez.

—Te dije que *no* hablaras.

—Lo sé. Pero un censo y un antídoto... suena muy serio. ¿Alguien más lo sabe?

—No, y nadie más debe saberlo.

—No tengo a quién contárselo —murmuró—. ¿Becks?

—¿Otra pregunta? Me agotas.

Ella se mordió el labio.

—Si no estabas de acuerdo con el programa de permanentes, ¿por qué me aceptaste?

—¿Eso importa?

—No bebes de mí, no confías en tus colegas y desapruebas el trabajo de Visage. Aun así, estás en la cima. Intento entenderte.

Él la miró brevemente, con un destello salvaje en los ojos.

—Sería mejor que no lo hicieras.

CAPÍTULO 11

El resto de la tarde fue mejor de lo que esperaba. Mientras Beckham y sus colegas se tomaban un cóctel y discutían sobre la empresa, Reyna comió un almuerzo completamente normal. Sin embargo, después de lo sucedido, Beckham la mantuvo bajo una vigilancia férrea. Lo que sea que lo hubiera alterado por irse de Visage sin él, se hizo sentir incluso en su vida cotidiana. Reyna no podía salir del *penthouse* sin que él la acompañara, lo cual significaba que no salía nunca. Su mundo se había convertido en una rutina monótona, y no se parecía en nada a lo que había imaginado.

Lo que más le llamaba la atención era que, después de casi seis días, Beckham no había bebido de ella ni una sola vez. Y, honestamente, no tenía idea de cómo hacía el vampiro para sobrellevarlo. Una semana era el máximo que los de su clase podían pasar entre comidas sin empezar a sentirse enfermos e irritables, y aunque Beckham no podía volverse más irritable de lo que ya era, desde luego no parecía enfermo.

No sabía qué significaba, pero después del espectáculo que había dado Cassandra en Visage, no tenía muchas ganas de preguntárselo.

Desde su conversación con Harrington, Reyna había empezado a interesarse por el desarrollo del Censo de Sangre y las investigaciones sobre antídotos. Circulaban rumores de que Visage había comprado el censo al gobierno para llevar a cabo una misión secreta. Reyna quería decirle a la gente que estaba en lo cierto, pero, por supuesto, no podía. No podía hacer nada que pusiera en riesgo el dinero para su familia.

Mientras se le iba un día más, lleno de un tedio absoluto, recordó que tenía la tarjeta de Everett, así que la sacó del bolso y marcó su número.

Después de dos tonos, Everett respondió:

—¿Hola?

—Everett, soy yo, Reyna —dijo entusiasmada. No había salido de casa y la idea de ver a otro ser humano le levantó el ánimo.

—Ah, señorita Carpenter —respondió él—. ¿Has decidido unirte a nosotros?

—¿Sigo invitada?

—Por supuesto. ¿Dónde paso por ti?

—Oh… eh, sigo en casa de Beck… del señor Anderson —explicó. Nunca se había sentido más incómoda.

Se hizo un silencio.

—Bien, de acuerdo. Te recogeré en la recepción el sábado a las nueve.

—Perfecto. ¡Qué emoción!

—Entonces, nos vemos.

—Espera, ¿qué debería ponerme? —Nunca se había preocupado por eso antes de conocer a Beckham, pero ahora temía ir demasiado arreglada… o demasiado informal.

Everett soltó una carcajada.

—Lo que quieras. Solo vamos a un antro.

—Un antro, claro —repitió, como si hubiera estado en uno antes.

Y así fue como acabó revolviendo su armario a las ocho de la noche del sábado, buscando algo que ponerse. Aún no le había dicho a Beckham que iba a salir, pero quizá era mejor avisarle al irse que pedirle permiso. Él había dicho el primer día que no era su prisionera; si eso era cierto, entonces no debería tener problema en que saliera con unos amigos. Estaría bien… o, al menos, eso se repetía a sí misma.

Después de investigar en internet qué atuendos usar para salir de fiesta, finalmente se decidió por un vestido negro brillante con un subtono plateado, tirantes finísimos y un escote cuadrado que se ceñía a su figura como un guante. Lo combinó con unas sandalias de tiras negras de tacón, y recogió todo su cabello oscuro en un chongo alto, dejando unos mechones sueltos enmarcando su rostro, algo muy diferente de su habitual coleta. Esperaba no desentonar demasiado.

A eso de las nueve menos cuarto, salió de su habitación en busca de Beckham. No tenía muchas ganas de enfrentar esta conversación.

La sala estaba vacía, como siempre, y tuvo que mandarle un mensaje para que saliera del cuarto del fondo, al que ella no tenía permitido entrar. Cuando por fin apareció, se detuvo en seco en el umbral de la puerta. Sus ojos se agrandaron al recorrerla de pies a cabeza, y el aire entre ellos chispeó.

—¿Qué traes puesto?

Ella señaló su atuendo.

—¿Un vestido? Tú lo dejaste en mi armario.

—Sí, pero no para las nueve de la noche si vamos a quedarnos en casa.

Tragó saliva y reunió el valor para decírselo.

—Bueno, voy a salir con unos amigos.

De todas las reacciones que esperaba, la risa era la última.

—¿Tus amigos? ¿Los del Distrito de Almacenes? —preguntó incrédulo.

—No —soltó con rabia sin poder evitarlo. Él no tenía por qué ser tan imbécil—. Los que he hecho desde que estoy aquí. Vamos a un antro que está cerca de aquí, nada más.

Beckham se irguió de inmediato. Claramente no le gustó su tono ni que se reuniera con gente que él no conocía.

—¿Y quiénes son esos amigos tuyos?

—Voy a salir con Everett, el del vestíbulo.

—¿El del valet? —preguntó frunciendo los labios.

—Sí —respondió mientras se alisaba el vestido e ignoraba su mirada de desaprobación. No iba a acobardarse—. Vamos a salir con sus amigos.

—No —sentenció—. Eso no suena seguro.

—¿Cómo que no suena seguro? ¡Ni siquiera los conoces!

—Por eso.

—No, tú no puedes decidir. Dijiste que no era tu prisionera, y me has tratado como tal toda esta semana, sobre todo después de que me fui de Visage sin ti. ¿Qué se suponía que debía hacer? Dijeron que nos íbamos y que tú nos alcanzarías, por eso los seguí. No puedes obligarme a quedarme aquí.

—No eres mi prisionera. —Su mirada era de acero. Sabía que lo estaba sacando de sus casillas, pero a estas alturas, a Reyna le daba igual—. No entiendes esta ciudad, y no tienes idea de lo que puede haber ahí fuera.

—No va a pasar nada. Estoy en un lugar nuevo, no conozco a nadie y la primera persona que ha sido amable conmigo sin que le paguen por ello me invitó a salir con sus amigos. ¿No puedes entender lo que eso significa para mí?

Beckham la observó en silencio. Ella apretó los dientes y cruzó los brazos con gesto desafiante. Tenía planes, y él no iba a dictarle su vida. Para que esta situación funcionara como algo permanente, tendría que aprender a confiar en ella.

—¿Entonces? ¿No lo entiendes en absoluto? —preguntó—. Déjame explicártelo. Estoy completamente sola. Todo el tiempo. No tengo amigos. Mis hermanos están a una hora de aquí y ya no forman parte de mi vida. La única persona en mi vida … eres *tú*.

Beckham alzó una ceja y la miró con su típica impasibilidad.

—Y contigo me siento… inútil.

—¿Inútil? —repitió.

—¿Que no te da hambre *nunca*?

Beckham sonrió con sorna, lo cual la sacó aún más de quicio. ¿Cómo podía mantenerse tan tranquilo? No es que ella ansiara que la mordiera. La idea todavía la aterraba, pero ¿acaso no comía?

—¿Cómo acabé con el único vampiro que no come? —exclamó, frustrada.

Él la miró como si intentara leer más allá de sus palabras.

—¿Eso es lo que quieres?

Tragó saliva, había llegado a terreno peligroso. No quería volver a tener esta conversación. No quería pensar en los besos que él le había dejado en el cuello. En cómo, pese al miedo que debería sentir, cuando él la miraba así, su interior se incendiaba. Era una paradoja inquietante.

—Estoy intentando entenderte.

—Pensé que había dejado claro que no debías intentarlo —replicó. Su mirada era intensa, letal.

—No soy buena siguiendo instrucciones.

—Ya me había dado cuenta.

—Entonces, ¿solo me aceptaste para contentar a tu jefe? —soltó por fin la pregunta que llevaba días dando vueltas en su cabeza, desde que se enteró de que Beckham ni siquiera había querido una permanente.

—¿Te molestaría si te dijera que sí?

La respuesta la dejó sin palabras.

—¿En serio?

Beckham no parecía del tipo que aceptaría algo así solo por trabajo. No daba la impresión de que alguien pudiera obligarlo a nada. Era imponente, y ni siquiera esa palabra alcanzaba a describirlo.

Dio unos pasos lentos hacia ella, como un depredador acechando a su presa. Reyna retrocedió por instinto, pero pronto recordó que no iba a morderla. Si no lo había hecho ya, dudaba que lo hiciera ahora. Aquella primera vez había sido un accidente. A él ni siquiera se le antojaba, y ella no debería desear que las cosas fueran diferentes.

—¿Acaso parezco feliz de tener a alguien invadiendo mi espacio? ¿Alguien a quien tengo que vigilar constantemente? —preguntó. Estaba tan cerca que Reyna tuvo que alzar la cabeza para mirarlo.

Su estómago dio un vuelco con su proximidad. Era como si hubieran quedado atrapados en una burbuja. Beckham tenía una presencia tan poderosa que, cuando estaba así de cerca, era imposible olvidar que era un vampiro. A veces, se volvía abrumador.

Sin embargo, por primera vez, pudo ver al hombre que se escondía debajo de esa fachada letal. Podía ser aterrador… pero también era aterradoramente hermoso, con su cuerpo esculpido, sus pómulos afilados y esos ojos como pozos de ónix. Destilaba masculinidad sin siquiera intentarlo.

—No —susurró por fin, sacudiéndose esos pensamientos y volviendo al tema. Estaba claro que Beckham no era del tipo que quisiera a nadie en su *penthouse*. No debía enfadarse porque él no la quisiera, pero sentirse inútil la enfurecía. Ser inútil en su trabajo era otro nivel—. Entonces, ¿qué? ¿No vas a beber de mí porque invado tu espacio?

—Puedo hacer lo que quiera contigo, pequeña.

La forma en que los ojos de Beckham recorrieron su cuerpo cubierto con ese minúsculo vestido la hizo sentirse completamente sucia. Ella le devolvió la mirada, encontrando solo al monstruo en sus pupilas.

—Muy bien. Bébeme. No me bebas. Muérete de hambre. Por mí, puedes hacer lo que quieras, pero esta noche voy a salir. Y si no me voy ya, llegaré tarde.

Le lanzó una mirada fulminante y caminó hacia el ascensor. Pulsó el botón y empezó a golpetear el suelo con el pie, impaciente.

Cuando ya estaba dentro y las puertas comenzaban a cerrarse, él dijo por fin:

—Ten cuidado esta noche, pequeña.

CAPÍTULO 12

Reyna bajó tarde y más que irritada. Beckham conseguía alterarla como nadie más lo había hecho nunca. Su sola presencia la ponía nerviosa; la mayoría del tiempo quería abofetearlo, y luego se perdía contemplando ese rostro tan atractivo. Ni siquiera le caía bien, pero la tensión era tan densa que nunca sabía hacia qué lado se inclinaría la balanza.

—Guau —dijo Everett al verla salir. Estaba boquiabierto. Reyna sonrió ante su reacción y lo observó: llevaba unos jeans oscuros y una camisa a rayas azules arremangada hasta los codos. Quizá ella iba demasiado arreglada.

—¿Guau bien? —preguntó.

—Guau genial. Estás increíble.

—Gracias —respondió, radiante.

—Vas demasiado guapa para salir conmigo y mis amigos.

—¿Debería cambiarme? —preguntó con duda.

—Ni hablar. Si el señor Anderson te dejó salir así esta noche, no voy a dejar que vuelvas a entrar.

Reyna rio.

—Beckham. Llámalo Beckham. «Señor Anderson» suena a que es mi papá o algo.

—Claro, como digas. —Everett le ofreció el brazo—. Tengo el coche estacionado atrás. Es la costumbre.

Ella apoyó la mano en su manga y lo siguió hasta donde tenía estacionado un Mustang antiguo.

—Este coche es increíble —murmuró, fascinada.

—Gracias. La carrocería es original. Lo restauré con mi padre, era mecánico antes de que la economía se fuera a la mierda. Cuesta mantenerlo con gasolina, pero para ir y volver del trabajo no está mal.

Everett abrió la puerta del copiloto y ella se hundió en el asiento. Desde que había dejado el Distrito de Almacenes, era la primera vez que subía a un coche sin chofer. Se sentía más normal, menos como una muñeca de escaparate. Esa noche no era la mascota de nadie, solo era Reyna.

El antro estaba a cinco o seis cuadras. En un día normal en casa, habría ido y vuelto caminando sin problema; sin embargo, no era seguro hacerlo en la ciudad, y ya no tenía sus tenis, solo esos absurdos tacones.

Dejaron el coche en el valet y entraron al local, un sitio vibrante ya medio lleno de cuerpos. Everett le tomó la mano y la arrastró entre la multitud hasta un sitio reservado, en donde ya se encontraba un grupo de personas, con copas y una jarra de cerveza sobre la mesa. En cuanto llegaron, una rubia se lanzó sobre Everett.

—Everett, llegaste.

Él la abrazó y se separaron; luego tiró de Reyna para acercarla más.

—Mara, esta es mi amiga Reyna. Acaba de mudarse a mi edificio.

Reyna lo miró con curiosidad mientras él la guiaba hacia el interior del reservado y se sentaba a su lado. Mara se acomodó enfrente.

—¿También estás en el valet? —preguntó con incredulidad.

Everett negó con la cabeza.

—Es recepcionista.

—Genial. Yo fui camarera allí una semana antes de que me dieran ganas de abrirme las venas para que los malditos chupasangres hicieran una fiesta.

—Oh —murmuró Reyna con incomodidad. ¿Por qué motivo Everett había mentido sobre ella? Sabía perfectamente para quién trabajaba; sin embargo, estaba claro que a aquella mujer no le gustaban los vampiros, así que quizá era mejor seguirle el juego.

—Mara —intervino Everett, negando con la cabeza—. Deja la política por una noche, ¿quieres?

—Okey, okey —respondió alzando las manos—. Te presento al resto. Reyna, ellos son Brianna, Tucker y Coop.

Los señaló uno por uno: Brianna era una mujer negra muy alta que llevaba un vestido rojo estampado y el cabello corto; Tucker era un tipo de espesos rizos negros y piel color canela que usaba una chamarra de cuero gastada; y Coop era un chico blanco de pelo castaño largo, que parecía un rockero flacucho y tatuado.

—Entonces, Reyna —comenzó Brianna, inclinándose sobre la mesa—, ¿de dónde sacaste ese atuendo? ¿Robaste un banco?

Reyna bajó la vista y se dio cuenta de lo ridícula que debía parecerles. Iba envuelta en seda, con marcas de diseñador y zapatos carísimos.

—Ah, esto… Bueno, no se lo digas a nadie, son imitaciones. —De pronto fue consciente de que con ellos tampoco podía ser realmente libre. Al menos con Becks no tenía que mentir sobre quién era.

—Las mejores imitaciones que he visto —dijo Mara, claramente sin creérselo.

—¿Quieres una copa? —preguntó Everett.

—Muero por una. —Reyna salió del reservado y lo siguió hasta la barra—. ¿Qué demonios fue eso?

—Lo siento —dijo con una sonrisa tímida—. Por aquí no tienen buena opinión de Visage.

—¿Y cómo sabes que trabajo para Visage?

Everett le lanzó una mirada significativa.

—Una mujer hermosa con una tarjeta de crédito ilimitada que va y viene con Beckham Anderson… Es bastante obvio.

—Oh… —Sus mejillas se encendieron—. ¿Crees que soy hermosa?

Everett rio.

—Sí, pero no se lo digas a Beckham. Ese cabrón da miedo.

—Cierto —admitió, pero algo le llamó la atención—. Espera, ¿Beckham siempre sale con chicas guapas?

Se apoyó en la barra mientras Everett pedía las bebidas.

—No diría que siempre sale, pero todas las mujeres con las que lo he visto eran atractivas. —Frunció el ceño—. ¿Por qué?

—Curiosidad.

Pensar en otras mujeres pasando por la vida de Beckham la inquietaba, aunque no sabía muy bien por qué. Llevaba poco tiempo allí, pero era lógico que, dado el sistema, tuviera una donante distinta cada mes. Y todas eran hermosas, especialmente elegidas para la élite.

Trató de ignorar el nudo en el estómago. No entendía por qué le molestaba tanto imaginarlo alimentándose de otra: esto era un trabajo, lo era para todas. No tenía nada de malo y no era asunto suyo. Definitivamente no lo era.

Everett le entregó una copa de un líquido rojo oscuro y ella alzó una ceja.

—¿Y esto?

—Disfruta la ironía. Se llama chupasangre.

Se llevó el vaso a los labios. El líquido espeso le estalló en la boca con un sabor a cereza dulzón y delicioso. Everett se inclinó y le limpió una gota del labio. Ella se tensó y apartó la vista; no estaba segura de qué significaba esa salida para él, pero ella solo buscaba amigos. Además, no podía evitar pensar en cómo habría reaccionado Beckham al verla con sangre en los labios. Estaba mal en todos los niveles.

Reyna regresó con Everett a la mesa y se deslizó hacia el centro del sillón. Brianna y Coop se besaban con desenfreno mientras Tucker se empinaba una cerveza. Nunca había conocido a gente tan desinhibida. En su casa, todo el mundo trabajaba sin parar; las jornadas eran duras y apenas quedaban fuerzas para divertirse. Incluso su tiempo con Steven era entre turnos en la fábrica.

Mara se inclinó por encima de Reyna y le dio un codazo a Everett.

—¿Le pediste un *bloodsucker*? —Le lanzó una mirada borracha y coqueta.

—Todo bien, Mara. No te preocupes —respondió el joven.

Ella apartó la mano y puso los ojos en blanco.

—Como digas.

Brianna se despegó de Coop.

—Ah, un *bloodsucker*. Es delicioso, apenas sabe a sangre.

Reyna palideció.

—¿Qué?

Mara soltó una carcajada.

—¡Buena esa, Brianna!

—Era broma —aclaró Everett—. No tiene sangre, solo alcohol.

—Ah…

—Hablando de chupasangres —intervino Brianna, señalando con la cabeza hacia la pista de baile.

Todos voltearon. Reyna no vio ningún vampiro. Claro, los pocos que conocía eran ricos y probablemente no pisarían un antro como ese.

—Está guapísima —comentó Tucker.

—¡Tucker! —le recriminó Mara, sacudiendo la cabeza.

—No sabes divertirte.

—¿Quién? —preguntó Reyna.

—La de allá. —Mara le giró la cabeza hasta que encontró a la mujer en el centro de la pista. Era rubia, con el pelo recogido a un lado. Llevaba ropa ajustadísima, labios rojo sangre, y estaba tan delgada que se le marcaban los huesos del cuello.

—¿Qué pasa con ella?

—¿No lo ves? —insistió Mara—. Trabaja para Visage.

Reyna tragó saliva y volvió a mirar a la mujer.

—¿Cómo sabes?

—Mira las mordidas que trae en el cuello —señaló Brianna.

—Es realmente triste —agregó Mara—. Las chicas como ella no tienen opciones, mucho menos tienen elección.

—Bueno, eligieron Visage —replicó Reyna.

—Sí, pero nadie elige ser acompañante de sangre si es que puede conseguir cualquier otro trabajo —intervino Coop.

—¿Y si no puede? —preguntó Reyna, deseando que su propio cuello estuviera cubierto, a pesar de que Becks no se hubiera alimentado de ella. Aun así, sentía como si lo tuviera al descubierto, como si todos fueran capaces de verlo.

Everett le apretó la mano, como si pudiera sentir el golpe de ansiedad.

—Vamos, dijimos que hoy no hablábamos de política.

—Mira, la gente de Visage necesita ayuda —apuntó Brianna—. No deberían estar regalando su sangre. Es perverso.

—Necesitan más que ayuda. Hay que acabar con Visage —sentenció Mara.

—Mara —suspiró Everett—. ¿Podemos dejar este asunto para otra noche?

—Nadie va a dejar de trabajar para ellos mientras sea tan adictivo —añadió Coop.

—¿Qué? —saltó Reyna, volteando hacia él.

—No es cierto —protestó Brianna, dándole un golpe en la cabeza.

Mara puso los ojos en blanco.

—Técnicamente, acelera la adrenalina. Es similar a lo que ocurre en una respuesta de lucha o huida, así que el cuerpo libera endorfinas para compensar. Es un poco como el sexo.

—Basta de discursos anti-Visage, antivampiros y antiacompañantes de sangre por hoy. Algunos vivimos de eso, y es lo que hay —dijo Everett, señalándose a sí mismo. Las mejillas de Reyna ardían, por lo que el joven le tomó la mano y la sacó del sillón—. Ven, vamos a bailar.

—Eso fue… iluminador —murmuró Reyna mientras la guiaba a la pista.

—No les hagas caso. Siempre andan con sus rollos de justicia social.

—No es que estén equivocados. Mucha gente elegiría otra cosa si pudiera. —Reyna se encogió de hombros mientras rodeaba su cuello con los brazos y apoyaba la cabeza en su pecho, intentando calmar su corazón desbocado—. Dios sabe que lo intenté.

—Tampoco tienen razón del todo. El mundo está hecho mierda, uno gana plata donde puede. Tú elegiste tu trabajo igual que yo, y no hay nada malo en ello —suspiró—. Mara es de las que les gusta polemizar.

—Pero ni siquiera sabe…

—Estoy seguro de que lo sospecha.

—¿Cómo? —inquirió, ni siquiera tenía marcas.

—Vamos, Reyna. Nadie que trabaje en mi edificio se ve como tú.

La música cambió a un ritmo lento, casi hipnótico, y ambos se acoplaron a la cadencia. Las manos de Everett se aferraron a su cintura, acercándola aún más.

—¿Y eso qué significa? —preguntó, entrecerrando los ojos.

—Que eres hermosa.

Ella se rio.

—Qué raro es oír eso. En el lugar donde crecí, apenas me consideraban pasable. No tenía trabajo y solo era una boca más que alimentar. Mi vestido más lindo era… ah, claro, no usaba vestidos, porque no eran prácticos.

Everett le apartó un mechón de cabello del rostro.

—Quienquiera que haya sido esa chica antes de llegar acá, ya nadie puede verla.

Algo en la forma en que la miraba le robó el aliento. Ella solo había venido a hacer amigos, no esperaba que alguien la mirara así. Por un segundo, sus ojos se volvieron tan negros como el ónix, y su rostro dejó de ser el de un chico dulce para parecer esculpido en mármol. La imagen de Beckham apareció en su mente, una visión que no debería estar teniendo. Se apartó de golpe.

—Necesito aire.

Y salió corriendo lo más rápido que pudo. No podía respirar, todo estaba mal. ¿Acaso no debería querer que la mirara así un chico guapo y simpático? Pero no era lo que quería. ¿Y esa visión de Beckham? Sí, era guapo y le gustaba la forma en que la miraba, pero no debería estar pensando en él de esa manera, mucho menos preguntándose cómo reaccionaría si la viera con sangre en los labios.

Reyna encontró la salida trasera de emergencia y empujó la puerta, rogando que no sonara la alarma. Cuando nada ocurrió, salió y respiró hondo, intentando calmarse. Tenía que controlarse.

Un minuto después, Everett salió por la misma puerta. Ella volteó de golpe y se llevó la mano al pecho.

—Dios, me asustaste.

—¿Por qué te fuiste?

Reyna desvió la mirada. ¿Cómo explicarlo?

—Necesitaba aire. Me sentí encerrada.

—No quise presionarte. —Dio un paso hacia ella.

—No, no fuiste tú. Es solo que... son demasiados cambios a la vez.

—Perdón, no quise asustarte. —Se veía avergonzado.

—No estoy asustada. No sé... simplemente no estoy lista —apuntó sin convicción.

—Volvamos adentro. Prometo portarme bien.

—Y yo prometo portarme mal —dijo una voz desde las sombras.

—Reyna —murmuró Everett inquieto, empujándola detrás de él—. Vámonos de aquí.

Entonces el tipo se acercó, y Reyna se dio cuenta de que no era humano: era un vampiro. Pero había algo extraño en él. Su piel, pálida y mortecina, era tan blanca que casi parecía translúcida. Daba la impresión de que su cuerpo podría deshacerse con solo tocarlo. Vestía unos jeans y una camiseta desgarrados; las prendas colgaban de su famélica figura como el vestido de novia de una madre sobre los hombros frágiles de un niño.

No tenía nada del porte imponente de Beckham ni de los vampiros que había conocido en Visage. Sin embargo, reconoció en sus ojos el mismo deseo, la misma necesidad, como un dragón vivo y hambriento tratando de romper su jaula.

—Ya nos íbamos. No queríamos molestarte —dijo Everett, retrocediendo poco a poco. Le dio un empujón a Reyna y le susurró—: Corre, Reyna. Corre.

El corazón le retumbaba en los oídos mientras corría hacia la puerta. Sentía a Everett pisándole los talones, pero no eran lo suficientemente rápidos. Ninguno lo era. Era una pesadilla, una que el mundo entero ya había vivido antes de la cura.

Tropezó con los tacones, maldiciéndose por haberlos elegido. Pero no importaba: no iban a lograrlo de todos modos. Miró por encima del hombro justo a tiempo para ver al vampiro lanzarse sobre ellos con una velocidad inhumana y los colmillos al descubierto. Reyna gritó y se apartó, el vampiro atrapó a Everett y ella se quedó paralizada mientras lo sostenía como si fuera un muñeco de trapo.

—No… —alcanzó a susurrar, justo antes de que los colmillos se hundieran en el cuello de su amigo. La sangre brotó a borbotones, y el vampiro bebió con avidez.

Mientras veía cómo la vida se escapaba del rostro de Everett, Reyna soltó un grito desgarrador.

CAPÍTULO 13

Esto no podía estar pasando. Un vampiro no iba a matar a Everett. No podía salir corriendo y dejarlo allí para que muriera.

A pesar del sentido común, se precipitó hacia ellos y comenzó a golpear la espalda del vampiro.

—¡Detente! —gritó—. ¡Lo estás matando!

Como no reaccionó, le clavó el tacón en el pie con todas sus fuerzas. Oyó un crujido horrible cuando algo se rompió, al tiempo que su tacón se hacía trizas. El vampiro se apartó bruscamente de Everett, que cayó como un saco de piedras, y se giró hacia Reyna. Ella retrocedió varios pasos, temblando de miedo.

—¡Mierda!

El vampiro avanzó de esa forma tan particular que ella ya conocía bien. Su cuerpo dio una sacudida al darse cuenta de lo que había hecho. Podría haber escapado; por muy cobarde que eso la hiciera sentir, al menos habría podido buscar ayuda. Pero ahora estaba atrapada allí con ese monstruo, y podía ver en sus ojos vacíos que también iba a matarla.

Cuando la alcanzó, le dio un manotazo en la cara como si solo se tratara de un insecto. El golpe la lanzó de cabeza contra un contenedor metálico, donde rebotó y cayó hecha un ovillo sobre un montón de bolsas de basura. Su visión se tornó borrosa y, al tocarse donde le dolía, sintió algo húmedo, caliente y pegajoso empapándole el cabello.

El vampiro se agachó para alzar de nuevo a Everett y terminar lo que había empezado. Sin embargo, en cuanto Reyna retiró la mano y vio en ella la sangre roja y brillante, el vampiro giró la cabeza de inmediato: sus ojos prometían muerte. La joven intentó incorporarse, pero sus piernas no respondían; estaba desorientada, no tenía control de su cuerpo. El vampiro que se acercaba tenía una sola cosa en mente, y ella no podía hacer nada.

—¿Qué tenemos aquí? Tu sangre huele como la más dulce fragancia —dijo mientras se aproximaba. La sangre de Everett le chorreaba por la barbilla—. Probarte será como beber el néctar de los dioses… si creyera que existen.

—¿Q-qué? —balbuceó ella.

—He oído hablar de sangre como la tuya. —Se inclinó para aspirar profundamente, deleitándose con su aroma como si fuera una rosa en plena floración—. Parece que la suerte por fin me sonríe.

—No soy nadie —suplicó ella, con lágrimas rodándole por el rostro—. Ya tuviste suficiente, déjanos ir.

—No lo creo.

El vampiro se inclinó hacia ella, saboreando su expresión de terror. La sangre de Everett le había devuelto la vida, pero ella podía ver en sus ojos enloquecidos que lo que quería de ella era placer. Se estremeció cuando deslizó la mano por su mejilla y le inclinó la cabeza para dejar su cuello al descubierto. No podía hacer nada, ni siquiera gritar. Cerró los ojos y se puso a rezarle a cualquier dios que quisiera escucharla…

Pero el mordisco nunca llegó.

Reyna abrió los ojos de golpe cuando la presión sobre su cuello desapareció. No podía creer lo que tenía enfrente: Beckham sujetaba al vampiro del brazo. Este gruñó, se zafó del agarre y de inmediato se lanzó contra Beckham, quien se movió tan rápido que ambos se volvieron una mancha borrosa. Cuando se encontraron, el vampiro debió haber estado hambriento, pues, con sangre fresca en el sistema, tenía más fuerza y velocidad que hacía unos instantes. Forcejearon, Beckham parecía tener la ventaja, ya que rompió las defensas del otro y desvió su embestida. Aun así, la pelea continuó: puñetazos, patadas, cuerpos girando y tratando de dominar al otro.

En un movimiento que Reyna apenas pudo seguir, Beckham giró al otro vampiro hasta que su espalda quedó contra su pecho y colocó una mano a cada lado de su cabeza. Por un segundo, el vampiro se quedó completamente quieto: sabía que lo habían vencido.

Y, por primera vez, el rostro de Beckham quedó iluminado bajo la luz de la calle. Al mirar aquellos ojos oscuros como el ónix, Reyna soltó un jadeo audible. Tenía los colmillos al descubierto y parecía furioso.

Más que furioso.

Peligroso.

Implacable.

Letal.

—Becks —susurró horrorizada.

Pero él no pareció oírla. Lo único que se escuchó después fue un crujido repugnante, cuando Beckham giró la cabeza del vampiro en un ángulo imposible. Este cayó al suelo, indudablemente muerto.

Reyna se quedó boquiabierta. ¡Mierda! Acababa de matar por ella y no sabía cómo asimilarlo. Estaba a punto de perder el conocimiento, pero se aferró a este, desesperada por no sucumbir a la oscuridad.

—Pequeña —dijo con suavidad mientras se acercaba. La vio inhalar profundamente y luego contener el aliento mientras se agachaba. La levantó en brazos como si no pesara nada.

—Everett —musitó. Beckham suspiró y asintió. Se encargaría de él, ni siquiera tuvo que decirlo—. Gracias.

Y por fin, dejó que la oscuridad la envolviera.

Reyna despertó rodeada de cojines mullidos. Todo el cuerpo le dolía y tenía un dolor de cabeza punzante. Soltó un quejido al incorporarse, y una mano la detuvo por el hombro para que volviera a recostarse.

—Tranquila.

Abrió los ojos con esfuerzo. Beckham estaba sentado a su lado en el sofá del *penthouse*.

—Becks —dijo con voz ronca.

Nunca se había alegrado tanto de verlo. No podía creer que estuviera allí, que la hubiera seguido, que la hubiera salvado. Lo único que deseaba era acariciar su hermoso rostro y disculparse por haber dudado de sus consejos. Su gratitud no tenía medida. Ya no veía en él al monstruo que le había roto el cuello al otro vampiro, sino al hombre que la observaba asegurándose de que estuviera bien. Un hombre que, aunque hubiera tomado una permanente contra su voluntad, iba a cuidar de ella.

Beckham evitó su mirada y tomó un vaso de agua de la mesa.

—Toma.

Lo aceptó sin quejarse y logró dar unos sorbos.

—Me salvaste la vida —murmuró, conteniendo las emociones que amenazaban con desbordarse.

—Se suponía que estarías a salvo.

Reyna no supo qué la impulsó, pero esta vez no contuvo el deseo de tocarlo. Alzó la mano y la apoyó suavemente en su mejilla. Su piel estaba fría al tacto, pero ella sentía que ardía por dentro. Tal vez por lo que acababa de pasar, tal vez por lo que su cercanía le provocaba.

—Becks —repitió en un susurro.

Él giró la cabeza para apartarse de su mano, negándose a mirarla.

—Perdí el control —dijo con aspereza—. No deberías haber visto eso.

—Me salvaste la *vida*.

¿Por qué Beckham no lo entendía? Podría haber muerto allá afuera, había estado tan cerca… y la había salvado. Todo lo que antes le parecía una niebla confusa, ahora era claro como el cristal: no había por qué temerle. Beckham no iba a hacerle daño, y debía empezar a confiar en él. No habría hecho tanto por protegerla si tuviera intención de lastimarla.

—Nunca debiste estar en esa situación —apuntó él—. Estabas en el antro y, de pronto, ya no estabas.

—¿Me seguiste?

Él la miró a los ojos.

—Tuviste suerte de que lo hiciera. Si no, no te habría encontrado a tiempo.

—Sí… Mucha suerte —susurró.

Recordaba perfectamente como se había acercado el vampiro, la manera tan horrible en que había atacado a Everett, cómo se había lanzado sobre ella.

—¿Qué pasó con Everett? —Se sentó de golpe y la vista se le nubló. Se llevó una mano a la cabeza y volvió a recostarse.

—Necesitas descansar, Reyna. Everett está en el hospital, perdió mucha sangre y necesita una transfusión. Mi equipo médico los atendió a ambos y luego se lo llevaron.

Se tocó la parte trasera de la cabeza. Tenía un vendaje cuadrado cubriéndole la herida.

—¿Cuánto tiempo estuve inconsciente?

—Unos treinta minutos. Había que detener la hemorragia. —Beckham extendió la mano y le tocó la cabeza con ternura.

La hemorragia, su sangre. ¿Qué había dicho el vampiro sobre su sangre? De todas las cosas extrañas que habían pasado esa noche, eso era lo que menos sentido tenía.

—Beckham. El vampiro dijo algo raro —comentó. Él arqueó una ceja, curioso—. Dijo que mi sangre olía bien, como el néctar de los dioses. Que había oído hablar de sangre como la mía.

—Probablemente estabas delirando y no lo recuerdas bien.

—No —insistió—. Estoy segura. Dijo que mi sangre olía diferente.

—Estaba muerto de hambre. Era un vagabundo patético que se negaba a integrarse al nuevo sistema. Seguro tu sangre le olió a vida misma.

Reyna se mordió el labio y lo miró desde donde estaba, detrás de sus espesas pestañas.

—¿A ti no te olió diferente?

Beckham tardó un segundo en contestar.

—No.

Ella recordaba cómo había inhalado profundamente al acercarse a ella… y luego se había contenido, como si aguantara la respiración. Eso seguro que significaba algo. Pero ¿por qué mentiría? ¿Qué ganaba con eso?

—Entiendo —murmuró finalmente—. ¿Cuándo puedo ver a Everett? Necesito saber cómo está, fue mi culpa que saliera.

—Mañana —sentenció con firmeza—. La transfusión tarda varias horas y necesita descansar. Igual que tú, pequeña.

Reyna se hundió en los cojines.

—Todo esto es culpa mía —susurró—. Si no hubiera ido a ese callejón, nada habría pasado.

—¿Por qué fuiste?

Parecía molesto, pero Reyna se dio cuenta de que era la primera conversación que tenían sin discutir. Casi se sentía… normal.

Sin embargo, la pregunta despertó una ola de emociones. Recordaba muy bien qué la había llevado a salir del club y terminar en ese callejón. Estaba desesperada por alejarse de Everett y de la mirada intensa que le había dirigido. Estaba confundida, no entendía por qué su mente volvía a Beckham una y otra vez en lugar de enfocarse en el chico guapo que tenía enfrente.

—¿Pequeña? —insistió.

—Estaba pensando en ti —confesó, mirándolo con cautela.

Beckham se tensó. Reyna no ocultaba lo que sentía; su corazón latía con fuerza en su pecho y en su garganta. En ese momento, sus ojos eran una ventana a su alma, y él podía leerla sin esfuerzo.

—¿Cómo? —preguntó al fin, y ella se sonrojó aún más.

Beckham extendió la mano y le tocó el cabello oscuro, que se había soltado del peinado. Sus dedos se deslizaron entre los mechones, cuidando de no rozar el bulto en la parte trasera de su cabeza. Solía ser brusco y exigente, pero en ese momento era pura delicadeza. Su pulgar recorrió la parte interna de su cuello.

—Ese rubor es peligroso —gruñó. Era evidente luchando por contenerse.

Reyna sostuvo su mirada, respirando con tanta fuerza que el pecho le subía y bajaba sin ningún disimulo.

—Tocarme así también lo es.

Él ladeó la cabeza, evaluándola. Sus ojos viajaron de los de ella a sus labios, después a su cuello, y de regreso.

—Porque podría romperte.

Sus palabras la detuvieron en seco. Aunque él hablaba de manera literal, su corazón entendía perfectamente que aquella frase tenía un significado mucho más profundo. Había una razón por la que no podía dejar de sentirse atraída hacia él. Por una vez, las cosas estaban claras. Todo había empezado con ese primer roce de sus labios. Así es... Beckham podía romperla.

—Bueno —susurró—. Entonces, tomaré el riesgo.

Él se inclinó para acercarse y, de pronto, ya solo existía ese único momento. Sus ojos se clavaron en los de ella. No estaba pidiendo permiso, no estaba pidiendo nada. Solo miraba dentro de su alma para hacerle saber que la tomaría... y ella lo permitió.

Dios, cómo lo permitió.

Sus labios se encontraron con los de ella, y fue como si todos los besos anteriores se desvanecieran en el aire. Ese era su verdadero primer beso, porque nada podía compararse a la forma en que los labios de Beckham se sentían contra los suyos.

Si ella olía a ambrosía, entonces él verdaderamente sabía a eso.

Dulce. Tentador. Adictivo.

Era incomparable, la perfección encarnada.

Sus labios, suaves como plumas, se amoldaron a los de ella con una ternura que jamás habría esperado de Beckham, y mucho menos de un vampiro. Se aferró a su saco y lo jaló para acercarlo. Necesitaba más; necesitaba ese sabor, esa dulzura en su lengua, tocándola, abrazándola.

Reyna entreabrió los labios y pasó la lengua por su labio inferior. Él gimió dentro de su boca, y todo rastro de cautela se desvaneció: su lengua salió al encuentro de la suya para acariciarla. Se enlazaron como si compitieran por una victoria que ninguno quería ceder.

Los besos se volvieron más ardientes, incluso desesperados. Reyna nunca habría creído que él pudiera desearla de esta manera. ¿Sentía lo mismo Beckham al besarla? ¿O todo esto también formaba parte del contrato, del poder?

Algo en la forma en que la sostenía, en la intensidad de sus besos, le decía que él quería mucho más que su sangre… o su cuerpo. No estaba pagando por esto; la besaba como un hombre besa a la mujer que desea, y ella lo deseaba también.

Sus manos bajaron de su cabello a sus hombros, delineando la curva de su cintura y sus caderas. Ella gimió con el contacto. No lo detendría si seguía, aunque debería. Nada de esto era apropiado en una relación profesional, y si daban un paso más, no habría vuelta atrás. Pero las manos sobre su cuerpo y los labios sobre su boca le pedían a gritos que olvidara toda lógica. Solo existía ese momento. Solo existía Beckham.

Él depositó besos en su mejilla, luego en su oído, y bajó por su cuello. Reyna se preparó, anticipando lo que venía. Su corazón latió desbocado: al fin había llegado el momento. Ya no sentía ansiedad, no en sus brazos. Estaba emocionada, lista.

¿Sería cierto lo que Mara le había dicho? ¿La mordida liberaría endorfinas? ¿De verdad sería parecido al sexo?

El cuerpo le temblaba mientras los besos descendían hasta su clavícula y luego regresaban a su cuello. Beckham se detuvo sobre el pulso que le palpitaba con fuerza, y le rozó la piel con los colmillos. Reyna se estremeció entera, con el cuerpo reaccionando a esa intimidad tan erótica. Sentía su interior encendiéndose, deseándolo con cada fibra.

—Muérdeme —suplicó.

Él besó una vez más ese punto, y luego apoyó la frente en su cuello. Su respiración era tan agitada como la de ella. Parecía desesperado por hacerlo, pero aun así se contuvo.

—Deberías descansar —dijo al fin, alzando una barrera entre ellos una vez más.

—No —susurró, buscándolo con sus manos.

—Buenas noches, pequeña.

Le besó la coronilla, se puso de pie y comenzó a alejarse.

—Beckham, por favor. ¿Qué hice?

Él se detuvo en medio de la habitación.

—No soy la persona que crees. Lo mejor sería que olvidaras que esto sucedió.

—¿Y si no puedo? —Él negó con la cabeza, pero ella levantó la voz—. Creo que quieres que piense que no eres bueno, porque si pienso lo contrario, puedo acercarme a ti, y te aterra dejar entrar a alguien.

Beckham guardó silencio por un instante.

—Puedes creer lo que quieras, pero esto no volverá a suceder.

Y se fue.

Reyna se dejó caer y presionó una mano contra sus labios. Esta no podía ser la última vez. Su sabor aún le ardía en la boca, y sabía, incluso mientras lo veía alejarse, que esa era una promesa que él no iba a poder cumplir.

CAPÍTULO 14

Reyna caminaba por el hospital. Era extraño estar en esa ala del edificio de Visage. Ella y sus hermanos nunca habían tenido suficiente dinero para ir al hospital en el Distrito de Almacenes. Cuando se enfermaba, tenía que sudar la fiebre en su estrecho departamento, con puro paracetamol y esperanza. Ahora la rodeaba el entorno estéril, repleto de gente enferma que había perdido la esperanza y recurría al hospital vampírico para seguir con vida.

En cuanto entraron, Beckham desapareció dejándole apenas un par de indicaciones para que pudiera encontrar a Everett. La recepcionista la dirigió por un pasillo hasta una enfermera, la siguiente enfermera le señaló otro pasillo y, tras algunas vueltas más, por fin lo encontró acurrucado en una cama de hospital. Tenía una intravenosa en el brazo que la hizo estremecerse, pero al menos seguía respirando.

Ya no estaba pálido ni demacrado como la última vez que lo había visto. Un vendaje blanco se alcanzaba a ver en su cuello, y se imaginó las horribles marcas de mordida que habría debajo. Ambos tenían muchísima suerte de que Beckham los hubiera encontrado.

Tocó suavemente en la puerta entreabierta.

—Hola —susurró.

—Reyna. —Una sonrisa le iluminó el rostro—. Es tan bueno verte viva.

—Lo mismo digo de ti. ¿Puedo pasar?

—Por supuesto —respondió, dando unas palmaditas en la cama.

Cruzó la pequeña habitación y se dejó caer en una silla junto a la cama. El solo hecho de que tuvieran que estar ahí le revolvía el estómago. Tenían muchísima suerte de estar vivos, pero eso no aliviaba el nudo en su interior. La vida no debería ser así, la oscuridad no debería contener estas pesadillas. Incluso en casa, donde se suponía que era más peligroso, nunca había temido que algo tan violento pudiera pasar.

Tras un momento de incomodidad, Reyna rompió el silencio.

—Lo siento mucho. Nunca debí habernos puesto en esa situación.

—Nadie sabía que habría un vampiro allí —le recordó Everett.

—Es cierto, pero no quería que te pasara nada.

—Por suerte, ahora estoy a salvo. Todo gracias a ti.

—Gracias a Beckham, más bien. Nos salvó a los dos.

—Guau. —Everett estaba visiblemente sorprendido—. Un vampiro salvando humanos, nunca lo habría imaginado. ¿Qué hacía él allí?

—Supongo que me estaba siguiendo. Tengo una habilidad especial para encontrar el peligro... o quizá el peligro me encuentra a mí.

—Tal vez deberías haberme advertido antes —apuntó con una sonrisa.

Reyna soltó un suspiro de alivio al ver que su amistad no parecía haberse roto irremediablemente tras la experiencia traumática de la noche anterior. Everett parecía interesado en ella y, aunque no le correspondía, no significaba que quisiera que muriera; mucho menos deseaba perder a su único amigo hasta ahora.

Justo cuando estaba a punto de decírselo, todos los amigos de Everett irrumpieron en la habitación. Mara, que iba al frente del grupo, corrió hacia él con expresión angustiada. Tenía la cara hinchada y los ojos rojos, como si hubiera estado llorando gran parte de la noche. Tal vez era el caso.

Reyna sintió una punzada de culpa; había estado encerrada en el departamento de Beckham, besándose con él, mientras su amigo estaba en el hospital recibiendo una transfusión. Sus verdaderos amigos habían estado ahí, esperado a que despertara. Intentó deshacerse de la vergüenza, pero era difícil.

—Hola, chicos. —Everett les dedicó una sonrisa.

—Ay, Everett —sollozó Mara, abrazándolo con fuerza. Él se rio y le dio un par de palmadas en el hombro.

—Estoy bien, Mara.

—¿Qué carajos te pasó? Pensamos que se habían largado juntos. —Le lanzó a Reyna una mirada acusadora.

Tuvo la sensación de que esa reacción tenía más que ver con la idea de que Everett y ella se hubieran ido juntos que con querer saber los detalles de su hospitalización. Era bastante obvio que Mara estaba interesada en él. Le extrañaba que se sintiera amenazada por ella; nunca había sido ese tipo de mujer y, honestamente, no quería serlo ahora. Everett le gustaba como amigo, nada más. Su corazón daba tumbos en una dirección completamente opuesta, una que ni siquiera debería estar considerando.

—Sí, ¿estás bien? —preguntó Brianna, empujando a Coop para que entrara.

La habitación empezaba a llenarse demasiado y, de pronto, Reyna notó que estaba sentada demasiado cerca de Everett.

—Ambos estamos bien. Nos atacó un vampiro errante —explicó él.

Mara se tapó la boca con las manos, horrorizada. Los demás se quedaron lívidos ante la idea.

—Se alimentó de mí. Me sacó tanta sangre que perdí el conocimiento y, si no me hubieran llevado inmediatamente al hospital, habría muerto.

Reyna asintió con gravedad.

—Después me atacó a mí. Me lanzó contra un contenedor de basura y me golpeé la cabeza, pero, bueno... otro vampiro vino a salvarnos.

—¿Qué? —Brianna estaba confundida.

—¿Otro vampiro? ¿Un chupasangre enfrentándose a uno de los suyos? —intervino Tucker.

—Sí —respondió la joven en voz baja.

Mara entrecerró los ojos.

—¿Qué carajos, Everett? ¿Por qué interferiría otro vampiro?

Reyna se sonrojó y mantuvo la vista fija en la sábana. Everett no dijo nada. Sería difícil mentir esta vez; había sido fácil ocultar dónde trabajaba, pero esto era diferente. Los vampiros no actuaban así sin un motivo.

—Oh, Dios mío —gritó Mara—. ¡Trabajas para ellos, para Visage!

Reyna se estremeció ante el tono acusatorio de su voz. Quiso contarle todas las cosas que ella y Everett habían hablado el día anterior: que estigmatizar ese trabajo solo perjudicaba a quienes lo ejercían; que ella había tomado su decisión con pleno conocimiento de causa; y que sentir lástima por quienes trabajaban en ello no ayudaba en nada. Pero, en lugar de eso, simplemente permaneció sentada en silencio.

Everett negó con la cabeza.

—Mara, basta ya.

—Visage ni siquiera debería existir —replicó ella—. Lo siento, Reyna, pero no deberías trabajar dentro del sistema, sino tratar de destruirlo.

—Mara, queremos ayudar a estas personas, no hacerlas sentir rechazadas —suspiró Brianna.

Tucker y Coop miraban a cualquier parte menos a Reyna, atrapados en pleno fuego cruzado.

—Fue ella quien nos mintió en la cara.

—Fui yo, en realidad —intervino Everett—. Y aunque ella les hubiera mentido, ¿de verdad creen que pueden culparla?

Reyna enderezó los hombros. No podía quedarse callada y permitir que la insultaran así.

—Sigo siendo humana. Al menos ustedes podrían actuar como si también tuvieran algo de humanidad.

—Estás renunciando a tu humanidad cada vez que dejas que beban de ti —la acusó Mara.

—¡Basta ya! —gritó Everett, y el silencio cayó de golpe—. Dejen en paz a Reyna.

—¿Cómo puedes defenderla? —espetó Mara—. Deja que un vampiro le chupe la sangre por dinero. Lo único peor que eso es ser un maldito vampiro.

—Un vampiro me salvó la vida —le recordó Everett—. Quizá no todos sean malos.

—Una excepción no basta para borrar las atrocidades cometidas por generaciones —replicó Mara con fiereza.

—Pero parece suficiente para condenarlos —dijo Beckham mientras entraba en la habitación.

Se hizo un silencio sepulcral. Todos se voltearon para mirar su imponente figura en la puerta: la energía que desprendía era pura intensidad. Tucker, Coop y Brianna se escabulleron hacia el fondo de la habitación, buscando refugio. Mara sostuvo la mirada de Beckham con desafío, pero no era inmune a su poder; cuando Beckham posó sus ojos en ella, Reyna supo que ese era el último lugar donde Mara quería estar.

—¿Qué está pasando aquí? —preguntó con voz atronadora.

Nadie dijo una palabra.

—Eso pensé.

Sus ojos encontraron los de Reyna al otro lado de la habitación, y ella respiró aliviada de que estuviera allí. Nunca habría imaginado que estaría tan feliz de tenerlo cerca. Y es que no solo se había sentido degradada por los amigos de Everett, sino también acorralada, como un ratón en una trampa; aquellas personas eran de las que prenden la antorcha sin pensarlo dos veces, y no quería ser la próxima en la hoguera.

—Vámonos, Reyna.

Ella bajó la cabeza y salió rápidamente de la habitación. No le importaba lo que dijeran después de que se marchara, no quería quedarse ni un minuto más. Ni siquiera Everett se despidió.

Salieron del hospital en silencio. El chofer los esperaba en la entrada para visitas, y ella se deslizó con facilidad en el interior oscuro del coche. La falda era tan ajustada que se le subió al sentarse, y estaba intentando bajársela cuando Beckham entró al coche. Le bastó ver que el noventa por ciento de sus piernas estaban al descubierto para sacar el celular del bolsillo de su traje.

El coche retomó el camino hacia la ciudad en cuanto la puerta se cerró tras ellos. Reyna podía sentir la irritación que el vampiro irradiaba. No sabía si se debía a la conversación que había interrumpido al llegar o a otra cosa.

—¿A dónde te fuiste? —preguntó. Sus ojos estaban fijos en él, que tecleaba sin parar en ese maldito teléfono. El suyo estaba guardado en el bolso, sin usar, como de costumbre.

Beckham no dijo una palabra y Reyna lanzó un suspiro. ¿De nuevo silencio?

—No puedo creer lo que dijeron los amigos de Everett —susurró. Se dejó caer contra el respaldo del asiento, preguntándose si lograría provocarle alguna reacción. Lo único que él había notado eran sus piernas al descubierto, pero ella no iba a rebajarse a quitarse la ropa para llamar su atención—. ¿Todos piensan como ellos?

Ni una palabra. Ni siquiera levantó la cabeza para mostrarle que la estaba escuchando. Pensó en agitar la mano entre él y el teléfono, pero le asustaban las consecuencias.

—¿Vas a seguir ignorándome?

Beckham cerró los ojos un segundo antes de responder:

—Los prejuicios contra los nuestros son profundos. Nadie piensa bien de nadie porque nadie trata bien al otro, y un solo acto no los hará cambiar de opinión. Deberías ignorar lo que otros piensan de ti; solo tú sabes lo que es verdad y lo que no.

Reyna lo observó detenidamente. Era una reflexión profunda que venía de un vampiro que había salvado la vida de un humano. Aquello era una prueba más de que Beckham no era el villano que quería aparentar ante los demás, incluida ella.

—Sabes que ya ha pasado una semana y media, Becks.

—¿Solo llevas aquí molestándome ese tiempo? Lo haces parecer una eternidad, pequeña.

—Obviamente ya no puedo juntarme con esa gente que me odia, y tampoco puedo seguir encerrada en tu departamento. Necesito hacer algo, lo que sea —dijo, con la voz entrecortada.

Beckham resopló.

—Entonces usa la tarjeta y ve de compras. Cómprate una montaña de ropa para llenar tu armario. Haz amistad con otros empleados que sí entiendan lo que haces y no te juzguen por ello. Lo importante es que hagas algo que esté a la altura de tu nueva posición.

—¿Mi nueva posición? —preguntó, incrédula.

—Sí, Reyna. No sé qué parte no estás entendiendo. Tienes más dinero del que jamás soñaste. Úsalo.

Pensar que ahora era rica solo por trabajar para Beckham y vivir en su *penthouse* le resultaba ridículo. El único beneficio de vivir con él era que la compensación por ese trabajo que en realidad no hacía iba directamente a sus hermanos. Que ellos recibieran el dinero hacía que todo valiera la pena.

—¿Y quieres que vaya de compras con la tarjeta negra? ¿La tarjeta ilimitada?

—Es ilimitada por una razón —aclaró con sequedad.

—Sabes que mi armario tiene más ropa de la que podría desear y absolutamente nada cómodo para ponerme.

—¿Qué es lo que quieres de mí, Reyna?

Eso sí que era pregunta capciosa. La lista de cosas que quería de él, pero que no podía decir en voz alta, crecía cada día. Por instinto, su mirada descendió a sus labios, y luego volvió a esos ojos oscuros e insondables. Él apretó la mandíbula; estaba claro que eso no estaba a discusión.

—Necesito hacer algo, tal vez conseguir un trabajo.

—Ya tienes un trabajo.

Reyna se rio en su cara.

—Por ahora me pagan por sentarme en tu *penthouse* y aguantar tu actitud y tu obsesión con el teléfono. Eso no es un trabajo. No puedo vivir encerrada sin hacer nada. Estoy aburrida.

—Cualquiera moriría por esta oportunidad. ¿Por qué tienes que ser tan difícil?

—Obviamente no soy como los demás.

—Obviamente.

Suspiró y sintió el peso del espacio que los separaba.

—No firmé para quedarme encerrada sin hacer nada, ni para no ver a mis hermanos.

Beckham negó con la cabeza, incrédulo.

—¿No entiendes el peligro? ¿No te quedó claro anoche?

Ella levantó el mentón. Beckham se refería al ataque, pero todo en lo que podía pensar era en el roce de sus labios. Al quedarse dormida la noche anterior, había revivido el momento una y otra vez. Las fantasías la habían dejado aún más inquieta, una sola vez no era suficiente. Nunca sería suficiente.

—Lo de anoche solo confirmó lo que ya sabía. Hay gente buena y hay gente mala. Algunos vampiros son malos, y otros...—Reyna extendió la mano, atravesó la distancia que los separaba dentro del carro, y tocó la suya—. Otros son buenos.

Beckham apartó la mano como si lo hubiera quemado.

—Ahí es donde te equivocas. Todos son malos, solo que aún no lo sabes.

—No te creo.

—La bondad no existe ahí fuera, Reyna. Todos están corrompidos, todos están rotos.

—Yo no —susurró.

—Oh, pequeña, este mundo matará lo bueno que quede en tu tierno corazón.

—Pero no me romperá.

—No —coincidió. Apoyó la frente en su cabello y aspiró profundamente—. Seré yo quien lo haga.

CAPÍTULO 15

Una pesadilla arrancó a Reyna de sus sueños; en ella, un vampiro la perseguía por las calles y le abría la garganta. Gritó y se incorporó de golpe en la cama. Tenía el cabello pegado a la piel de su espalda por el sudor, estaba empapada y no lograba librarse de esa terrible sensación de inquietud.

Estaba en el *penthouse* de Beckham y se encontraba a salvo. Habían pasado días desde el ataque de aquel vampiro. No había ocurrido absolutamente nada más desde entonces, pero no lograba sacudirse las pesadillas.

Esperaba que Beckham no la hubiera oído. No quería hablar de esto con él, no después de la distancia que había impuesto entre los dos. Se había sentido tan segura entre sus brazos, pero en cuanto él la soltó, fue como si construyera un muro de hielo impenetrable para mantenerla al margen. Se esforzaba tanto en alejarla que ella había dejado de intentar acercarse. Quería que estuviera agradecida con su situación, y lo estaba; sin embargo, aún tenía esperanzas con él. Y la esperanza era peligrosa.

Se levantó de la cama y tomó un baño para quitarse el sudor. Se envolvió en una toalla y se secó el pelo frente al espejo; luego, se lo recogió en un chongo alto y fue en busca de algo que ponerse. Sin embargo, en cuanto entró al vestidor, notó un vestido rojo sangre colgado lejos de la demás ropa. Se detuvo en seco y miró alrededor; odiaba cuando aparecían cosas así en su habitación, pues, por lo general, no significaba nada bueno.

Se acercó al vestido y deslizó los dedos por la tela sedosa. Era precioso y suave… y, aun así, no era para nada su estilo. Había una nota enganchada a la percha, misma que arrancó con rapidez:

Hoy

No había más instrucciones, eso era todo lo que decía. Suspiró, muy consciente de lo que implicaba esa palabra, y se lo puso. El vestido tenía un escote en forma de corazón, sin tirantes, con un lazo de satén ajustado en la cintura. La falda era de tul y le llegaba hasta las rodillas; la hacía sentir como una bailarina, aunque estaba lejos de ser tan agraciada como una y, pensándolo bien, no había visto una bailarina desde antes de que su vida se fuera al demonio.

Se dispuso a salir del cuarto después de ajustarse el broche de la espalda, pero se topó con algo más que no había estado allí la noche anterior. Encima de su mesita de noche había una caja azul grande. Se apresuró hacia ella y encontró una tarjeta:

Perspectiva

Desató el listón y levantó la tapa de la caja. Dentro había una cámara negra brillante, con un lente grande y una correa gruesa. La sacó con reverencia; sus padres habían tenido una parecida cuando era niña, pero no sabía muy bien cómo funcionaba esta. Le tomó un par de minutos trastear con los botones antes de encenderla. La pantalla se iluminó, pero no mostraba lo que estaba apuntando. Se llevó el visor a los ojos, apuntó hacia el vestidor y presionó con fuerza el botón de arriba. La cámara hizo clic y zumbó, y al mirar hacia abajo, una imagen perfectamente nítida de su armario apareció en pantalla.

Se quedó boquiabierta: era una maravilla.

—Perspectiva, ¿eh? —Apretó el aparato contra su pecho y corrió a la siguiente habitación—. ¡Una cámara! —exclamó con entusiasmo al ver a Beckham sentado en un taburete de la cocina, con los ojos clavados en su maldito teléfono.

Él alzó la mirada una vez para evaluar su apariencia, y Reyna se quedó inmóvil bajo esa mirada incandescente.

—Y yo que pensé que te quejarías del vestido.

—Bueno, no es lo peor que me has puesto —replicó. Tenía las mejillas encendidas por la manera en que él la había examinado, pero estaba demasiado emocionada como para preocuparse por sus cambios de humor—. Pero ¡una cámara, Becks!

Él se encogió de hombros, como si no fuera nada.

—Dijiste que querías un pasatiempo.

—Es increíble —suspiró.

Sin pensarlo demasiado, le echó los brazos al cuello. Él se tensó bajo su contacto y ella se apartó de inmediato, pero no se disculpó. Estaba demasiado feliz para eso.

—¿Puedo salir ya a tomar fotos? ¿Qué voy a fotografiar?

—Me imagino que lo que tú quieras.

—Pues debería irme entonces.

—Espera. —Beckham le sujetó la mano para que no se escapara—. Deberíamos establecer algunas reglas básicas.

—¿Todo en esta casa viene con reglas? —se quejó.

—Sí.

—Bien. ¿Cuáles son? Arreglémoslo de una vez.

Él le dirigió una mirada severa, pero ella le devolvió una sonrisa.

—Es muy simple. Si vas a salir de aquí para tomar fotos, puedes ir adonde quieras siempre que uses mi coche y lleves un guardaespaldas contigo.

A Reyna se le cayó la mandíbula.

—¿Crees que necesito guardaespaldas?

Él ignoró por completo la pregunta.

—Si en algún momento el guardaespaldas cree que estás en peligro, tiene permiso expreso para sacarte de la situación.

—¿Algo *más*?

Sabía que debía mantenerse a salvo, pero podría haberlo planteado de alguna manera que no diera a entender que iban a vigilarle cada movimiento.

—¿Qué planeas hacer con las fotos que tomes? —preguntó él con cautela.

—No sé, ¡acabo de recibir la maldita cámara! —Se encogió de hombros—. ¿Verlas? ¿Se pueden pasar a la computadora?

—Sí —respondió con cierta duda.

—Entonces, eso haré.

—Esto es importante, Reyna. No quiero que tus fotografías aparezcan en ningún sitio con tu nombre. Puedo crearte un sitio web anónimo y seguro, y enseñarte a subirlas, pero nadie debe saber que eres tú ni que yo te lo permití.

—¿Y por qué importa tanto? —inquirió, intrigada.

—¿Nunca has oído que una imagen vale más que mil palabras? No quiero que ninguna de esas palabras se relacione contigo.

—Ni contigo —dedujo ella.

—¿Estás de acuerdo?

—Sí —respondió automáticamente. Si decía que no, él nunca volvería a dejarla salir. Además, ¿quién iba a interesarse por sus fotos?—. Entonces, ¿me mostrarás cómo usar el sitio?

—Lo tendré listo antes de que acabe el día —prometió.

Reyna tragó saliva y lo miró con sinceridad.

—Gracias.

—De nada. —Los hombros de Beckham se relajaron, como si hubieran superado la parte difícil de la conversación—. También tienes una cita de compras con Sophie.

Se le cayó el alma a los pies; le daba libertad y le ataba una cadena al cuello al mismo tiempo.

—¿De verdad tengo que ir?

—Sí. —Volvió a su teléfono—. Visage está organizando un baile de celebración por la aprobación del Censo de Sangre. Tengo que asistir, lo que significa que *tú* también.

—¿Un baile?

La idea hizo que sus ojos brillaran. Un baile con Beckham, eso sí que podía ser interesante.

—Busca algo apropiado para ponerte y cómpralo con la tarjeta. No importa el precio, elige lo que quieras —murmuró sin alzar la vista.

—Está bien. —Volvió a abrazar la cámara contra su pecho—. ¿A qué hora la veré?

—Al mediodía.

Él volvió a mirarla, y dejó los ojos fijos en su rostro. Dios, si tan solo pudiera saber en qué estaba pensando.

—Ten cuidado con ella, Reyna. En realidad, es un lobo disfrazado de oveja.

—Entonces, ¿por qué tengo que ir con ella? —preguntó, exasperada. Toda esta política le resultaba agotadora. No quería rodearse de personas con las que tuviera que estar a la defensiva.

—Dijiste que querías hacer amigos. —Arqueó una ceja, esperando que lo desafiara.

—Sí… amigos. Gente con la que tenga cosas en común, no una mujer que también trabaja para Visage.

—¿Ah, sí? ¿Como los del hospital? Tu vida cambió por completo, y cuanto antes lo aceptes, más fácil será todo.

Sus ojos se desviaron inconscientemente a la boca de Beckham.

—¿Y tú?

—¿Qué tengo que ver yo, Reyna?

—Tu vida también cambió y, cuanto antes lo aceptes, más fácil será para los dos —susurró con valentía.

Sus ojos volvieron a encontrarse. Reyna sabía que Beckham sentía algo bajo todo ese orgullo, pero él no dejó ver ninguna emoción.

—El chofer estará aquí en una hora.

CAPÍTULO 16

Cuando volvió a salir de su habitación, Beckham ya no estaba. Podría haberse saltado toda esta expedición y haber salido a fotografiar la ciudad por su cuenta, pero la asaltaron de nuevo las pesadillas. No podía hàcer eso, ni a sí misma, ni a Beckham. Él se había preocupado de verdad por ella, y lo último que quería era que algo le pasara. Quizá no fuera tan terrible estar con Sophie.

Bajó al vestíbulo y se sintió aliviada al ver que Everett había vuelto al trabajo.

—Señorita Carpenter —saludó con formalidad, sin mirarla a los ojos.

Abrió la boca para responder algo, pero ¿qué podía decir? A Beckham lo había defendido por haberle salvado la vida, pero sabía lo que ella hacía y ahora todos sus amigos también. Tal vez Beckham tenía razón. Tal vez todo era un desastre y no había forma de arreglarlo. Everett era la persona más amable, genuinamente optimista y buena que había conocido. Si ni siquiera él podía superar el hecho de que trabajara para Visage, entonces tal vez nadie podría hacerlo.

—Hola —murmuró.

—¿Hoy necesita el coche del señor Anderson?

—Sí, gracias.

Everett hizo una señal al conductor de Beckham. El minuto que compartieron en silencio fue doloroso. Quería decirle tantas cosas: lo contenta que estaba de que estuviera de vuelta; lo mucho que lamentaba el ataque; incluso quería rebatir las cosas que sus amigos habían dicho sobre ella. Sin embargo, no le vinieron las palabras. Se limitó a dejar que Everett le abriera la puerta.

—Gracias —susurró.

Sus miradas se cruzaron en ese breve momento entre que se sentó y él cerró la puerta. Se sintió como si la distancia entre ellos fuera insalvable. Las cosas nunca volverían a ser como antes. Tal vez él nunca volvería a ser como antes.

El trayecto hasta la boutique donde iba a encontrarse con Sophie fue corto. Reyna se colgó su enorme bolso del hombro; el peso de la cámara en el fondo le dio confianza, y caminó decidida con sus tacones: al fin estaba empezando a acostumbrarse. Aun así, esperaba tener tiempo después de esta salida para comprar ropa más cómoda que le permitiera mezclarse entre la gente mientras tomaba fotografías.

Vaciló en sus tacones cuando entró en la tienda. Esperaba un sitio pequeño con unos pocos vestidos, pues eso era lo que se imaginaba cuando pensaba en ropa de diseñador. Por el contrario, aquel lugar era enorme: tenía dos o tres pisos de altura y ocupaba casi una manzana entera.

Una mujer tan alta, delgada y hermosa como cualquier vampiro que hubiera visto se acercó a ella con paso firme, haciendo sonar sus diminutos tacones de punta afilada. Llevaba un vestido negro que se ceñía a su figura esbelta y el pelo recogido en una coleta perfecta a la altura de la nuca. A medida que se acercaba, Reyna se sobresaltó al darse cuenta de que era humana. ¿Cómo podía una humana ser tan hermosa?

—Usted debe ser Reyna —dijo con una sonrisa—. Soy Blythe.

—Hola.

—Su amiga ya llegó, permítame acompañarla.

—Claro —respondió, intentando aparentar seguridad en su andar.

Sus ojos recorrieron las paredes repletas de prendas hermosas y carísimas, sin saber por dónde empezar. ¿Cómo podía alguien permitirse eso? Mejor dicho, ¿cómo podían hacerlo cuando había tantas personas hambrientas, trabajando sin nada, con tantas necesidades? Le revolvía el estómago ser parte de aquello.

—Nos alegra mucho que haya elegido nuestra tienda para su primera experiencia de compra. El señor Anderson nos informó que era su primera vez y que debíamos tratarla con la más grande cortesía. ¿Está emocionada?

—Eh… ya estoy un poco abrumada.

Blythe sonrió con amabilidad.

—Es completamente normal. Hemos tenido a otras personas que, como usted, vienen para su primera vez. Lo más importante es equipar adecuadamente a los empleados de Visage. De hecho, somos conocidos por ello. Algunos diseñadores incluso tienen una línea entera dedicada a la relación entre sujetos y patrocinadores.

—Oh. —No sabía qué responder. ¿Qué clase de ropa incluía una línea con temática de sujeto-patrocinador? ¿Quería siquiera saberlo?

—Busca un vestido de gala, ¿cierto?

—Sí. Tengo que usar algo extravagante, supongo —dijo, poniendo los ojos en blanco.

Los ojos de Blythe brillaron.

—Somos expertos en lo extravagante.

—Preferiría pasar desapercibida, pero tengo la sensación de que eso no es lo que se espera de mí.

—¿Una mujer tan bella como tú? En absoluto. Vamos a hacer que tú y tu amiga Sophie brillen más que ninguna. Cuando estás en una sala llena de vampiros, tienes que esforzarte al máximo.

Entraron en una sección de la tienda repleta de vestidos de gala. Había de todas las formas, tallas y colores. No tenía idea de por dónde empezar. Solo podía quedarse allí, muda, contemplando ese derroche de lujo.

—Reyna, con que ahí estás. —Sophie salió de un probador con un vestido amarillo muy revelador. El escote le llegaba casi hasta el ombligo y los costados estaban abiertos, haciendo que su cintura pareciera diminuta. Cuando se volteó para subirse a una tarima y mirarse al espejo, Reyna vio que tenía la espalda descubierta casi hasta el trasero, y la falda caía en volantes hasta los pies.

—Guau —murmuró.

—¿No es divino?

—Sin duda, no pasará desapercibido.

Sophie pellizcó los lados del vestido.

—Creo que necesito una talla menos, Blythe. Este me queda un poco flojo, ¿no crees?

¿Flojo de dónde? Estaba espectacular. Su melena rubia caía sobre un hombro mientras miraba a la vendedora con aire aparentemente inocente.

—Podríamos ajustarlo. Es mejor que sobre un poco, así es más fácil de poner y quitar —respondió Blythe con astucia.

—No —replicó Sophie, mirándose al espejo—. Está todo mal, quiero ser irresistible para todos los hombres en la sala.

Sin pensárselo dos veces, bajó la cremallera y dejó que el vestido resbalara por su cuerpo, que quedó en una pila a sus pies. Solo llevaba un brasier blanco sin tirantes, una tanga a juego y tacones. Empujó el vestido con un pie y suspiró.

—Búscame otra cosa, algo que eclipse al sol. —Luego se giró dramáticamente y volvió al probador—. Vamos, Reyna, encuentra algo que te guste. ¿Eres talla muestra siquiera?

Reyna ignoró su comentario mordaz, no importaba la talla que tuviera. Blythe, por su parte, la evaluó con la mirada.

—Tengo justo lo que necesita.

Reyna se mordió el labio.

—Perdón por ella.

—La señorita Sophie es una gran clienta y nos gusta mantenerla contenta. ¿Por qué no le busco unas opciones y se las llevo al probador?

—Gracias.

Incómoda, Reyna sujetó su bolso y caminó de regreso hacia Sophie. Otra vendedora le ofreció una copa de champán, que rechazó de inmediato.

—No seas tan mojigata —dijo Sophie, saliendo con otro vestido amarillo diminuto.

—No tengo sed, gracias.

—Lo que digas. ¿Estás emocionada por el baile? Nunca he ido a uno de Visage, pero seguro será increíble. Irá toda la gente importante. Solo he estado en fiestas pequeñas y conozco a todos los jugadores clave, pero esto… Dios, me muero —exclamó, acariciando la tela sedosa, y soltó una risita—. O sea, no literalmente.

—Ese está bonito.

—¿Bonito? Ugh, eres malísima para esto.

De nuevo, se quitó el vestido para quedar en ropa interior, apoyando las manos en las caderas. Tenía un cuerpo tan increíble que Reyna se sentía mal solo de mirarla, pero era claro que a Sophie le gustaba presumir su físico.

—Aquí tienes, Reyna. —Blythe volvió cargando un montón de vestidos—. ¿Tienes tu tarjeta?

—Oh, sí, disculpa. —Sacó su tarjeta de crédito y se la tendió, pero Sophie se la arrebató antes de que a Blythe pudiera tomarla.

—¡Santo cielo!

—¿Qué?

—¿Tienes una jodida *black card*?

—Eh… ¿sí?

—¿Beckham te la dio?

—Ajá…

—Carajo, necesito una de esas. Voy a obligar a Roland a darme una. Yo tengo un tope, es muy frustrante. No es que me niegue nada, pero igual… ¡Es imprescindible tener una *black card*!

—Señorita Sophie —intervino Blythe, extendiendo la mano.

—Cierto. Ay, qué envidia. —Le devolvió la tarjeta y le dedicó a Reyna una mueca de berrinche, como si ella hubiera decidido tener una tarjeta o fuese su culpa que Sophie no tuviera una igual.

Cuando Blythe se alejó, Reyna cerró la puerta del probador. No tenía lencería especial para probarse todo eso como Sophie. Su armario estaba lleno de tangas y brasieres de seda que le quedaban perfectamente, pero seguía incomodándole la simple idea de desnudarse en medio de la tienda.

El primer vestido era azul celeste, de corte sirena, y resultaba imposible caminar con él. Empezó a quitárselo, pero oyó a Sophie al otro lado.

—Dios, estás tardando una eternidad. ¿Cuándo puedo ver?

—¿De verdad quieres ver?

—¿Nunca has hecho esto antes?

—No —admitió.

—Pues sal ya, tontita.

Reyna salió con el vestido puesto y Sophie frunció la nariz.

—No, está horrible. Cámbiate.

Reyna puso los ojos en blanco. ¿Para qué quería verla, si solo iba a criticar?

Probaron varios vestidos más hasta que Sophie finalmente se enamoró de uno. Era completamente blanco, como un vestido de novia, con cristales auténticos incrustados. Centelleaba como un diamante con cada movimiento.

—Bueno —dijo Sophie de mejor humor ahora que había encontrado su vestido—, ¿cuántas veces te acostaste con Beckham antes de que te diera esa tarjeta?

El vestido ajustado que llevaba hizo que Reyna trastabillara.

—¿Qué? —exclamó.

—Ay, por Dios, deja de ser tan estirada.

—Yo… no sé de qué estás hablando.

Le daba miedo mirarse al espejo. Sentía el rubor bajándole desde la raíz del pelo hasta los pies.

—Por favor, no soy tan ingenua. —Sophie puso los ojos en blanco—. Ese vestido es feísimo.

Reyna se refugió de nuevo en el probador con lo que parecía el vestido número cien. Se tomó su tiempo. No quería seguir con esa conversación. ¿Por qué Sophie pensaba que se acostaba con Beckham? ¿Era eso parte del *trabajo*? No es que no lo hubiera pensado… o que no lo deseara…

—Entonces, ¿es bueno? —preguntó Sophie.

—¿Quién?

—Beckham, obviamente. ¡Espabila, Reyna! ¿Beckham es bueno en la cama? —preguntó, aunque no esperó respuesta antes de seguir hablando—. Quiero decir, Roland es brusco conmigo y todo eso, pero ¿sabes lo que se dice de Beckham?

—¿Qué se dice? —musitó Reyna.

—Oh, ya sabes —dijo con aire distraído y agitando la mano con desdén—. En fin, sé que Roland es bueno, pero Beckham… no me lo imagino. Roland dice que tiene un pasado muy oscuro, así que seguro que es una fiera en la cama.

Reyna tragó saliva. ¿Cómo habían llegado a esta conversación?

—¿Entonces, lo es?

—No lo sé —dijo con suavidad.

—¿No sabes si es una fiera? ¿Cómo es en comparación con tus otros amantes?

Reyna cerró los ojos, intentando que la vergüenza no la desbordara.

—Sinceramente, Sophie, no lo sé. No me he acostado con Beckham.

Sophie soltó una carcajada, pero al ver la expresión de Reyna se detuvo.

—Espera, ¿hablas en serio?

—No podría ir más en serio.

—Dios mío, ¿cómo es posible? Roland me puso las manos encima desde el primer día. No se cansaba de mí, hasta que literalmente estaba delirando por las mordidas y agotada más allá de lo soportable.

—Eso no necesitaba saberlo —dijo Reyna, alzando la mano.

—Pero, entonces, ¿cómo conseguiste la *black card*?

Reyna se encogió de hombros, sin saber qué decir.

—Él solo me la dio.

—¿Solo te la dio? —Parecía incrédula.

—Sí.

—Ahí estás, *ma chérie* —entonó Roland.

Entró en la zona de probadores con paso decidido, ignorando a Blythe por completo. Sus ojos estaban fijos en Sophie, enfundada en su deslumbrante vestido blanco. Luego se posaron en Reyna y se agrandaron, apreciativos. Cuando la sorpresa se le pasó, su sonrisa se volvió lasciva, cargada de deseo. Reyna se sintió completamente expuesta en el vestido negro hasta el suelo, con abertura hasta el muslo y escote pronunciado.

Sophie se lanzó a sus brazos e interrumpió el contacto visual. Reyna suspiró de alivio.

—¿Te gusta mi vestido para el baile? —preguntó Sophie, girando sobre sí misma.

—Sí, es perfecto. Ve a quitártelo para que lo preparen. —Le indicó a Blythe que la acompañara, dejándolo completamente a solas con Reyna.

Ella se quedó inmóvil, erguida sobre la tarima frente al espejo, bajo la mirada depredadora de Roland.

—Vaya, Reyna. Estás deslumbrante —apuntó, saboreando la última palabra.

—Gracias.

—Si vas al baile con ese vestido, eclipsarás a todas las mujeres presentes.

—No creo…

—Beckham es un hombre muy suertudo —dijo Roland, apareciendo repentinamente frente a ella.

—Sí… supongo. —Tragó saliva y desvió la mirada.

—¿Sabe complacerte? Ese tipo contenido, ensimismado y siempre al borde del abismo… ¿Es un buen amante?

Reyna cometió el error de mirarlo a los ojos. El vampiro la observaba como si muriera por comprobar si podría complacerla. O más exactamente, como si quisiera comprobarlo… y luego romperle el cuello. Sin duda, disfrutaría ambas cosas por igual.

—Podría mostrarte lo que te estás perdiendo —gruñó, deslizando los dedos por su brazo desnudo.

Su tacto le resultó repugnante a todos los niveles. Se le cerró la garganta y se quedó congelada. Si no se movía, quizá él perdería interés. Tal vez se iría con Sophie y dejaría de acosarla con la mirada. Solo quería huir, pero no era como si pudiera escapar de un vampiro. Y, desde luego, no era un enemigo al que quisiera tener detrás.

—Agradezco la oferta —dijo—, pero Beckham es muy territorial. No creo que le hiciera gracia compartir.

La verdad era que ella no quería a nadie más. Le daba igual si Beckham quería compartirla o no.

Roland entrecerró los ojos y la agarró del cabello.

—Me encantaría ver a Beckham poniéndose territorial.

Reyna gimió al sentir el tirón repentino. Cerró los ojos y empezó a temblar de pies a cabeza.

—Por favor… por favor…

—Imagínalo, podría saborearte justo aquí. Y quizá, si tienes suerte, te dejaría probar mi sangre también. Mezcladas, podríamos rehacerte. Serías una vampira hermosa.

—Por favor, para —suplicó, apretando los ojos con fuerza e intentando aflojar la tensión en su pelo.

—¿Qué está pasando aquí? —preguntó Sophie, saliendo del probador.

Roland la soltó bruscamente.

—Nada. El coche nos espera, así que pide que te manden el vestido a casa.

Y se fue con paso firme. Reyna no pudo contener el temblor, ni siquiera cuando Sophie se marchó con una mezcla de compasión, celos y rabia que se notaba a leguas.

—Señorita Reyna —dijo Blythe—. ¿Encontró un vestido?

—Sí. Quiero que cargue este a la tarjeta —dijo—. Y después, quémelo.

CAPÍTULO 17

Con Beckham ocupado con el trabajo, Reyna no había encontrado el momento para contarle lo de Roland. Tal vez lo estaba evitando. En realidad, no quería revivir lo que había pasado. Beckham era excesivamente protector, y ella prefería mantenerse al margen de todo aquello.

Sin embargo, a medida que se acercaba la noche del baile, su ansiedad se disparaba. No quería ver a Roland ni sentir sus asquerosos ojos sobre ella. Se había restregado la piel toda la tarde para quitarse de encima la sensación de sus manos, para borrar el deseo que había brillado descaradamente en su rostro.

Pasaba más tiempo con su cámara desde entonces, usándola como excusa para no contarle nada a Beckham. Aquel día, el conductor había accedido a detenerse en otra tienda de ropa, donde compró algunas camisetas lisas, un par de jeans, una gorra y sus preciados Converse. Había escondido toda esa ropa en un rincón, donde esperaba que nadie más la encontrara y la tirara.

Cuando Beckham estaba en casa y ella tenía planes de salir, metía su ropa casual en una bolsa enorme y se cambiaba en el coche. Ya era bastante difícil conseguir las fotos que quería sin desentonar por ir vestida de seda y tacones. No quería volver a vivir lo que le había sucedido en los almacenes. Puede que tuviera guardaespaldas, pero la gente no perdonaba a los ricos en ese entorno, y no podía culparlos. Sin embargo, no deseaba ser blanco de esa rabia.

Además, las fotos que quería tomar no eran esas imágenes lindas y normales de la ciudad. Prefería aquellas que mostraban el corazón real del lugar, similares a las imágenes en blanco y negro que estaban colgadas en la sala de Beckham. Quería capturar lo que de verdad estaba pasando. Quería encontrar una perspectiva propia.

La mayoría del tiempo lo dedicaba a intentar retratar a los pobres, a las personas sin hogar, a los mendigos, a vampiros famélicos, a las interacciones humanas y vampíricas de todo tipo. Quería recordar cómo se sentía al ver a esa gente. No deseaba formar parte del sistema. Estaba decidida a no olvidar nunca su origen.

Cada tarde, después de hacer sus tomas, las descargaba en el ordenador y las subía al sitio seguro que Beckham le había preparado para organizar sus fotos. Él lo había hecho todo para que no metiera la pata y revelara su identidad, aunque ni siquiera parecía importar. Solo eran fotos de la vida real en la ciudad.

Pero, por más que intentara distraerse, la noche del baile se acercaba. Oficialmente llevaba diecinueve días viviendo en el *penthouse* de Beckham. No había probado ni una gota de su sangre, y apenas se habían visto en los últimos cinco días. Estaba nerviosa y emocionada a la vez por pasar toda la velada con él.

Beckham había contratado a un equipo de estilistas para que se encargaran de su pelo y maquillaje. Cuando terminaron y se miró al espejo, apenas se reconoció. Llevaba el cabello recogido en lo alto de la cabeza en un complejo peinado que dejaba al descubierto su cuello y clavículas, lo cual no era exactamente tranquilizante. En los ojos llevaba un ahumado seductor, y su rostro parecía una máscara perfecta de porcelana. Ojalá le gustara a Beckham.

Tragándose la anticipación, salió de su habitación y lo encontró apoyado contra la barra de la cocina, vestido con un esmoquin y completamente absorto en su teléfono.

—¿Y bien? —preguntó, girando lentamente sobre sí misma en su vestido de gala.

Al final se había decidido por un vestido largo hasta el suelo, sin tirantes, de encaje negro y oro rosado que brillaba con el movimiento. Le ceñía las curvas y moldeaba su figura de la manera más favorecedora. Además, tenía una abertura discreta en el lado derecho que dejaba ver sus sandalias negras de tiras.

Podía sentir la mirada de Beckham sobre ella, pero seguía sin decir nada. Cuando terminó de girar, se encontró con sus ojos… y vio hambre. Un hambre desesperada reflejada en ellos.

—¿Me veo bien? —preguntó.

—Estás… exquisita —dijo al fin.

Reyna sonrió, radiante por su aprobación. Eran más palabras de las que habían cruzado en días.

Beckham le ofreció el brazo y ella apoyó ahí la mano con suavidad, dejándose guiar fuera del departamento. No hablaron durante el trayecto en coche. La joven estaba demasiado nerviosa por lo que estaba por venir. Nunca había ido a un baile y no sabía bien qué esperar ni cómo comportarse. A eso se sumaba su temor por Roland. En resumen, estaba al borde del colapso.

Cuando llegaron al enorme edificio, Beckham la ayudó a bajar del coche. Una alfombra roja los esperaba, y al pasar entre la marea de fotógrafos, las luces de las cámaras capturaron cada uno de sus movimientos. Beckham no soltó su mano ni un instante. Ella se sentía segura a su lado y deseó que siempre fuera así, pero era inútil querer aquello que no podía ser.

Dentro, el salón de baile era gigantesco, el más grande que había visto en su vida. La luz era tenue y de los techos colgaban candelabros de cristal que bañaban con su resplandor a todos los presentes. Hombres impecables en esmóquines negros y mujeres con diminutas faldas negras y camisas blancas llevaban bandejas llenas de entremeses y copas de champán. Había lujo y brillo por todas partes, desde las copas con filo dorado hasta los diamantes que relucían en cada muñeca. No se había escatimado en nada para un evento organizado en apenas unas semanas.

La sala ya estaba llena de empleados de Visage, celebridades y figuras políticas importantes. Era increíble... y abrumador a la vez.

—Guau —murmuró.

—Un poco pretencioso, ¿no crees?

Se sobresaltó y lo miró. ¿Acababa de burlarse del evento de su jefe? Un poco más relajada, rio en voz baja.

—Un poquito, sí.

—Vamos a fingir que nos importa —murmuró él.

Beckham la guio tranquilamente entre la multitud. Todos lo conocían y querían al menos unos minutos con él; en cada esquina se detenía a saludar a alguien nuevo, y le presentó a Reyna más personas de las que jamás recordaría. Eran un borrón de rostros, trajes y vestidos de gala, todos vampiros. Los únicos humanos eran los camareros, los músicos... y ella.

Por fin llegaron al frente de la sala, donde los esperaba su jefe, el señor Harrington.

—¡Beckham! —exclamó. Se estrecharon la mano como viejos amigos—. Veo que has traído a la encantadora Reyna. Roland y Cassandra acaban de llegar con sus permanentes. También tenemos unos cuantos más del programa esta noche. Jesse, creo, trajo a su sujeto.

—Es una excelente noticia, señor —respondió Beckham con cordialidad—. ¿Todo en orden con las nuevas incorporaciones?

—Mejor de lo que podíamos esperar. Tuvimos que retirar a uno —explicó Harrington con indiferencia. No parecía darse cuenta de que hablaba de un ser humano, o tal vez simplemente no le importaba—. No funcionó, pero no hay problema: los demás parecen encajar bien. Una vez que entre en vigor el Censo de Sangre, podremos aplicar el programa a nivel general.

Beckham asintió.

—Parece que será un éxito más.

—Sin duda. Bueno, tengo que preparar mi gran discurso. —Se despidió con una última inclinación hacia Reyna antes de desaparecer.

—Reyna —saludó Sophie, acercándose a ella y besándole ambas mejillas—. Qué envidia, no vi ese vestido. Está claro que esa bruja no quería que lo tuviera.

—Estás preciosa, Sophie. Deslumbrante, como siempre —respondió Reyna.

—Por supuesto. —Su sonrisa era radiante.

Y entonces Roland pasó el brazo por la cintura de Sophie y la atrajo hacia sí.

—Tengo que admitirlo. El blanco virginal te sienta de maravilla, *ma chérie* —ronroneó contra su piel.

Reyna se pegó instintivamente a Beckham y su cuerpo se tensó, como una serpiente lista para atacar. Todo en Roland la ponía en alerta, y lo peor era que Beckham apenas tenía idea de lo peligroso que era. Se reprendió por no habérselo contado, especialmente al ver cómo los ojos de Roland recorrían su vestido. Se estremeció: odiaba cómo la miraba.

—Y tú… —sonrió—. Elegiste otro vestido.

—El otro me hacía sentir incómoda —soltó con frialdad.

—En cualquier caso, fue una buena elección. Beckham, tu chica parece un sueño, ¿no crees?

Beckham había estado distraído hasta entonces, pero de pronto se centró de nuevo en la conversación. Fijó los ojos en Reyna y, para la joven, todo se redujo solo a él.

—Un sueño, una fantasía —dijo—. Y una pesadilla.

—¿Ella o tú, Anderson? —preguntó Roland, y se rio como si Beckham acabara de contar un chiste, pero Reyna sabía que no lo era.

—Yo, por supuesto —respondió Beckham—. Yo soy el de los colmillos.

—Cierto. Al menos las pesadillas hacen que la sangre corra. —Roland mostró una sonrisa lasciva.

—Con permiso. —Beckham posó la mano sobre su brazo y ella se estremeció ante el contacto. Luego se encontró con su mirada intensa—. Voy por una bebida, ¿quieres algo?

—Sí, por favor.

—¿Champán?

Ella asintió.

—Muy bien.

Lo observó alejarse con el corazón desbocado. ¿Cómo podía un solo roce afectarla tanto? ¿Cómo podían las palabras y acciones de Beckham ser tan contradictorias? Sus ojos lo siguieron hasta la barra.

—Y según tú no se están acostando —apuntó Sophie sin tapujos.

—¡Sophie! —soltó con brusquedad.

—¿Qué? Basta con ver cómo te mira: ese hombre está listo para devorarte entera.

Reyna lanzó una mirada nerviosa a Roland y luego volvió a mirar a Sophie.

—Exageras, no es así para nada.

«Una mentira del tamaño de una catedral», pensó.

—Piensa lo que quieras, pero, con ese vestido, todos los hombres en esta sala te están mirando. —La voz de Sophie destilaba envidia—. Incluido Beckham.

—Lo dudo —replicó.

—Oh, pero lo hará —intervino Roland al pasar junto a Sophie, que se colocó justo al lado de Reyna, se inclinó hacia ella y le susurró al oído—: Igual que yo.

Reyna se estremeció de asco y se apartó de golpe. Sophie los miró a ambos, pero, o bien era tan tonta como para no captar las intenciones del vampiro, o simplemente le daba igual mientras él siguiera comprándole ropa cara.

—Te encontraré más tarde, cariño —murmuró Roland—. Puedes estar segura.

Se alejó, pero Reyna no pudo deshacerse de la punzada de desesperación que le dejaron sus palabras. Tenía que encontrar a Beckham, y rápido. Lo último que deseaba era quedarse a solas con Roland.

Escudriñó la sala buscándolo. Su altura y corpulencia lo hacían fácil de identificar incluso entre una multitud de vampiros. Estaba en la barra con un vaso de algún tipo de whisky en la mano. Lo vio vaciarlo de un trago, hacer una leve mueca y devolvérselo al barman, que se lo rellenó de inmediato.

El barman comenzaba a llenar una copa de champán cuando una mujer se acercó a Beckham. Él le habló con naturalidad, más relajado de lo que jamás lo había estado con ella. La mujer le puso la mano en la manga del traje y él no la apartó. ¿Qué carajos?

Incluso de espaldas, Reyna supo que era guapa. Llevaba un ajustado vestido azul real con cintura imperio y tafeta fruncido hasta el suelo. El peinado recogido dejaba al descubierto su nuca, aunque algunos rizos oscuros le caían con gracia por la espalda.

Entonces volteó y Reyna se quedó boquiabierta. No era guapa: era deslumbrante. Esbelta como una bailarina, con un rostro perfecto en forma de corazón, nariz respingada y labios rosados y carnosos.

Parecía estar buscando a alguien, pero finalmente se encogió de hombros y le dijo algo a Beckham. Para su sorpresa, él echó la cabeza hacia atrás… y rio.

Beckham estaba riendo. Ella no podía reconciliar eso con el Beckham que conocía. Él nunca reía; era serio, solemne, no tenía sentido del humor. De hecho, ni siquiera le gustaba que le hablaran, mucho menos que intentaran hacerlo sonreír.

Sin darse cuenta, se le helaron las venas. Todo el calor que Beckham solía despertarle fue sustituido por una punzada inexplicable. ¿Quién era esa mujer?

—Sophie —murmuró, intentando mantener la calma—. ¿Quién es esa vampira?

—¿Cuál?

—La que está hablando con Beckham en la barra.

—Ah —dijo Sophie en voz baja, y miró a Reyna con una expresión de pura compasión.

—¿Qué pasa?

—Esa es Penelope Sky.

—Penelope Sky —¿Por qué le sonaba ese nombre?

—Sí. Es la hija del alcalde, y es humana, no vampira —aclaró Sophie.

—¿Humana? —Repitió sin comprender. Beckham se mostraba así de cómodo con otra humana, y ella ni siquiera podía acercársele. No tenía sentido.

—Ajá… — Sophie le dio dos palmaditas en el brazo.

—Pues se ve muy cómodo.

—No me extraña, han estado saliendo de vez en cuando al menos por un año —explicó, como si fuera cualquier cosa.

—¡¿Qué?!

El impacto la golpeó como una ola. ¿Beckham tenía pareja? Después de aquel beso, estaba convencida de que había algo entre ellos. Ahora empezaba a cuestionarlo todo. Beckham no se sentía cómodo con ella, ni siquiera quería tenerla cerca; la evitaba, la mantenía a raya, y le había dejado muy claro que no tendrían nada más allá de lo estrictamente profesional. Todo porque estaba con Penelope Sky, la hija del alcalde. Mierda, vaya que dolía, mucho más de lo que había pensado.

—¿De verdad no lees los tabloides?

—No.

—Fueron la pareja más comentada del verano: una humana y un vampiro. Como imaginarás, salió en todos lados. Supongo que esa información no te llega fuera de la ciudad.

—Parece que no —dijo en voz baja. Sentía el estómago hecho un nudo. Beckham nunca le había mencionado que salía con alguien. Claro que nunca le contaba nada, ¿por qué le sorprendía?

—Bueno, se apagó un tiempo, pero parece que empezaron de nuevo. Quizá por eso no le interesas —soltó Sophie con descaro.

Reyna palideció.

—Lo nuestro no es así, Sophie, esté con ella o no.

—Lo que tú digas. —Sophie le dio otra palmadita compasiva en la mano—. Pero me alegro de no tener que competir con *eso*.

Decirlo así era quedarse corta. Competir con Penelope Sky era como competir con el sol.

Reyna intentó apartar la vista, pero no pudo evitar seguir mirándolo. Lo vio inclinarse para susurrarle algo al oído, y observó cómo su aliento le rozaba la piel, cómo ella le sonreía con esa familiaridad que solo da la intimidad.

Ya había tenido suficiente cuando Beckham notó su mirada. Sus ojos se encontraron desde ambos extremos del salón y las mejillas de Reyna se encendieron. Entonces él sonrió: era una sonrisa peligrosa, maliciosa, y cruzó la sala con Penelope… directamente hacia ella.

CAPÍTULO 18

—Reyna —la llamó Beckham—, quiero presentarte a una amiga mía. Ella es Penelope.

Reyna se tragó toda la rabia y la frustración que le atravesaron el cuerpo en ese momento. Beckham no le pertenecía de ninguna forma, un beso no significaba nada. Además, era su empleada, y aunque lo suyo fuera una relación que se había desviado un poco de lo profesional, él había dejado claro que no podían continuar en esa dirección.

—Hola —saludó en voz baja.

—Penny, ella es Reyna.

Ambas mujeres se evaluaron mutuamente. Reyna no sabía qué veía Penelope cuando la miraba. Su rostro sereno no revelaba nada, lo cual era todavía más exasperante. Para colmo, era más guapa de cerca; tenía los ojos de un azul clarísimo como el océano y un pequeño hoyuelo en cada mejilla.

Penelope tomó la palabra cuando entendió que Reyna no diría nada.

—Me han contado mucho sobre ti, Reyna.

—¿En serio? —Miró a Beckham, arqueando una ceja.

—Sí, me alegré tanto cuando llegaste. Le hace bien a Beckham tener a alguien cerca todo el tiempo. Y también a ti, por lo que me han contado.

Se negó a sentirse avergonzada de que esta mujer conociera su pasado. No podía creer que Beckham le hubiera contado, pero no podía hacer nada al respecto en ese momento. Ardía por dentro, una parte de ella quería ponerse a gritar.

—Sí, claro, justo lo que Beckham siempre había querido —soltó.

Penelope no pareció notar el sarcasmo, o quizá decidió ignorarlo.

—Anoche me contaba sobre tu interés en mi ciudad.

¿Anoche? ¿Había estado con ella anoche? Mientras Reyna estaba en su habitación preguntándose qué hacía y por qué la evitaba, él estaba con esta mujer.

—¿Tu ciudad?

—Ah, mi padre es el alcalde —aclaró con orgullo.

—Oh, perdona. Es curioso que esta sea la primera vez que oigo hablar de ti.

Beckham puso cara de fastidio, mientras que Sophie disimuló la risa fingiendo toser en la mano.

—Bueno —intervino Penelope—, he estado ocupada en la universidad. Ahora estamos de vacaciones, así que estaré por aquí mucho más.

La forma en que lo dijo sonaba a amenaza, pero ¿por qué alguien como Penelope tendría que amenazarla siquiera? La mujer era bellísima y parecía hecha a medida para Beckham. Para cualquiera, en realidad.

Mientras tanto, ella estaba ahí con ropa que no había elegido por sí misma, maquillaje y peinado hechos por otros, trabajando en un empleo que Penelope a duras penas podría imaginar. No había razón para que se sintiera amenazada.

—¿La universidad? —repitió, aferrándose a lo único que podía comentar—. Debe ser agradable poder costearse los estudios.

—Me siento muy afortunada.

Reyna tuvo que contener una carcajada. Claro que se sentía afortunada, ella se habría sentido igual si hubiera podido ir a la universidad, pero, en vez de eso, estaba allí, trabajando para Visage.

—¿Y cómo se conocieron? —indagó Reyna.

Penelope miró a Beckham con una amplia sonrisa.

—Oh… bueno… —Se sonrojó levemente—. Fue en un evento sobre política. Beckham estaba ahí en representación de Visage.

Él le dedicó una mirada divertida. Reyna se dio cuenta de que algo en esa historia no cuadraba.

—Lo recuerdas, ¿no? —le dijo Penelope, dándole un codazo.

—Sí, Penny, lo recuerdo.

—Te pasaste toda la noche evitándome como si tuviera peste. Pensé que olía mal o algo. ¿Cómo pudiste resistirte a esta cara? —bromeó, apoyando la cabeza en el hombro de Beckham.

Reyna no podía seguir viendo. Se volteó hacia Sophie, que la observaba con una expresión compasiva, pero no dijo nada. No debió haber preguntado aquello. En realidad, no le importaba: no había nada entre ella y Beckham. Aun así, él la había traído esa noche. Si prefería venir con Penelope, entonces no debería haberla invitado. Haberse quedado en casa con sus fotos era mejor que sentirse excluida del chiste privado de una pareja.

—Seguro tuvo que ver con tus convicciones políticas —dijo Beckham con sequedad.

—Oh, cállate. Mis convicciones son perfectas y lo sabes.

Reyna suspiró. Necesitaba cambiar de tema para poder sobrevivir el resto de la noche.

— ¿Eso estudias?

—Ciencias Políticas, sí. Mi padre cree que es importante que siga sus pasos.

—Ya veo. ¿Y tú tienes alguna ambición propia? —ironizó.

—Reyna —la reprendió Beckham.

Ella le sonrió y disfrutó viendo a Penelope incomodarse. Al menos no sería la única.

—Siempre me ha gustado la política, y creo en lo que hace mi padre —aclaró Penelope—. Está impulsando un cambio real en la ciudad. Algo digno de admiración. Tiene programas para los hambrientos y los pobres. Está trabajando para que la gente se recupere e incluso hizo una alianza con Visage para reducir el desempleo.

Reyna no sabía a quién intentaba convencer con ese discurso, pero ella había vivido en la calle. Había visto esta ciudad. Beckham la había instruido, igual que aquel vampiro renegado que casi la mata. Si Penelope creía que ella o su padre estaban haciendo bien su trabajo, necesitaban salir más.

—Qué bonitas palabras... aunque poco realistas —intervino Reyna.

—¿Qué quieres decir? He seguido de cerca a su equipo. He visto los avances.

—¿A esto le llamas un avance? —espetó Reyna, sorprendida por su propia vehemencia—. ¿Has pisado las calles? ¿Realmente has caminado por ellas? ¿Has visto a la gente hambrienta y sucia viviendo en la miseria? ¿Has sentido su nivel de desesperación? ¿Tu padre o tú, ya que en esas estamos, han hecho algo de verdad para cambiarlo, o solo se esconden detrás de discursos optimistas? Porque no sé si lo sabes, pero las palabras no alimentan ni dan trabajo ni limpian las calles.

Penelope la miró atónita. A su alrededor, todos se habían callado ante la apasionada intervención de Reyna.

—Por s-supuesto que estamos trabajando para arreglar las cosas. No todo sucede de la noche a la mañana. Hemos lanzado iniciativas muy exitosas.

—¿Y cómo miden el éxito? ¿Más o menos muertos que ayer en sus distritos ricos? Probablemente ni siquiera puedan contar los cadáveres en los barrios bajos.

—No sé de dónde sacas esa información —replicó Penelope, indignada—, pero al gobierno de la ciudad le importan los pobres tanto como los ricos.

Reyna soltó una carcajada. Una carcajada de verdad.

—Los ricos siempre dicen que les importan los pobres... mientras recogen sus cadáveres. Sea lo que sea que estás haciendo, Penelope, no está funcionando.

—Reyna, ya fue suficiente —gruñó Beckham.

—Siempre es suficiente solo cuando tú lo dices.

Él la fulminó con la mirada, pero ella no se acobardó.

—¿Nos disculpan? —escupió él.

Sin esperar respuesta, le agarró el brazo con brusquedad y la arrastró fuera del salón. El ruido se apagó cuando Harrington subió al escenario y habló al micrófono. Sin embargo, Reyna no oía nada sobre el silencio atronador que se imponía entre ella y Beckham al cruzar las puertas dobles y entrar a un pequeño salón vacío.

—¿Qué diablos fue eso? —espetó Beckham.

—Olvidaste mi champaña.

—Qué me importa tu maldita champaña. Lo que dijiste fue completamente inapropiado.

—Lo que dije fue la pura verdad, y lo sabes. No voy a dejar que alguien me diga cómo es la vida allá afuera cuando nunca la ha vivido.

—No tienes idea de quién es Penelope.

Reyna bufó.

—¿La hija del alcalde? Eso me basta. La verdad, ni siquiera puedo creer que salgas con ella.

—Ella no es como tú te imaginas.

—Lo dudo mucho. Y si es tan maravillosa, ¿por qué nunca la habías mencionado?

—Creí que ya lo sabías.

Reyna levantó las manos.

—¿Y cómo se supone que iba a saberlo? —Se volteó con desprecio—. ¿Ella sabe que nos besamos?

—No. Eso no le concierne.

—¿No le concierne? —repitió, incrédula—. Seguro que ella no estaría de acuerdo. ¿Por qué no me dijiste que estabas con alguien?

—Lo que hago en mi tiempo libre es asunto mío.

—Evidentemente —escupió—. Ya lo dejaste muy claro. Ni siquiera sé por qué me trajiste aquí.

—Todos los permanentes debían estar esta noche, para mostrarle al resto de la empresa lo bien que funciona el programa.

—Qué sarta de mentiras —soltó ella—. ¿Me trajiste por trabajo? ¿Querías estar con Penelope? Digo, está clarísimo, lo ha estado desde el principio. Ojalá me lo hubieras dicho. Así no estaría aquí sintiéndome…

Lo miró a la cara, deseando que la entendiera. Pero eso no ocurriría, Beckham había dicho que quería ponerle fin a esto. Claro que le atraía: era un deseo físico, puro y simple, por un hombre que ni siquiera quería tocarla. Y, aun así, no podía sacarse de la cabeza sus manos, sus labios, su cuerpo.

—¿Sintiéndote cómo? —La instó a terminar, dando un paso hacia ella.

La temperatura subió con solo tenerlo cerca. Debería alejarse, pero eran como dos imanes.

Le tomó la mano y la colocó sobre su pecho.

—Esto —susurró.

Su corazón latía con fuerza bajo los dedos de Beckham.

—¿Y cómo se siente eso? —preguntó él, con la voz tensa. Su otro brazo le rodeó la cintura, acercándola aún más. Reyna dejó de respirar, con esa mano aún sobre su corazón que ahora palpitaba con furia. Tragó saliva y se humedeció los labios.

—Conflictuada. Quiero besarte —confesó—, pero no quiero acabar en un ridículo triángulo amoroso.

—No puedo darte lo que quieres, Reyna.

—¿Qué parte?

Y entonces sus labios volvieron a unirse y el resto del mundo desapareció.

Su mente se nubló. Las discusiones anteriores se desvanecieron. Incluso Penelope dejó de existir en cuanto Beckham la besó. Era como hundirse en el mar sin necesidad de salir a respirar. Se estaba ahogando en él. Perdida en un océano sin fin.

Tropezaron hacia atrás hasta que las rodillas de Reyna chocaron con un diván. El cuerpo de Beckham cayó sobre el suyo;

su mano subió por la abertura del vestido y amontonó la tela alrededor de sus caderas. Ella gimió contra su boca, alentándolo a seguir.

Había algo urgente en sus movimientos. Reyna había soñado con este momento desde aquel primer beso. Había deseado repetirlo. Había ansiado sentir de nuevo esas manos rudas sobre su piel. Y ahora que por fin las tenía, lo besaba con una ferocidad que ni sabía que llevaba dentro.

—¡Beckham!

Ambos escucharon su nombre, y una pared de hielo los atravesó. Beckham se apartó de golpe. Durante un segundo, una expresión de horror cruzó su rostro, aunque pronto la reemplazó su compostura habitual. Nadie que lo mirara habría adivinado que acababa de besarla como si el mundo se acabara.

Ella no podía decir lo mismo de sí misma. Era humana, después de todo. Se incorporó con lentitud y trató de arreglarse el vestido. Tenía los labios hinchados, la piel encendida y el cabello ligeramente revuelto.

—Sí —respondió Beckham en voz alta—. Dame un momento.

Penelope entró por las puertas dobles un segundo después. Observó a Reyna, desarreglada, y a Beckham, impasible.

—Harrington quiere hablar contigo. Solo quería asegurarme de que todo estuviera bien.

—Todo está bien, Penny.

—Okey… —musitó y luego se retiró.

Reyna se cubrió la boca con la mano. No podía creer lo que acababa de pasar, lo que ella misma había provocado. No sabía qué tipo de relación había entre Beckham y Penelope, pero sin duda lo que acababan de hacer no estaba bien. Ojalá Beckham le diera alguna respuesta, en vez de esta montaña rusa de emociones.

—Tengo que hablar con mi jefe —anunció con frialdad.

—¿Eso es todo? Dijiste que no volverías a besarme, y ahora lo has hecho.

—Fue un error —respondió, implacable—. Tus emociones están por las nubes, y eso activa mis instintos más primitivos.

—¿No puede ser simplemente que eres un hombre deseando a una mujer?

—No. Soy un animal disfrutando la caza. El monstruo interior intentando salir. Nada más.

Reyna fue hacia la puerta. No tenía por qué quedarse a escuchar eso. Sin embargo, antes de salir, lo miró por última vez.

—Qué vida tan aburrida debes tener, sin alguien que te llene de pasión y haga que tus emociones también se disparen. Yo prefiero arriesgarme con el monstruo antes que resignarme al letargo.

CAPÍTULO 19

—¿Qué tanto haces allá afuera? —murmuró Reyna para sí, mientras su pie tamborileaba impaciente contra el suelo.

Llevaba toda la tarde esperando en su cuarto a que Beckham saliera del departamento. Ya debería haberse ido a trabajar o hacer cualquier cosa. No era propio de él alterar su horario perfecto, pero seguía en el *penthouse*. Podía oírlo moverse, y no había escuchado el sonido del ascensor.

Después de que saliera del salón la noche anterior, Beckham la había alcanzado para ordenarle que regresara al coche. Esperó treinta eternos minutos hasta que por fin apareció. El trayecto a casa fue tenso e incómodo. No quiso seguir hablando con él sobre lo ocurrido, y estaba claro que él sentía lo mismo. En cuanto llegaron, se encerró en su habitación y no volvió a salir.

Lo último que quería era cruzárselo en la sala y tener que entablar una conversación superficial sin sentido. No pensaba ser la primera en ceder. Eso lo tenía claro.

Unos pasos en el pasillo la hicieron quedarse quieta, mirando hacia la puerta. Alcanzaba a escuchar a Beckham del otro lado. ¿Qué diablos estaba haciendo ahí?

No tocó. No dijo nada. Simplemente se quedó ahí. Los dos estaban ahí. De pie. Ninguno dispuesto a dar el primer paso. A Reyna no le importaba si eso la hacía parecer terca. Él la había besado, la había tratado mal y, para colmo, estaba saliendo con otra. No tenía ningún motivo para hablarle.

Al cabo de unos minutos, lo oyó alejarse de la puerta. Luego, sonó el ding característico del ascensor, y Reyna se quedó sola.

—Por fin —suspiró.

Se quitó el ceñido vestido rosa de un tirón y lo arrojó al montón de ropa tirada en el suelo. Entró en el vestidor, rebuscó entre su ropa normal y sacó un conjunto para vestirse: una camiseta de algodón holgada, unos jeans y sus Converse. Se cepilló el pelo, se puso la gorra de beisbol bien baja sobre los ojos y metió la cámara en una mochila negra que se colgó del hombro antes de salir del departamento.

Le envió un mensaje al chofer de Beckham para avisarle que necesitaría un coche. Su guardaespaldas, Philippé, siempre la esperaba en el vehículo cuando lo requería. Beckham debía pagar una fortuna para que esos dos hombres estuvieran siempre disponibles para llevarla o vigilarla.

Al llegar al portal, el vehículo ya la esperaba, pero se detuvo al ver a Everett. Él abrió mucho los ojos al verla vestida así.

—¿Reyna? —preguntó.

No había estado de turno las últimas veces que había salido vestida de civil. Le alegraba que no supiera de su doble vida. Estaba claro que seguía tan traumatizado por lo sucedido que apenas podía mirarla. No quería involucrarlo en nada más que pudiera dañarlo.

—Ah, hola —dijo—. Tengo que irme.

Siguió hacia el coche, pero Everett fue tras ella.

—¿Me estás evitando o qué?

—¿Qué? No, claro que no. —Lo miró con cautela—. Pensé que tú me estabas evitando a mí.

—Apenas te reconocí. ¿Cómo iba a evitarte?

—Bueno, estuviste todo serio ese primer día que volví. Me llamaste «señorita Carpenter». Pensé que tal vez aún me culpabas, o que estabas de acuerdo con tus amigos.

—Perdón por eso, es que mi jefe estaba presente. Desde el ataque ha estado más pendiente que nunca. Creo que piensa que soy frágil, que voy a romperme o algo así. Pero, bueno, acabo de terminar mi turno. Si quieres, podemos salir un rato. Me encantaría saber qué haces vestida así. ¿Beckham te dio permiso?

Reyna hizo una mueca.

—Probablemente me arrancaría la cabeza si supiera lo que traigo puesto.

—Espero que no literalmente.

Se echó a reír; qué bien se sentía.

—No, no literalmente.

—¿Y qué vas a hacer?

—Matar el tiempo —respondió, sacando la cámara de la mochila—. Intento ver la ciudad desde otra perspectiva.

—Genial, ¿puedo acompañarte?

Ella bajó la vista a su uniforme de valet: camisa blanca, chaleco negro, pantalón de vestir y zapatos lustrados.

—Sin ofender, pero vas a desentonar donde voy.

—Ahora sí me muero de curiosidad. Tengo ropa en mi coche, está allá atrás.

Reyna lo pensó un segundo. Beckham no quería que nadie supiera que esas fotos eran suyas, pero no creía que algo pasaría por llevar a Everett. ¿A quién iba a contárselo? Era el valet del edificio.

—Está bien, ¿por qué no?

Reyna golpeó con los nudillos la ventanilla del copiloto. Esta bajó lentamente.

—¿Sí?

—Iré a la vuelta del edificio con mi amigo. ¿Puedes recogernos allí en unos minutos?

—No vas a irte sin nosotros, ¿verdad?

Reyna puso los ojos en blanco.

—Prometí que no lo haría. Estaremos en el estacionamiento trasero, bien iluminado.

—Cinco minutos —respondió el conductor, y volvió a subir la ventanilla.

—Son un encanto —murmuró ella, siguiendo a Everett.

—¿Y por qué te empezó a interesar la fotografía?

—Fue por el ataque, de hecho —contestó en voz baja, sin apartar la mirada del suelo—. Ya tenía una mala imagen de las calles, pero eso la empeoró. Beckham me dio la cámara, supongo que para evitar que me aburriera. Entonces decidí ver las calles a través de los ojos del sufrimiento. Los ojos de personas como yo.

—¿Personas como tú?

—Que viva allá arriba ahora no significa que haya dejado de ser como tú o tus amigos o cualquier otra persona. No pertenezco a ese mundo, y quiero que mis fotos lo muestren. Quiero mostrar lo que nadie en Visage, en la política o en la alta sociedad ve realmente con sus propios ojos.

—Me parece genial —concedió.

Llegaron al Mustang de Everett y él sacó su ropa. Reyna lo observó mientras se quitaba el chaleco y la camisa, revelando un torso inesperadamente musculoso. Sus mejillas se encendieron y se dio la vuelta apresuradamente.

—Ay, perdón.

—Tranquila, no pasa nada —dijo con una risa—. Quiero saber más sobre tu fotografía. ¿Sabes? Me recuerda un poco a un blog del que todo el mundo habla últimamente.

—¿Qué blog? —preguntó ella, girándose de nuevo. Él ya se había puesto una camiseta gris lisa y unos jeans perfectos para la ocasión.

—Tengo que buscarlo en el celular.

El coche de Beckham se acercó mientras Everett navegaba en su teléfono. Subieron al asiento trasero, y Reyna le indicó al conductor a dónde dirigirse. Había estado tomando muchas fotos en un albergue para personas sin hogar últimamente. Cada vez que las miraba, se le nublaban los ojos, y eso era señal de que contenían verdad.

—Ajá, es este. —Everett le pasó el celular—. Se llama *Perspectiva.*

Casi se le cae el teléfono: eran sus fotos, sus preciosas imágenes. Beckham había llamado al sitio *Perspectiva.* Ni siquiera se había dado cuenta de que otras personas podían verlas, Reyna solo las subía y las organizaba para sí misma.

—¿Dices que la gente las está viendo?

—Sí —confirmó, mirándola con curiosidad—. Son anónimas, claro, pero todos intentan averiguar quién es el fotógrafo. Creen que debe de ser un simpatizante de Elle.

—¿Un qué? —preguntó. ¿La estaban asociando con alguien a quien ni siquiera conocía?

—En serio no sabes nada de política, ¿verdad?

—No —admitió—. ¿Quién es Elle?

Everett echó un vistazo incómodo al conductor y al guardaespaldas.

—Alguien, y algo, con lo que mucha gente está en desacuerdo. —Entonces se inclinó y le ajustó la gorra de beisbol—. Te lo cuento cuando estemos fuera.

Ella captó la indirecta y cambió de tema hasta que llegaron al albergue. Una vez dentro, se colgó la cámara al cuello y juntos recorrieron los pasillos.

—Bueno, cuéntame.

Él echó un vistazo por encima del hombro, pero su guardaespaldas mantenía una distancia respetuosa, fingiendo ser invisible.

—Elle es el nombre en clave de una facción rebelde que está en contra los vampiros y contra Visage. Cuando Visage empezaba a tomar forma, hubo una serie de protestas en contra de empresas controladas por vampiros y su ideología, la misma que ahora representa Visage. Lo llamaron «Rebelión de Elle» por la mujer que la lideró y que fue asesinada durante una manifestación que, por lo demás, fue pacífica. Todos pensaron que se acabaría ahí, pero desde entonces hay rumores de que los simpatizantes de Elle se han organizado para crear un movimiento clandestino. Por eso se conocen como Elle, o a veces usan la L cursiva rodeada de un círculo y la pintan por las calles.

—He visto ese símbolo antes.

—Sí, está por todas partes. Los rebeldes de Elle creen que Visage no solo quiere ser la empresa más grande del mundo, sino que quiere gobernar. Muchos afirman que fueron ellos quienes provocaron el colapso económico para obligar a los humanos a trabajar para ellos. Crearon desesperación para que la gente les diera todo el poder.

La cabeza le daba vueltas. ¿Había personas luchando contra Visage?

—¿Y se cree que quien tomó esas fotos es un simpatizante de Elle? ¿Por qué?

Él sacó el celular de nuevo y le mostró la última entrada. Su entrada. Everett los había llevado justo al lugar donde había tomado la foto en ese mismo albergue.

—Porque nadie retrata lo humano como tú —apuntó con suavidad.

—Yo no... —empezó, pero sabía que la había descubierto. Dejó caer los hombros: adiós al anonimato.

—Entonces, ¿si eres tú?

Reyna se mordió el labio.

—Bueno, no sabía nada de Elle ni de los rebeldes hasta ahora, pero la gente está muriendo allá afuera y a nadie le importa. Visage tiene todo el dinero y el poder, y no están ayudando a nadie. Solo se llenan los bolsillos y se alimentan entre ellos. Yo creo en el equilibrio, pero no formo parte de ningún movimiento. —Suspiró y miró a su alrededor, donde cada rincón reflejaba el problema que acababa de describir—. Solo quiero ayudar a mi familia a sobrevivir. Es lo único que me importa.

Everett asintió, comprensivo.

—Como todos nosotros.

—Tal vez deberíamos ir a otro lado —sugirió ella, de pronto se sentía incómoda por estar en el mismo sitio donde había tomado fotos que otros estaban analizando con lupa. Si alguien intentaba averiguar quién era el supuesto simpatizante de Elle, no sería buena idea quedarse ahí. Y por cómo Everett hablaba del tema, estaba segura de que ni a Visage ni a Beckham les haría ninguna gracia.

—Tengo una idea, si te interesa. —Everett esbozó una sonrisa traviesa.

—Me encantan las ideas.

Él soltó una carcajada.

—A tu guardaespaldas puede que no le guste tanto esta.

—Se las arreglará —dijo con entusiasmo—. Vamos.

De vuelta en el coche, Everett dio una dirección al otro lado de la ciudad, mucho más lejos de lo que Reyna se había aventurado. Pensó que su guardaespaldas reconocería el riesgo y se opondría, pero no dijo ni una palabra. Siguió esperando a que saltara alguna alarma o que surgiera un impedimento. Pero no ocurrió nada. Viajaron en completo silencio.

Bajaron del auto con la cámara de Reyna de nuevo guardada en la bolsa, y Everett le indicó al conductor dónde podía estacionarse. Philippé los siguió a una distancia prudente mientras caminaban unas tres manzanas desde donde los habían dejado.

—¿Por qué no nos dejaron justo en la entrada? —preguntó Reyna cuando llegaron a un enorme almacén. Le recordaba a su hogar.

—Aparecer en un auto de lujo en este sitio es la mejor forma de acabar apuñalado —aclaró.

Un escalofrío la recorrió al escucharlo, así que se pegó más a él. Llegaron a la entrada y cruzaron una puerta gris metálica.

Un hombre enorme, con músculos que parecían querer salirse de su piel, los detuvo antes de que pudieran pasar por la segunda puerta.

—Nada de armas. Nada de colmillos. Nada de problemas. Son las reglas en Five Points.

El tipo los esculcó rápidamente, revisó la bolsa de Reyna, y luego los dejó pasar.

—Ey, amigo. —El hombre detuvo al guardaespaldas—. ¿No me escuchaste? Nada de colmillos.

Philippé le dirigió una mirada que helaba la sangre y sacó una tarjeta de su cartera. El portero la leyó una vez y asintió.

—Okey, pero si causas problemas, tenemos autoridad para detenerte... por cualquier medio necesario. —Su tono era amenazante.

—Anotado —respondió Philippé con calma.

Al entrar, Reyna tuvo que hacer un esfuerzo para cerrar la boca. Everett había dicho que este sitio sería algo diferente, pero superaba todo lo que había imaginado. Gran parte del almacén era un espacio abierto, con un gigantesco cuadrilátero de lucha en el centro. Dos personas se enfrentaban en el ring, vestidos únicamente con unos shorts ajustados, mientras una multitud enorme vitoreaba a su favorito. Había un marcador improvisado colgado de una pared y una caja de apuestas.

—¿Qué es este lugar? —preguntó, sus dedos se morían por sacar su cámara.

—Five Points. Lo controla la mafia irlandesa.

—Quédate cerca —gruñó su guardaespaldas—. No quiero que esto se descontrole sin una vía de escape.

—De acuerdo. —Reyna puso los ojos en blanco. Como si no bastara con tener un guardaespaldas pegado en un sitio así, encima quería que se mantuviera cerca. Que se esforzara él en seguirle el paso.

—Vamos. —Everett la tomó del brazo, guiándola entre la multitud.

El público era muy variado. Algunos parecían tan pobres como la gente que Reyna había fotografiado en las calles. Otros iban de traje (aunque no tan caros como los de Beckham), y gritaban por su luchador con tanto fervor como los demás. También había otro grupo que le recordaba mucho a sus hermanos, gente que no estaba completamente perdida, pero tampoco prosperaba. Podía verlo en sus ojos: para ellos, esto era un escape, una salida de la jaula en la que vivían. Lo había visto muchas veces en la mirada de sus hermanos, pero, con ella en casa, jamás habían participado en algo así. Esperaba que siguieran por buen camino ahora que no estaba.

Un dolor punzante le apretó el pecho, y tuvo que forzarse a apartarlo. Era bueno pensar en ellos. No quería olvidarlos nunca. Pero era difícil. El dinero debía estar ayudándolos, sí, pero le aterraba que sus rostros empezaran a desdibujarse en su memoria. Sin embargo, no podía pensar en eso ahora, no iba a servirle de nada.

Everett se detuvo en medio de un grupo de personas, y un tipo se le acercó a pedirle una apuesta, así que le pasó un billete de cinco.

—Ponlo a favor de Gabe.

El hombre rio entre dientes.

—Va perdiendo, pero me quedo con tu dinero. —Luego señaló a Reyna—. ¿Y para la dama?

Ella negó con la cabeza.

—No, gracias.

Cuando el hombre se fue, Reyna se inclinó hacia Everett.

—¿Por qué apostaste por el que va perdiendo?

—Gabe O'Connor es una leyenda en estos rumbos. Puede que no lo parezca, pero ya lo verás.

Eso hizo. No sabía nada de peleas, pero los movimientos de ambos hombres eran casi una danza coreografiada. El más grande tenía ventaja en altura, peso y fuerza. Era pura masa, y la usaba con una destreza que solo se adquiría después de muchos combates. Gabe, el más pequeño, se movía con rapidez, esquivaba, bloqueaba, golpeaba cuando el otro menos lo esperaba. Aun así, parecía claro que el grandote iba a ganar.

Reyna sacó despacio la cámara de su bolsa y enfocó con el zoom. Tomó foto tras foto, intentando captar lo que Everett veía.

Entonces, con la velocidad de un relámpago, sucedió.

Gabe sonrió. Solo eso. Reyna lo captó justo a tiempo. Sabía que esa imagen sería brillante. Gabe estaba jugando: fingía perder para mantener las apuestas en su contra. Cuando ganara, sería aún más espectacular.

—Está jugando al gato y al ratón —susurró ella.

—Exacto —dijo Everett—. Se nota en sus pies.

—No, se nota en sus ojos… y en su sonrisa.

Alejó el zoom y tomó fotografías del público, del lugar, de la sensación de desesperación que impregnaba la sala. Estaba enfocada en los gritos furiosos de una mujer cuando todos rugieron con desaprobación. Alzó la vista hacia el ring, donde el tipo más grande yacía boca abajo, con la sangre brotándole del rostro. Gabe no se había detenido: siguió golpeándolo hasta que lo apartaron por la fuerza.

La multitud se abalanzó hacia adelante, y Reyna estuvo a punto de soltar la cámara. La metió de golpe en la bolsa mientras Everett le sujetaba el codo con fuerza.

—¿Qué está pasando? —gritó.

—Mucha gente perdió dinero. Tenemos que sacarte de aquí.

Sus ojos buscaron a Philippé, pero estaba demasiado lejos. Decidió que lo mejor era resguardarse con Everett y dejar que la guiara entre la multitud. Perdió de vista al guardaespaldas, al igual que todo a su alrededor, y se aferró a Everett como si su vida dependiera de ello. Estallaron peleas por todo el lugar; la gente estaba furiosa por haber apostado y perdido lo poco que tenía. El ruido se volvió insoportable y de pronto aparecieron guardias armados con porras, *tasers* y pistolas para controlar a la masa.

Ella y Everett atravesaron una puerta sin vigilancia que Reyna había asumido que daba al exterior, pero conducía a una escalera. Sin titubear, Everett empezó a subir los escalones de dos en dos. A Reyna no le quedó más remedio que seguirle el paso. Cuando por fin llegaron a un rellano con un pasillo largo, ya le faltaba el aire.

—¿Dónde estamos?

—Creo que son oficinas —aventuró Everett—. Busquemos una sala para refugiarnos un rato.

—Mi guardaespaldas debe estar volviéndose loco allá abajo —murmuró ella.

Everett se encogió de hombros.

—¿No es un poco liberador?

Le sonrió, y ella no pudo evitar soltar una risa. Había sentido miedo corriendo entre la multitud, pero ahora, de la nada, la invadía el alivio.

—Supongo que sí. —Empujó la primera puerta—. ¿Qué te parece esta?

Entró en la habitación y tanteó buscando el interruptor de la luz. En cuanto la encendió, se quedó pasmada.

—¿Qué diablos...?

CAPÍTULO 20

—Guau —exclamó Everett, siguiéndola al interior del cuarto.

—¿Qué es todo esto? —preguntó Reyna.

La sala era de un blanco inmaculado y estaba tan limpia como el hospital de Visage donde la habían examinado por primera vez. Una de las paredes estaba llena de contenedores grises apilados que le llegaban a la cintura, y todos estaban repletos de bolsas de sangre. En la pared opuesta, las bolsas estaban conectadas a una máquina que Reyna nunca había visto. Una bolsa goteaba dentro de otra y esta, a su vez, en una tercera, formando una línea que iba del techo al suelo. El zumbido suave de las máquinas llenaba el ambiente y le daba ritmo a la operación.

—He oído rumores sobre esto, pero no creí que fueran ciertos —susurró él.

—¿Que fuera cierto qué?

Everett se giró hacia ella con expresión tensa.

—Bancos de sangre en el mercado negro.

Reyna se quedó boquiabierta.

—¿Eso existe?

Sacó de nuevo la cámara de la bolsa. No había forma de que pudiera recordar cómo era ese cuarto si no tomaba una foto. No las iba a publicar, no ahora que sabía que vigilaban sus imágenes. Las guardaría solo para ella.

—Es un rumor. No creí que realmente estuvieran haciéndolo.

—¿Quiénes? —De pronto, sintió escalofríos. Bajó la cámara para mirarlo.

—Cualquiera. Visage tiene el monopolio de la sangre para vampiros. Aquí tienen muchísima, así que deben ser opositores. Podría ser una operación de Elle.

Reyna palideció.

—Entonces deberíamos irnos. No quiero involucrarme en nada de esto, ni siquiera por accidente. Alguien podría estar vigilándonos. —Sus ojos recorrieron la habitación en busca de alguna cámara, pero era difícil distinguir algo entre las filas de bolsas. De todos modos, no le hacía gracia ese cuarto. Le daba mala espina. Donde había sangre, había agujas—. Ya no quiero estar aquí.

—Concuerdo. Vámonos.

Reyna volvió a guardar la cámara y retrocedieron hacia el pasillo. De una habitación contigua salieron un hombre en bata blanca y dos mujeres en uniforme médico.

—¡Oigan! —gritó el hombre—. Ustedes no deberían estar aquí.

—Perdón, nos perdimos —se excusó Everett, intentando sonar conciliador.

—¡Seguridad!

—Vámonos.

La tomó del brazo y salieron corriendo escaleras abajo. Un hombre los siguió, bajando un piso, y luego otro. Reyna ya estaba jadeando cuando al fin llegaron a la planta baja y Everett empujó la puerta para salir. Estar afuera la desorientó, ¿a dónde habían salido? Se suponía que tenían que haber regresado al almacén.

No tuvo tiempo de pensar, se limitó a seguir a Everett. El tipo que los perseguía no parecía nada contento de que hubieran irrumpido por error en el banco de sangre. No sabía si su amigo tenía claro a dónde iban o si simplemente los estaba llevando por los callejones hasta despistarlo. Finalmente, la jaló con fuerza hacia un hueco en la pared y le tapó la boca con la mano.

El guardia dobló la esquina y pasó corriendo de largo. Tras unos minutos, cuando estuvieron seguros de que se había ido, Everett la soltó.

—Por aquí —indicó. Abrió una puerta lateral y subieron dos pisos de escaleras.

—¿Dónde estamos? Estoy completamente perdida —admitió Reyna, aún sin aliento.

El chico abrió la primera puerta a la derecha.

—Hogar, dulce hogar.

Entraron a un pequeño departamento y él cerró la puerta rápidamente.

—¿Aquí vives?

Él asintió, un poco sonrojado.

—No es gran cosa, pero es mío.

Y realmente no lo era. Con lo impecable que era en el trabajo y el coche elegante que conducía, ella pensó que viviría en una zona algo mejor. No sabía hasta dónde habían corrido, pero no podía haber sido tan lejos.

—¿Vives solo?

—Sí. Solos yo y Hopper. —En ese instante, un perro diminuto salió del dormitorio saltando y corrió directo hacia Everett. Él sonrió, lo alzó y dejó que el peluche andante le lamiera la cara.

—Ay, por Dios, ¡qué ternura! —exclamó Reyna.

—Toma. Le cae bien todo el mundo.

Everett le pasó al perrito, y ella se desplomó en el sofá. Hopper se acurrucó contra ella y no le permitió dejar de acariciarlo ni un segundo. Después del caos, resultaba absurdamente relajante. No podía creer que ese mismo día habían ido a una pelea clandestina, descubierto un banco de sangre ilegal y escapado de un tenebroso guardia.

—Cuando dijiste que íbamos a hacer algo emocionante, no esperaba esto.

Él suspiró y se dejó caer a su lado.

—Yo tampoco. No te habría llevado si hubiera sabido que iba a pasar todo eso.

—¿Qué crees que hacen con toda esa sangre?

—¿Venderla? —aventuró. Luego se puso serio—. Creo que la verdadera pregunta es: ¿De dónde la están sacando?

Reyna se estremeció.

—Puaj. No quiero ni pensarlo.

—Y no deberías. Mejor olvida todo esto, no necesitas meterte en algo así. Tienes tu vida.

—¿Y tú?

Él esbozó una sonrisa.

—Soy demasiado inteligente para enredarme con eso. Y no comparto el pensamiento de mis amigos de que todos los vampiros son malos por el simple hecho de ser vampiros.

—Claro, así como no todos los humanos son buenos por ser humanos.

—Exacto.

Se quedaron así en el sofá hasta que la respiración de Reyna se normalizó. Estaba tan agotada que sentía que podría quedarse dormida ahí mismo. Se le vino todo encima de golpe.

—Me gusta tu casa —murmuró con sueño, y Everett soltó una risa.

—Seguro que no es nada comparado con donde estás ahora.

—Esto se siente más como un hogar. Crecí en el Distrito de Almacenes.

Everett frunció el ceño.

—¿En serio? Dicen que es terrible por allá.

—Todo es terrible en todas partes, pero al menos ahí tenía a mis hermanos. Ellos hacían que valiera la pena.

—¿Y ahora dónde están?

—Siguen allí. —Los ojos se le llenaron de lágrimas, que se limpió enseguida—. Los extraño mucho. Siento que ha pasado una eternidad desde que me fui.

—Pero pronto volverás con ellos, ¿no? ¿No funciona así el programa? ¿Un mes y luego rotas?

Reyna cerró los ojos y tragó saliva.

—Así funcionaba, pero lanzaron un nuevo programa. Mejor sueldo, mejores beneficios... y vives con el patrocinador de forma permanente.

—¿Qué? —Everett se quedó boquiabierto—. ¿Tienen los permisos para hacer eso?

—Ya lo están haciendo. Me quedaré con Beckham hasta... bueno, no sé hasta cuándo. El contrato decía que indefinidamente.

—Vaya... —fue lo único que alcanzó a decir, atónito. Su silencio le permitió a Reyna escuchar las vibraciones de su teléfono en el bolso. Lo sacó con resignación y suspiró al ver el nombre en la pantalla.

—Es Beckham. Lo siento.

—En realidad es culpa mía. No debimos abandonar a tu guardaespaldas.

—Para empezar, no debería imponerme uno —murmuró molesta.

—Ve al cuarto —le ofreció, señalando detrás de él.

—Gracias.

Entró y contestó la llamada.

—¿Hola?

—Reyna. —La respiración de Beckham sonaba agitada—. ¿Dónde estás? ¿Qué pasó? ¿Estás bien?

—Sí, estoy bien.

—Perdiste a tu guardaespaldas.

—Lo sé —dijo suavemente—. Sé que va contra las normas, pero no teníamos otra opción.

—Maldita sea, por esto no quería que estuvieras en lugares donde pudiera pasar algo. —Sonaba más preocupado que enojado, lo cual la desestabilizó.

—Bueno, ya no importa. Estoy bien.

—¿Dónde estás? He estado tratando de localizarte. Acabo de llegar al almacén, a los organizadores no les hizo gracia verme —explicó.

¿Había manejado hasta allá... por ella?

—Solo dime dónde carajos estás. La última vez que pasó algo así, casi mueres.

—Estoy en casa de Everett —confesó al fin. No quería decírselo, todavía estaba molesta con él. Sabía que no lo aprobaría. Nunca aprobaba nada de lo que hacía.

—¿Estás en el departamento de otro tipo?

La rabia volvió a encenderse.

—Sí —respondió desafiante—. ¿O qué? ¿Tú no vas a casa de Penny? —Pronunció el diminutivo con sarcasmo.

—Eso no es asunto tuyo.

—Y esto tampoco es asunto tuyo.

—Tu ubicación sí lo es. Envíame la dirección para que un coche pase por ti.

—¿Y si no quiero?

Beckham maldijo en voz baja.

—Tengo otras formas de averiguar dónde vive, no me obligues a usarlas.

—Amenazas vacías —murmuró.

—No me pongas a prueba.

Ya no le quedaban fuerzas para pelear. Una tarde tan llena de aventuras la había drenado. Solo quería acurrucarse y dormir.

—Está bien, se la pediré a Everett.

Colgó antes de que él pudiera responder y volvió al salón.

—¿Oíste eso?

Everett la miró con cara de niño regañado.

—Sí, lo siento. ¿Todo bien?

—Supongo. —Se encogió de hombros.

—Si quieres, puedes quedarte aquí.

—Gracias, pero no. — No podía hacer eso, sería como cuando vivía con sus hermanos. Le sería igual de difícil buscar otro trabajo ahí como lo había sido allá. Para Everett no sería más que una boca extra por alimentar. Al menos Beckham podía cuidarla y ella podía mandar el resto del dinero a casa.

—Oh… bueno.

—No tiene que ver contigo, en serio. Es que tengo que ayudar a mi familia, y esto es lo que hay. Necesito la dirección de tu casa.

Le pasó el móvil, y él la escribió.

—Gracias por esta tarde tan… emocionante —concedió—. ¡Ah, tu auto! ¿Quieres que te lleve?

—No —respondió de inmediato—. Quiero decir… No creo sea buena idea cruzarme con Beckham tan pronto, después de haberte puesto en peligro otra vez. Me salvó la vida y pagó mi hospital. No quiero que me mande de regreso. Tomaré el metro o pediré un aventón.

—Está bien. Perdón por todo esto.

—Me divertí contigo. Aunque parece que no podemos hacerlo sin poner tu vida en riesgo… pero, bueno, ¿de qué sirve vivir si no es al límite?

Reyna soltó una carcajada y lo abrazó.

—Nos vemos.

Cuando bajó a la calle, el coche de Beckham ya la esperaba. El conductor abrió la puerta trasera y Reyna se deslizó dentro con un suspiro.

Recorrieron un buen tramo en silencio antes de que Beckham dijera algo. Había estado tan concentrado en su maldito teléfono que Reyna ni siquiera estaba segura de si se había percatado de su presencia.

—Me alegra que estés bien —dijo al fin.

—Ajá… —Siguió mirando por la ventana.

—¿Conseguiste las fotos que buscabas?

Pensó en las imágenes que había tomado esa noche y sonrió.

—Creo que sí.

Beckham le quitó la gorra de beisbol sin que se diera cuenta; se había olvidado de que la llevaba puesta. Volteó a verlo y él deshizo su peinado, enredando los dedos en su cabello oscuro y dejándolo caer en ondas.

—No saliste de tu habitación.

Ella tragó saliva.

—Lo sé.

—Te esperé.

—¿Por qué?

Él había estado enojado con ella, y ella aún más con él. No soportaba las señales contradictorias que le enviaba.

—No lo sé. No me parecía bien dejar las cosas así contigo.

Reyna entreabrió los labios con sorpresa.

—Oh…

—Y luego me enteré de dónde estabas y lo que había pasado. —Casi parecía dispuesto a vulnerarse, pero esa palabra no le quedaba para nada al hombre imponente que tenía delante—. Si hubiera sabido que querías explorar así… te habría llevado yo.

—¿En serio? ¿Me habrías llevado a las peleas? ¿Te habrían dejado entrar siquiera?

Beckham rio y fue el mejor sonido que Reyna había escuchado en su vida. Su risa era eléctrica, le iluminaba el rostro, aunque solo fuera por un instante. Era como un destello del pasado: de su vida antes de convertirse, antes de dejar que el monstruo lo dominara y cerrarse a sentir. Haría cualquier cosa por volver a escucharlo.

—A mí no se me niega la entrada a ningún sitio. Bastaba con pedirlo.

—Perdón, pero pedirte algo es como sacarte una muela, Becks. No lo haces fácil.

—Lo sé. No soy un hombre fácil de tratar.

Reyna frunció el ceño y asintió. Era cierto. Y también era mentira. A veces, le resultaba tan fácil estar con él. Cuando bajaba la guardia. Cuando no le escondía su relación con otra mujer. Por mucho que quisiera sacarle los ojos por eso, y por besarla a pesar de todo, sabía que no tenía derecho.

Una parte de ella quería aferrarse al enfado, recordarse lo mucho que le dolía cuando él la hacía a un lado. No quería sentirse usada ahora que sabía que estaba con otra, pero tampoco deseaba estar lejos de él. Le gustaba tenerlo cerca. Le gustaba su compañía taciturna. Incluso aunque odiaba nunca saber a dónde iba.

Sin embargo, al mirar sus ojos negros como la noche, algo se tejió entre ambos, y no sería ella quien rompiera el hechizo.

—¿Me llevarías contigo? —susurró.

La mirada compartida se volvió ardiente. Sus palabras tenían más de un sentido, y hasta que las dijo se dio cuenta de que no hablaba de ir a tomar fotografías. Aunque quisiera cerrarle su corazón, su cuerpo no escuchaba a su mente. De pronto, el asiento trasero se sintió sofocante, y la corta distancia entre ellos vibraba de deseo.

Beckham rompió el contacto visual y bajó la vista hacia su teléfono apagado. Ella soltó un suspiro tembloroso y se obligó a recomponerse.

«Beckham, por Dios...», murmuró en su mente.

—Por cierto —dijo él—, ¿qué diablos llevas puesto?

CAPÍTULO 21

Beckham había dejado que Reyna se quedara con la ropa. Por un momento pensó que sus camisetas anchas, jeans y Converse desaparecerían del armario al día siguiente, pero seguían allí, perfectamente dobladas. De hecho, habían sido lavadas y devueltas a su lugar.

Desde que Beckham la recogió, no había vuelto a salir a la ciudad. Podía hacerlo, pero esperaba a que él la llevara. En secreto, la idea la emocionaba. Si él quería llevarla a conocer otro rincón de la ciudad que pudiera fotografiar, seguro valdría la pena.

Además, pasar tiempo con Beckham, sin interrupciones, lejos del trabajo, de sus colegas, y de Penelope, sonaba bastante tentador.

Mientras esperaba, se pasaba horas revisando las imágenes que había tomado con Everett. Subió algunas fotos de las peleas clandestinas a su página web y se preguntó si alguien las estaría mirando. En particular, le encantaba un primer plano que había conseguido del luchador más bajito: su rostro era nítido y tenía una sonrisa desafiante. Era una instantánea perfecta, con su lado humano prevaleciendo a pesar de las circunstancias. El mundo en el que vivían ya era suficientemente terrible, así que valía la pena mostrar que aún quedaba algo de esperanza ahí fuera.

No es que Reyna fuera el mejor ejemplo de ello. Visage no era esperanza, sino un curita intentando cubrir heridas profundas que nadie se atrevía a mirar.

El sonido del ascensor la sacó de su melancolía. Cerró de golpe todo lo que tenía abierto en su laptop. Las imágenes de las peleas desaparecieron, seguidas de las misteriosas fotos del banco de sangre. Había guardado esas últimas en un archivo bloqueado, no quería que terminaran en internet.

Beckham entró sin tocar la puerta y ella cerró la computadora de inmediato. Era tarde, por lo que no esperaba que viniera. Apenas traía puestos unos shorts de seda y una camiseta de tirantes. Había usado vestidos diminutos frente a él sin problema, pero en ropa de dormir se sentía mucho más expuesta.

—¿Pusiste las fotos en otro sitio aparte de la web que te creé? —preguntó sin saludar, yendo directo al grano.

—No —respondió, acomodándose en la cama.

—¿Dónde están?

—Están almacenadas en la laptop y subidas en línea. ¿Por qué? Dijiste que estaba bien.

—Lo está, solo no las enseñes a nadie. Jamás.

Reyna suspiró.

—Eh… pero salí con Everett a tomar fotos. Estuvo conmigo en las peleas y también fuimos a un refugio.

—¿Le dijiste que el sitio era tuyo? —Su tono fue tan cortante que Reyna dio un respingo. Beckham no quería que nadie supiera de su autoría, pero Everett lo había deducido. Ella jamás se lo habría dicho por cuenta propia.

—Lo adivinó.

Beckham frunció el ceño y entró en su cuarto con los puños apretados. Parecía a punto de golpear una pared… o a una persona. Sin embargo, Reyna no entendía por qué estaba tan molesto. No lo había divulgado, Everett lo había descubierto solo, y no era algo de vida o muerte.

—Tendré que investigarlo. No puedo permitir que esto te salpique —espetó con voz dura.

—Ya me lo dijiste antes, pero no creo que Everett diga nada. ¿A quién se lo diría?

—No puedo arriesgarme.

—¿Por qué estás tan enojado? ¿Qué sucedió? —Reyna bajó de la cama y lo detuvo en su ir y venir. Empezaba a asustarla. ¿Había pasado algo? ¿Tenía que ver con esa supuesta rebelión de la que Everett le había hablado? No quería causarle problemas a Beckham, aunque en el fondo se alegraba de que sus imágenes estuvieran teniendo impacto.

—Nada, no pasó nada. Quiero asegurarme de que estás protegida —explicó apartándose de su contacto. Se veía afectado, y eso solo la inquietó más—. ¿Recuerdas cuando te dije que una imagen vale más que mil palabras? Algunas personas interpretan esas imágenes con palabras muy distintas a las que usaríamos tú o yo… y entonces pueden volverse peligrosas.

Se quedó muy quieta, imaginando qué podía asustar tanto a Beckham como para ponerlo así. Y si él estaba tan preocupado, ¿por qué la dejaba conservarlas?

—¿Debería dejar de publicarlas?

—¿Te gustan?

Ella asintió.

—Mucho. Me dan un propósito.

Él dudó un instante y luego negó con la cabeza.

—Entonces que se queden.

—¿Puedo preguntarte algo sin que te enfades?

Beckham entrecerró los ojos.

—Inténtalo.

Reyna respiró hondo.

—¿Todo esto tiene que ver con la rebelión?

Beckham se quedó inmóvil, era prácticamente una estatua. La miró como intentando encontrar algo en su rostro, aunque ella no supo qué.

—¿Qué rebelión?

—Elle —aclaró. Beckham alzó las cejas—. Escuché que hay una resistencia contra Visage.

—¿Dónde lo oíste?

—¿Importa?

—Sí. ¿Fue en las peleas? ¿Hablaste con alguien o viste algo sospechoso?

Desvió la mirada, no estaba lista para contarle lo del banco de sangre. Si Elle era real, por supuesto que Beckham estaría del lado de Visage. Con el cargo que tenía, pensar lo contrario sería absurdo. Aunque fuera distinto de los otros vampiros poderosos que había conocido, nunca querría renunciar a su estatus. El poder volvía a la gente hambrienta y codiciosa, dos cosas en las que los vampiros ya eran expertos.

—¿Fuera de las peleas, la reacción del público y salir corriendo perseguidos? No, nada fuera de lo común.

Beckham le dedicó una mirada severa.

—¿Entonces dónde lo oíste?

—Everett —confesó mordiéndose el labio con duda—. Me dijo que mis imágenes podrían ser usadas por los rebeldes de Elle porque muestran el corazón de las dificultades humanas. Pero yo no soy parte de la rebelión. Estoy claramente dentro del sistema, trabajando para ti y Visage, no haría nada que tú no quisieras para la empresa. O sea, creo que la gente necesita ayuda, pero no creo que debamos destruir Visage; algunas cosas de las que hacen son útiles. Creo que necesitamos una alternativa para ayudar también a quienes no trabajan con ellos. —De pronto, se dio cuenta de que estaba divagando—. Bueno, ya me callo.

Beckham no respondió de inmediato. Se pasó una mano por el pelo, frustrado, y parecía que quería decir muchas cosas. Reyna podía sentir la indecisión que lo atravesaba. Dios, no había planeado que nada de esto ocurriera. Cuando Beckham le dio esa cámara, jamás pensó que sus fotos llegarían a tener tanto alcance.

—Vístete —soltó de repente—. Lo hablaremos en el camino.

—¿En camino a dónde?

—Ya lo verás. Solo lleva tu cámara.

Y salió de su habitación a toda prisa.

Ese hombre siempre tenía prisa.

Reyna se quitó la ropa de dormir y se puso un vestido negro de tela suave y espalda descubierta, a juego con unos tacones de suela roja. Anhelaba sus jeans y Converse, pero cuando Beckham decía «vístete», no se refería a eso. Le había dejado conservar la ropa, pero eso no significaba que quisiera verla usándola.

Al menos ya se estaba acostumbrando a los zapatos.

Salieron del *penthouse* poco después y subieron al coche de Beckham. El conductor los llevó por una ciudad oscurecida que parecía completamente dormida.

Reyna estaba ansiosa por saber adónde iban y qué le contaría él sobre la rebelión. No había pensado que fuera a explicarle al respecto; de hecho, estaba convencida de que se enfadaría con ella por mencionarlo. Como ninguna de esas dos cosas ocurrió, esperó con creciente impaciencia a que él hablara.

—Eres de pocas palabras, ¿verdad? —apuntó.

Beckham seguía mirando al frente, pero ella observaba su perfil y no se perdió la leve sonrisa que se dibujó en sus labios.

—Aguantaste tres minutos en silencio.

—Bueno, si esperara a que dijeras algo, me quedaría esperando para siempre.

—El silencio me da tiempo para pensar y no actuar de forma impulsiva.

Ella le lanzó una mirada cándida y, tras otro minuto en silencio, Beckham continuó:

—Durante mucho tiempo no pensaba antes de actuar, y ahora he cultivado esta nueva habilidad para proteger a los que me rodean.

—¿Y cómo protege eso a las personas? Parece que solo las mantiene alejadas.

—Donde deben estar —aseveró—. Todos deberían guardar su distancia.

—¿Todos? —preguntó, inclinándose hacia él. ¿Cómo podía pensar así? ¿Qué le había pasado para querer alejar a todo el mundo de su vida?

—Sí. No me entusiasma la idea de dejarme llevar por mis impulsos.

—¿Acaso te dejas llevar por alguno?

—Por unos cuantos —admitió.

Sus ojos la recorrieron de pies a cabeza y luego se detuvieron en sus labios. Reyna se tensó, con el recuerdo de sus besos ardiendo en la memoria: no lograba sacárselos de la cabeza. Incluso cuando él la sacaba de quicio, el simple roce de sus labios aún le erizaba la piel. Quería más. Lo necesitaba como un adicto necesita su próxima dosis. No sabía cómo lo hacía, pero cuando estaban así, ya no le importaba. Daba igual cuán exasperante fuera: estaba atrapada en el torbellino del deseo.

—Alégrate de que no me deje llevar por más de ellos. Si lo hiciera, varias gargantas ya no estarían intactas.

Reyna quedó boquiabierta. ¿Qué se suponía que debía responder a eso?

—Ah... —Y desvió la vista al frente.

Por fin, el coche se detuvo frente a un edificio altísimo que se ubicaba en las afueras de la ciudad. No era una zona peligrosa, pero Reyna nunca había estado tan lejos. Ni siquiera sabía que existían zonas agradables fuera del centro. Todo estaba oscuro. Incluso el edificio no tenía luces, parecía estar clausurado. Pero Beckham había dicho que nada le estaba prohibido.

Beckham la ayudó a salir del coche y luego la guio hasta la puerta principal. Reyna miró hacia dentro, pero no se veía nada. El cristal debía de estar polarizado… o tal vez era simplemente que la oscuridad lo envolvía todo. Él sacó una tarjeta de su cartera, la pasó por una ranura magnética que ella no había notado, y la puerta se abrió sin emitir un solo ruido.

La hizo entrar y tomó su mano para guiarla en medio de la penumbra. Reyna disfrutó del calor de su palma envolviendo la suya.

—¿Qué es este lugar? —preguntó, observando los muros oscuros a su alrededor.

—Oficinas.

—¿De Visage?

—No.

—¿Entonces de qué empresa?

—Por una vez, cierra la boca y disfruta del viaje —ordenó, empujándola suavemente hacia el ascensor.

Ella se echó a reír.

—Está bien, tú ganas.

—Siempre.

Presionó el botón del último piso, y las puertas se cerraron tras ellos. Una luz tenue iluminaba el rostro de Beckham y proyectaba sombras extrañas en las paredes del ascensor. Sin embargo, Reyna no apartaba los ojos de él, y el vampiro tampoco había mirado a otro lado desde que habían entrado.

La tensión flotaba en el aire. Quería borrar la distancia que siempre existía entre ellos. Sería muy fácil hacerlo, pero el dolor del rechazo todavía le ardía bajo la piel. Apenas habían pasado unos días desde aquel beso en el baile... y desde que él la había apartado después.

—Becks —susurró.

—No lo hagas, Reyna. —Su tono sonaba más como una súplica que como una orden.

El corazón le latía con fuerza. Eso era lo último que quería oír, y ni siquiera sonaba como si realmente fuera lo que Beckham quería decir, pero se quedó quieta. Estar en su presencia ya era intoxicante. No iba a lanzarse a sus brazos por desesperación.

Largos segundos de agonía pasaron hasta que el ascensor se abrió de nuevo. Él salió, y ella lo siguió por un pasillo hasta una escalera.

—¿A dónde vamos?

—Arriba.

—¿No es este el último piso?

Él sonrió de esa forma tan única que hacía que el mundo se detuviera.

—El cielo es el límite.

Subieron dos largos tramos de escaleras hasta alcanzar la parte más alta. Otra puerta se interponía en su camino. Cuando Beckham la empujó, Reyna salió al tejado. A esa altura tan vertiginosa, el viento silbaba y la temperatura había bajado considerablemente. Se frotó los brazos para alejar el frío mientras se acercaba al borde del edificio… y se quedó paralizada, sobrecogida por la vista desde el jardín de la azotea.

—Guau —susurró contra el viento, con Beckham a su lado.

La ciudad entera se extendía ante ellos. Donde antes había visto oscuridad y silencio, ahora estaba claro que brillaba y vibraba lleno de vida. Los edificios y las calles se iluminaban formando un intrincado plano de luces.

—Es hermosa.

—Sí —respondió. Reyna sintió su mirada recorrerle el rostro, y se preguntó si hablaban de lo mismo—. Sí, lo eres.

CAPÍTULO 22

Sus palabras sonaban como salidas de un sueño. Quería responder, pero temía despertar y que la ilusión se disolviera en la realidad.

No pudo evitar voltearse para mirar a Beckham y, cuando sus ojos se encontraron, todo se congeló. Lo que fuera que estuviera ocurriendo entre ellos era real. Puede que él lo negara. Puede que ella también intentara hacerlo. Pero, en ese breve instante, vio que él sentía algo. Un hilo invisible los unía, y todo lo que deseaba era jalar y acercarlo más.

—Este es uno de mis lugares favoritos de la ciudad —confesó él.

—¿Por qué?

Apenas podía respirar en su presencia. Estaban apenas a un paso de distancia, pero era como si de pronto todo el aire hubiese desaparecido.

—Desde aquí, pareciera que la ciudad no está fragmentada.

—¿Y desde las calles no?

Trazó con el dedo el rocío sobre la barandilla.

—Tú sabes cómo se ve desde allá abajo, lo has capturado con tu cámara.

Al oír mencionar la cámara, Reyna recordó de golpe cuál era el propósito de la salida. El hilo que los unía se alargó, reafirmando otra vez la distancia entre ellos. Era como una cuerda tensa, en un constante estira y afloja según la crudeza cambiante de sus emociones.

Para mantener la compostura, hurgó en su bolsa y sacó la cámara. Quizá poner una barrera física entre ambos la estabilizaría. Al menos, eso esperaba.

Retiró la tapa del objetivo y alzó la cámara. Tomó un par de fotos de los edificios de la ciudad. El clic familiar la tranquilizó y se dejó llevar por el ritmo de las imágenes.

—Es más fácil ver el conjunto desde un punto alto, pero el todo no equivale a cada parte —explicó Reyna—. Desde aquí arriba, uno asumiría que todos son felices y que viven en su cuento de hadas personal. Desde abajo, se ve la realidad, la mentira.

Beckham guardó silencio, y ella se preguntó en qué estaría pensando. ¿Estaba juzgando su respuesta? ¿Sopesándola con sus lentes color de rosa de Visage? Su visión no era popular entre los ricos, pero no podía olvidar lo que había visto y vivido.

—¿Entonces tú no estás viviendo un cuento de hadas? —preguntó él.

Reyna lo miró por encima del objetivo e hizo una mueca: ni por asomo.

A pesar del torrente de emociones que Beckham despertaba en ella, no sentía su vida como un cuento de hadas. Tal vez era el sueño de muchas vivir en un *penthouse*, con una tarjeta de crédito ilimitada y un armario lleno de ropa de diseñador, pero no dejaba de ser una fachada. Beckham no era un príncipe azul, y el mundo que habitaban no era un reino de paz y felicidad.

—Si esto fuera un cuento de hadas, no habría rebelión, ¿verdad?

—Tal vez, pero tú no formas parte de ninguna rebelión.

—No —admitió.

Era una voz muda entre muchas otras, silenciadas frente al poder. Gente sin energía para luchar, sin medios para lograr superarse y lo peor de todo: sin esperanza.

—Cuéntame de ese grupo clandestino, Elle, y su relación con la rebelión. Dijiste que hablaríamos al llegar aquí —le recordó.

Beckham refunfuñó en voz baja y volvió a mirar hacia la ciudad.

—¿Qué quieres saber?

—No lo sé, pero si la gente piensa que mis imágenes forman parte de Elle, quiero saber qué creen que representan.

—Preferiría que no supieras demasiado —dijo al viento—. Es más seguro así.

—¿Más seguro para quién? ¿Para ti o para mí?

—Para ambos —reconoció con pesar—. Para todos.

Reyna exhaló frustrada. No avanzaban nada con esa conversación. No es que ella formara parte de la rebelión, solo quería entender qué carajos estaba pasando allá fuera.

—¿Qué cosas sí puedo saber, entonces?

Beckham suspiró. Estaba ganando tiempo, esperando que se le olvidara, pero eso no iba a suceder. Lo miró fijamente y esperó hasta que, finalmente, él pareció resignarse.

—No repitas nada de lo que voy a contarte. Ya armaste suficiente espectáculo en el baile. —Esperó a que ella asintiera antes de continuar—. Hay dos facciones entre los vampiros. Una considera que los humanos son solo alimento.

Sus miradas se cruzaron brevemente y ella se sonrojó, no sabía por qué le resultaba vergonzoso, si debería parecerle espantoso. Tal vez le causaría más horror si ya la hubiera mordido.

—Nosotros controlamos el alimento —dijo, señalándola—. Y no deberíamos limitarnos. Al fin y al cabo, somos superiores. Deberíamos poder tener lo que queramos... a quien queramos. —La devoró con la mirada—. De hecho, muchos piensan que es restrictivo beber solo del tipo de sangre compatible.

Reyna soltó un grito ahogado.

—Pero si no lo hicieras, serías un salvaje ¿no? Matarías, nadie estaría a salvo.

Los ojos de Beckham se oscurecieron y un gesto severo apareció en su rostro.

—Sí, la gente moriría. Sería como antes, solo que ahora con mucho más poder en manos de los vampiros. Pero esta facción se siente con ese derecho. Los vampiros son la especie superior, están en la cima de la cadena alimenticia. Son depredadores. —Su voz se volvió sombría, amenazante—. Y tú no eres más que una mosca atrapada en nuestra telaraña, sin posibilidad de escape.

Reyna no pudo evitar estremecerse ante la sed de sangre en su voz. Soltó una risa, como si sus palabras no la afectaran, pero le salió forzada, desesperada. Odiaba imaginar un mundo como el que él describía, donde los humanos eran aplastados como insectos.

—¿Y la otra facción?

—Es la que respeta la cura. —Sus dedos se aferraron a la barandilla—. La mayoría de los vampiros no pidieron ser convertidos en monstruos: nos crearon. Nos obligaron a beber la sangre de nuestro creador, nos drenaron hasta quedar vacíos y luego nos dejaron morir solo para despertar *así*. El virus, la maldición, como quieras llamarlo, vive en nuestro cuerpo, se arrastra bajo la piel y suplica por liberarse contra nuestra voluntad. Nos impulsa a desear ser como el primer grupo.

—Pero la cura del tipo de sangre cambió eso, ¿no?

—Sí.

Y eso le hizo preguntarse aún más por qué él se negaba a beber de ella. No parecía salvaje como los vampiros que describía. ¿No debería querer alimentarse de su sangre?

—La cura frena ese impulso hasta cierto punto. Nos hace casi humanos, nos hace sentir humanos. Vivos, cuando hemos estado muertos por dentro durante tantos años. Algunos disfrutan esa sensación y quieren convivir con los humanos sin más muertes, y otros creen que desear parecerse a una especie inferior es una abominación.

Una especie inferior. Vaya, ¿realmente pensaba eso?

—¿Y tú? ¿A qué facción perteneces?

Sus ojos buscaron los de ella, y se perdió de inmediato en esa profundidad oscura. No dejaban ver ninguna emoción, y aun así eran completamente hipnóticos. Luego, dio un paso hacia ella y Reyna se paralizó.

—He vivido menos que la mayoría de los míos. Aún recuerdo lo que se siente ser humano —dijo, acariciándole el brazo. La piel de Reyna se erizó—. Pero también recuerdo con claridad lo que se siente quitar una vida humana. —Aferró la mano a su brazo—. He matado con saña, con placer. He cazado personas, las he torturado, las he llevado a la locura solo para matarlas lentamente usando su propia demencia. He hecho cosas horribles, y las he disfrutado, Reyna.

—Ya... lo entiendo —susurró y puso la mano sobre la de él, intentando que aflojara el agarre; estaba pasando de solo lastimarla a dejarle un moretón.

—Mi tipo de sangre, O negativo, es de donante universal, lo cual significa que casi no hay coincidencias para mí, a diferencia de un AB positivo, que puede recibir sangre de todos. Antes de que existiera la cura, la mayoría de los humanos de los que bebía no eran compatibles. Cometí actos indescriptibles.

Reyna comenzaba a sentir nauseas al escuchar todo lo que había hecho. Ese no era su Beckham, lo sabía con cada fibra de su ser. Él ya no era esa persona. No podía haber deseado hacer todo aquello, no realmente.

—Así que, si me preguntas a qué facción pertenezco, no tengo una respuesta para ti. Ser humano es ser débil y frágil —dijo, soltándola por fin. Reyna sujetó su brazo, segura de que pronto tendría un moretón—. Pero ser vampiro es ser un asesino.

—No creo que quieras hacerle daño a nadie.

—¿Qué te hace pensar eso? —Retiró la mano con cuidado y observó la piel hinchada—. No te he dado razones para creerlo.

—He visto a Cassandra y Roland jugar con humanos como si fueran desechables, pero tú no lo haces. Si Sophie estuviera muriendo, a Roland no le importaría, no haría nada para salvarla. Pero tú arriesgaste mucho para asegurarte de que yo estuviera a salvo. Y no solo yo… también Everett. —Beckham abrió la boca, seguramente para objetar, pero ella alzó una mano para detenerlo—. Y sé que no es solo porque soy una inversión, Becks. No bebes de mí, y podrías reemplazarme fácilmente. Es porque te importa la humanidad. Te importo yo.

—Cree lo que quieras —espetó.

Fue la mayor falta de respuesta que había oído en su vida, pero no necesitaba que lo admitiera: sus acciones hablaban por sí solas.

Beckham hizo un gesto para que volviera a levantar la cámara y enfocara. Con eso dio por terminada la conversación. Ella suspiró, pero obedeció.

—Ahora busca Visage.

Ubicó el edificio. Estaban suficientemente lejos como para que los rascacielos parecieran apilados unos sobre otros, pero Visage era el más alto. Su enormidad destacaba en el horizonte.

—Eh… listo.

Él se había colocado detrás de ella, inclinándose hasta quedar a la altura de la cámara. Su pecho casi le tocaba la espalda y su aliento cálido le cosquilleó en el oído. Le cubrió la mano con la suya y ajustó suavemente el ángulo de la lente.

—Ahí —susurró—. ¿Qué ves?

Reyna intentó concentrarse en lo que tenía enfrente, no en la sensación de sus cuerpos tan cerca. Giró el lente hasta enfocar el techo del edificio y se esforzó por detectar qué quería mostrarle. Solo parecía un tejado normal, con una especie de antena grande y una luz roja parpadeando.

—¿Qué se supone que debo ver? —murmuró.

—El techo —dijo con suavidad. Sus labios le rozaron la oreja, y ella se estremeció.

—Pero... es solo un techo.

—Exacto.

—No entiendo…

—Visage puede parecer todopoderoso e impenetrable, pero todo tiene límites. Su edificio no es infinito. Desde cierta distancia o con la perspectiva adecuada, puedes ver que no es más que eso: un edificio y ya.

Reyna tomó un par de fotos, aunque no entendía del todo lo que quería decirle. ¿Estaba diciendo que Visage tenía puntos débiles? ¿Estaba diciendo que él era vulnerable? Había un significado implícito en sus palabras, pero no lograba encontrarlo. ¿No era Beckham prueba viviente del poder de Visage?

Su tren de pensamiento se desvaneció en cuanto sintió los labios de Beckham deslizarse desde su oreja hacia el cuello. Cerró los ojos y ladeó la cabeza, ofreciéndole mejor acceso. Presionó su cuerpo contra el de él. Guardó la cámara en la bolsa y la dejó caer al suelo, olvidada.

Sus manos le sujetaron las caderas, acercándola. Todo pensamiento se disolvió bajo el hechizo de sus besos. La tensión de las últimas semanas se quebró. Lo único que existía era Beckham.

Su presencia lo ocupaba todo. Dondequiera que la tocaba, sentía un calor abrasador. Todo lo que deseaba era que él fuera más allá, suplicarle por más, aunque no estaba dispuesta a poner a prueba sus límites. Recordó fugazmente el monstruo que había sido, pero esa idea se desvaneció casi de inmediato. No le haría daño. Estaba segura.

Beckham la giró de golpe en sus brazos y la besó con fuerza. En lo alto de ese edificio abandonado, con la ciudad a sus pies, nada podía detener lo que estaba por suceder. Y ella no quería que terminara nunca.

Las manos de Reyna se enredaron en su cuello mientras lo besaba con pasión. Su corazón latía con fuerza. Le temblaban los dedos ante la intensidad del momento. Estar cerca de él no hacía más que avivar su deseo. No tenía ninguna intención de detenerse.

—Reyna —murmuró entre besos.

—No te detengas —suplicó.

Beckham gruñó sobre su boca. Podía sentirlo luchar contra sus demonios internos y, aunque se sintió culpable por pensarlo, esperaba que estos ganaran. Lo deseaba tanto que dolía. Lo necesitaba. No tenía ninguna duda de lo que estaba haciendo.

Él la levantó en vilo y ella le rodeó la cintura con las piernas. Reyna jadeó, y una sonrisa traviesa se dibujó en el rostro del vampiro. Le encantaba cuando él tomaba el control, cuando dejaba de apartarla.

Beckham la llevó a través del jardín de la azotea. Llegaron a un diván redondo y mullido, y la depositó con cuidado sobre los cojines. Su cuerpo ardía incluso en el aire helado. No podía apartar los ojos de él. No quería ni parpadear, por miedo a que todo desapareciera y despertara sola, deseándolo una vez más.

Sus manos le recorrieron las piernas, el vientre, los costados, hasta llegar a su rostro. Le sostuvo las mejillas con sus manos fuertes. Él tenía el control absoluto, y ella se rindió al toque de sus dedos.

—Me desarmas, pequeña.

Ella sonrió.

—Y yo que pensaba que la que estaba atrapada en tu red era yo.

—Qué red tan complicada tejemos —murmuró, besando el hueco de su garganta.

Reyna cerró los ojos y ladeó la cabeza, ignorando el sarcasmo en sus palabras. Él siguió bajando por su pecho y subió los dedos por la parte interna de sus muslos. Tembló bajo sus manos. Ni siquiera sentía vergüenza de lo lista que estaba para él.

Cuando su boca reemplazó sus dedos, tuvo que contenerse para no rogarle que la tomara. Sus labios llegaron al dobladillo del vestido negro. Él le recorrió la prenda alrededor de sus caderas hasta dejarla desnuda, salvo por la diminuta tanga de seda, ya empapada.

—Hueles increíble —gruñó, rozando la pierna con su nariz hasta el borde de la tela. Reyna se tensó mientras el deseo rugía en su interior—. ¿Quieres que te pruebe?

—Sí —respondió sin vacilar.

Maldita sea, cuánto deseaba que lo hiciera.

—¿Sabías que hay una arteria deliciosa en la parte interna del muslo? —Le separó las piernas con delicadeza y dejó que sus dientes rozaran levemente ese punto. La joven tembló por la anticipación—. Puedo oler la sangre bombeando tan cerca de la superficie…

Le dio una mordida suave y ella estuvo a punto de perder el control. Por un momento, casi deseó que le rompiera la piel, que se dejara llevar y venciera su aversión a beber de ella. Estaba lista. Más que lista.

—Becks… —gimió.

Él tomó la tela suave de su tanga. Reyna oyó cómo se rompía con un chasquido, y luego sintió su dedo acariciando su centro.

—Mis dos cosas favoritas en un solo lugar —murmuró.

Le separó los labios con los dedos y la penetró con dos de ellos. Reyna arqueó la espalda al sentirlo dentro. Luego, su lengua le rodeó el clítoris y se sintió a punto de estallar. Movía los dedos con una cadencia lenta, alimentando el placer con paciencia, mientras su lengua la acariciaba con maestría.

Reyna se aferró con fuerza a la tela del diván. No podía pensar con claridad, solo existía lo que Beckham hacía con su cuerpo. Era difícil creer que aquello estuviera sucediendo, y más aún en la azotea, bajo las estrellas.

En cuestión de minutos, sus paredes apretaban los dedos de Beckham con una fuerza casi dolorosa.

—Becks, estoy a punto… —murmuró con la respiración entrecortada.

—Bien —gruñó él—. Termina para mí.

Su cuerpo obedeció la orden y se sacudió en oleadas cuando los dedos tocaron su zona más sensible. Cayó de espaldas, jadeando, temblando, prácticamente embriagada por el clímax.

—Ven —suplicó con voz entrecortada, estirando el brazo hacia él.

Beckham no se movió, así que Reyna se incorporó rápidamente para desabrocharle el cinturón. Sus dedos se apresuraron con los botones y bajaron la cremallera. Metió la mano por debajo del resorte de su ropa interior y le acarició esa piel sensible. Pudo sentir cuán duro estaba por ella, y ese deseo tan evidente la encendió aún más. Bajó la mano hasta rozar la punta. Él se estremeció y, de la nada, le sujetó la muñeca con fuerza.

—Detente.

—¿Qué? —Lo miró, confundida.

—Reyna, para.

—¿Parar? —repitió, como si la palabra no tuviera sentido.

—Sí, basta. Ya es suficiente. —Dio un paso atrás y se arregló los pantalones.

—¿Qué carajos? —exclamó—. ¿Por qué te detienes?

—Nada de esto debería haber sucedido.

Reyna se acomodó el vestido con rapidez y se levantó.

—No mientas. Tú también lo deseas, lo sé.

—No. No puedo creer que casi fui más allá.

—¿Más allá? ¿Te refieres a que casi dejas que te la chupe o a que casi tuvimos sexo? Porque está claro que querías ambas cosas.

—Reyna, basta —espetó—. No sé cómo lo haces, pero desarmas todo mi autocontrol y esto no puede volver a pasar.

—¿Por qué? ¿Por qué no lo permites? Esto sigue ocurriendo, una y otra vez. —Su voz se quebró, desesperada—. Empezaste algo que ya no se puede frenar.

Beckham la miró a los ojos.

—No es justo para Penny.

Reyna se encogió al oír ese nombre. Fue como si la hubiera abofeteado solo con pronunciarlo.

—Ah, claro, la novia misteriosa que solo aparece en momentos como este. Eres un idiota.

Él no respondió. Reyna respiró hondo y desenredó los mechones alborotados de su cabello.

—Da igual —murmuró, caminando hacia su bolsa y colgándosela al hombro. Beckham la siguió, y eso solo la enfureció más. Se giró en seco hacia él—. No, ¿sabes qué? Esto no se ha acabado. No puedes meterla en esto así como así. O estás con ella o me quieres a mí. Sea lo que sea, tienes que decidirte, porque yo no puedo más con tus cambios de humor. Me deseas. Luego no. Me buscas. Después me apartas. No quiero oír más sobre tus demonios. Quiero escuchar al humano que logra silenciar esas voces. Porque, ahora mismo, siento que me estás torturando. Me estás volviendo loca, como a una de tus víctimas.

—Te dije que te rompería —susurró.

—Creo que tienes demasiado miedo de lo que podría hacer el antiguo tú como para arriesgarte de verdad. Es triste, porque el Beckham de ahora es mejor que eso.

—No hay un antiguo o un nuevo yo. Solo estoy yo. Y si crees que esto es tortura... no tienes ni idea.

—Por cómo me miras... supongo que lo sabré pronto.

—Por tu bien... espero que no.

CAPÍTULO 23

A la mañana siguiente, Reyna estaba de pésimo humor. Apenas había dormido; había estado dando vueltas en la cama, reviviendo una y otra vez todo lo sucedido entre Beckham y ella, hasta que ya no aguantaba las ganas de gritar.

¿Por qué no podía sacárselo de la cabeza?

Estaba más que furiosa con él, y aun así no podía dejar de pensar en lo que había ocurrido esa noche. Beckham había sido tan real. Sincero incluso. Había sido él mismo con ella, había bajado la guardia, y juntos habían compartido un momento hermoso. Y luego, ¡puf! Todo había desaparecido.

El muro se había alzado entre ellos de nuevo. Cada vez que daban dos pasos hacia adelante, él corría otros cincuenta hacia atrás. Era exasperante y ya no estaba dispuesta a soportarlo. Lo de anoche había esclarecido todo en su mente: Beckham quería a Penny. Si era un imbécil capaz de engañar a su novia, entonces Reyna no tendría nada que ver con él.

De todas formas, no era como si Reyna tuviera algún derecho sobre él.

Ese pensamiento la hizo saltar de la cama. Se puso la ropa de calle y se recogió el cabello en una coleta perfectamente alisada. Tomó su cámara y salió de la habitación sin siquiera mirar a su alrededor, caminando directo al ascensor.

Cuando llegó a la planta baja, salió por las puertas principales. Everett le sonrió desde el puesto de valet.

—¿Quieres que llame a tu coche?

—No, gracias, voy a caminar. Si alguien pregunta por mí, ¿podrías decirle que necesitaba aire y que volveré en un rato?

Él alzó las cejas.

—¿Esperas que alguien te busque?

—No —respondió enseguida. Sus ojos se desviaron con fastidio hacia el vestíbulo.

—Ten cuidado, eres un imán para el peligro —dijo, medio en broma.

—Sí, es cierto —asintió—. Bueno, me mantendré lejos de las sombras.

—Bien.

—Oye —añadió, acercándose un poco—. ¿Supiste algo más sobre el lugar al que fuimos?

No podía creer que solo hubieran pasado un par de días desde que había descubierto un banco de sangre clandestino. Aún no sabía qué significaba, pero tampoco tenía claro cómo investigarlo. Parte de ella quería publicar las imágenes en su sitio, con la esperanza de que alguien más siguiera la pista, pero Beckham ya se había alterado bastante con esas fotos. No estaba del todo lista para hacerlas públicas.

—No. Creo que lo mejor será dejarlo ir, porque no hay forma de volver a entrar sin que nos detecten. Lo encontramos por casualidad.

Asintió, aunque sentía que deberían poder hacer algo.

—Seguro tienes razón. Pero tal vez podríamos intentarlo —propuso con un guiño.

Everett se echó a reír.

—De verdad te gusta el peligro. ¿No te bastó con que casi nos atraparan la primera vez?

—Pero ahora sí sabemos lo que estamos buscando.

—No sé —respondió dubitativo—. Tal vez.

Reyna sonrió con entusiasmo.

—Eso suena a un sí.

—Es un tal vez.

—Está bien. Buscaré un momento para escaparme y te escribo.

—Aún no he aceptado, Reyna —replicó, mientras ella retrocedía.

—Ah, pero aceptarás.

—Tienes razón —admitió con un suspiro—. Haría cualquier cosa por ti.

Reyna ignoró su mirada. Le gustaba estar con Everett, pero no de ese modo. Su triángulo amoroso ya era bastante complicado como para convertirlo en un cuadrado; quería eliminar un vértice, no añadir otro.

—Nos vemos. —Se despidió con un gesto de la mano y dio vuelta en la esquina trotando.

Había un parque frente al edificio. Solo había ido una vez, porque no era el tipo de lugar que solía fotografiar. Como vivía en una zona adinerada, el parque estaba limpio, despejado y era seguro. En ese momento, sin embargo, no se sentía limpia, despejada, ni segura.

No importaba, era mejor que quedarse en el departamento de Beckham todo el día. No podía dejar de pensar en la sensación de sus labios recorriendo su piel. Si se quedaba, seguramente acabaría irrumpiendo en su cuarto para exigirle explicaciones. Le daría igual no tener permiso para estar allí, o que enfrentarlo no sirviera de nada.

Gruñó con desagrado. No podía seguir pensando en él, se suponía que por eso se había salido.

Sacó su cámara de la bolsa y comenzó a tomar fotos: flores abriéndose, una pareja en una banca, el lago donde estaban atados unos botes de remos. Exhaló con profundidad e intentó disfrutar el proceso. No era tan emotivo como otras cosas que capturaba, pero al menos calmaba sus nervios.

Dio vuelta en una esquina y notó una sombra negra en su visión periférica. Se detuvo en seco y miró a su alrededor, pero no vio a nadie. Estaba en una zona bien iluminada del parque, aunque bastante vacía a esa hora. Se dirigió hacia las canchas donde las niñeras solían llevar a los niños a jugar. Estaba por llegar cuando escuchó pasos detrás de ella.

La estaban siguiendo.

Su ritmo cardíaco se aceleró y apuró el paso hasta un trote ligero. Por suerte llevaba sus Converse, con los ridículos tacones de su armario no habría llegado lejos. Corrió hasta el límite del parque y echó un vistazo a sus espaldas. Entonces lo vio.

Redujo el paso hasta detenerse y se volteó para enfrentarse al sendero vacío.

Reyna cruzó los brazos, plantándose con firmeza.

—Sé que me estás siguiendo. ¿Puedo tener un momento de paz, Beckham?

Él salió de entre los árboles y se acercó. La invadió una oleada de rabia, no necesitaba un escolta en el parque. Y no importaba que se viera increíble con esos jeans oscuros y la camisa negra desabotonada en el cuello. Era lo más informal que lo había visto nunca, y le quedaba tan bien como sus trajes. Todo esto sería mucho más fácil si no fuera tan atractivo. Apretó los dientes con frustración.

—Saliste sin seguridad —dijo Beckham.

—Sí. ¿No pensaste que lo hice intencionalmente? —espetó—. ¿Acaso no sabes leer entre líneas?

—Estoy seguro de que tenías tus razones, pero eso no significa que debas poner en riesgo tu seguridad.

—¿Te parece que estoy en peligro? —Abrió los brazos y señaló el parque—. El único que me acosa aquí eres tú.

Beckham ignoró el comentario.

—Tenía curiosidad de saber a dónde querías ir para estar sola.

—¿Te digo la verdad? A cualquier sitio lejos de ti. Y ni así puedo alejarme, ¿verdad?

Odiaba sonar tan cortante, pero estaba herida. Después de lo de anoche, él merecía al menos un bofetón verbal. No podía creer que tuviera el descaro de seguirla.

—No. Todavía trabajas para mí, Reyna.

Ella puso los ojos en blanco.

—Firmaste los papeles, me pagas y me das un sitio dónde vivir, pero no he trabajado un solo día. Y si sí, tal vez debería denunciarte por acoso sexual.

—Oh, Reyna, no lo dices en serio.

No parecía dolido, pero su respuesta tampoco era la habitual. Bien, ojalá estuviera sufriendo al menos la mitad de lo que padecía ella.

—Necesito alejarme de ti.

—No puedo dejar que te vayas sola.

—Entonces manda a alguien más. Ni siquiera quiero ni verte.

Tragó saliva y se dio la vuelta. Odiaba sentirse tan pequeña frente a él. Lo de anoche había sido increíble, y luego él había arruinado todo. Cada vez que lo veía, recordaba el bofetón emocional que fue oírle decir el nombre de Penélope.

—No voy a disculparme por lo de anoche —sentenció.

Reyna se alejó, pero él la alcanzó con facilidad.

—Deja de seguirme.

—Deja de actuar así.

Ella le lanzó una mirada fulminante.

—¿No vas a disculparte? ¿Por qué? ¿Por darme sexo oral, por casi tener sexo conmigo, o por detenerte porque tienes novia? —escupió.

—Por nada de eso.

—Fantástico. ¿No se supone que deberías estar con tu querida Penny? —remarcó con sarcasmo—. Con ella es con quien siempre te desapareces, ¿no?

Beckham no respondió, pero Reyna ya sabía la verdad.

—Me das asco —lanzó.

—Al fin hablas con sensatez.

—¿Sensatez? —exclamó—. ¿Quieres que te deteste?

Él se encogió de hombros.

—Pues, suenas celosa de Penny.

El rostro de Reyna se encendió.

—Y tú pareces disfrutarlo. Te encanta cómo huelo, cómo sabe mi piel. Me deseas, quieres más —murmuró, paseando una mano por su camisa—. ¿Qué pensaría la tal Penelope si supiera cuánto quieres coger conmigo?

Él le sujetó la muñeca con fuerza.

—Suficiente, Reyna.

—No he terminado. Te gusta tenernos a las dos. Te gusta el control y tener el poder, Beckham.

Él la soltó con brusquedad y dio un paso atrás.

—Siempre me ha gustado el poder. Hoy en día es lo único que me permito desear.

Ella soltó una risa amarga.

—Solo porque te detuviste anoche, no significa que no quieras más. Es obvio, está escrito en tu cara. Así que sí, tal vez estoy celosa de Penélope, pero tú también estás celoso de que yo pueda estar aquí sin esconder lo que siento como tú haces todos los días.

Reyna siguió caminando por el parque. ¿Por qué ese maldito hombre la hacía sentirse tan fuera de control? Solo esperaba que esta vez entendiera y la dejara en paz. No corría ningún peligro real en ese parque. Estaba claro que solo la seguía para atormentarla.

Pero entonces volvió a sentir su presencia detrás de ella unos minutos más tarde.

—Ay, por Dios. ¿Esto es parte de mi recién adquirida locura? —preguntó.

—No comiste.

—Buen intento de cambiar el tema, pero no tengo hambre.

—Conozco un buen lugar aquí cerca.

Ella alzó una ceja.

—¿Te parece que comemos lo mismo?

—Solía ir antes de que me convirtieran.

—Entonces debe ser un lugar muy viejo.

Él sonrió de lado.

—No tanto. —Siguió con esa sonrisa, pero ella se limitó a fulminarlo con la mirada.

—Deja de ser amable conmigo.

—Reyna, eres una realidad ineludible en mi mundo. Yo no pedí tenerte, ni deseé que estuvieras aquí; tuve que aceptar tu presencia por mi trabajo. Muestras demasiado tus vulnerabilidades, ni siquiera sé si puedes evitarlo. Si te protegieras más, no te lastimarían tan fácilmente.

—Mis emociones son mías. No intentes arrebatarme mi humanidad.

—Créeme que sabrías si lo intentara —replicó, mostrando los colmillos. Reyna dio un paso atrás ante el movimiento repentino—. Ahora déjame asegurarme de que no mueras de hambre.

—¿Como tú? —Inclinó el cuello de forma insinuante; sabía que él no haría nada.

—¿Insistes en tentarme a pesar de todo, pequeña?

—No parece importarte. —Se encogió de hombros.

Sus ojos se deslizaron por el cuello de Reyna, luego se apartaron de inmediato. Parecía más pálido de lo normal. Tal vez de verdad tenía hambre. Nunca actuaba así; por lo regular, mantenía un control absoluto cerca de su cuello, pero ahora metía las manos en los bolsillos y evitaba mirarla mucho tiempo. Por más que quisiera seguir provocándolo, decidió dejarlo en paz; discutir con él requería demasiada energía y hoy no iba a cambiar de opinión.

—Está bien, ¿dónde está ese lugar?

Mientras cruzaban el parque, Reyna mantuvo la cámara en mano y fue tomando fotos. Apuntó hacia Beckham y capturó una imagen de él mirando pensativo hacia el frente.

—Vaya, un reflejo. Y yo que pensaba que se necesitaba un alma para tener uno —bromeó. Ya había fotografiado vampiros antes, pero nunca tan de cerca ni a uno tan guapo como él.

—Todos esos rumores sobre los vampiros son bastante ridículos, ¿sabes? El reflejo, la luz del sol, las estacas...

—¿Qué? ¿Las estacas no funcionan? —exclamó, fingiendo sorpresa.

—Por favor. ¿De verdad crees que es tan fácil matarnos?

—¿Y tú crees que es fácil clavarle una estaca a alguien en el corazón?

—Demasiado fácil, diría yo —respondió con seriedad.

—Oh. Bueno, pues...

Llegaron a un pequeño restaurante dentro del parque y Beckham la condujo hacia el interior. El lugar estaba abarrotado, con una fila de ejecutivos esperando mesa, pero, en cuanto Beckham entró, el personal los escoltó inmediatamente hasta una mesa vacía. ¿Acaso lo había planeado? ¿O simplemente lo conocían?

Una vez en su mesa, Reyna hojeó el menú. Pidió un sándwich y una bebida, y luego se quedó sentada frente a Beckham, tamborileando impaciente con el pie. Momentos como ese la frustraban profundamente. Era tan fácil, tan natural estar con él, y, sin embargo, había tantas complicaciones en torno a su relación, profesional y de otro tipo.

Estaba intentando entender sus emociones cuando una voz la sacó de sus pensamientos.

—¿Les molesta si nos unimos? —preguntó Roland.

Se acercó directamente a su mesa acompañado de Cassandra, Sophie y Felix, como si ya supiera que estarían allí.

—Por supuesto. —Beckham parecía tenso—. No sabía que vendrían aquí a almorzar.

Cassandra pasó la mano por el cabello de Felix como si fuera un perro faldero.

—Nos encanta este lugar, y pensamos aprovechar para comer algo temprano.

Los meseros empujaron rápidamente la mesa contigua para unirla a la suya y todo el grupo se sentó. Reyna se irguió y permaneció muy quieta. Podía estar molesta con Beckham, pero no pensaba dejar que los demás lo notaran, no confiaba en ninguno de ellos. Sophie era puras apariencias, y era claro que Felix estaba embobado con Cassandra.

Reyna guardó silencio mientras Beckham hablaba de trabajo con sus colegas. Llevaba la mitad de su sándwich cuando la conversación, de pronto, se dirigió hacia ella.

—¿Emocionada por que llegue la noche del viernes? —preguntó Roland, mirándola fijamente.

—¿Eh? ¿Qué va a pasar ese día?

Roland la miró, luego a Beckham, y volvió a ella.

—Ya sabes, tu primera vez en la Bóveda.

Frunció el ceño.

—¿Qué es la Bóveda?

—Beckham, ¿ibas a sorprenderla con la fiesta? ¿Le arruiné la sorpresa? —insinuó, recostándose en su silla con una sonrisa burlona.

—No —respondió Beckham.

No dijo nada más, pero evitó mirarla.

—Entonces cuéntanos por qué le ocultas un secreto tan jugoso a tu hermosa mascota —insistió Roland—. Cassandra va a traer a Felix y yo llevaré a mi Sophie. Será un verdadero deleite.

—Tenía pensado llevar a Penny.

Reyna inhaló hondo. No tenía ni idea de qué era la Bóveda, pero no podía creer que él se lo hubiera ocultado. Si todos los demás iban, ¿no sería extraño que ella no estuviera allí? Sintió un nudo en el estómago. Y encima, Beckham iba a llevar a Penelope. Todo esto estaba mal.

Cassandra soltó una risa mientras pasaba un dedo por el cuello de Felix. El recuerdo de sus colmillos hundiéndose en él le provocó un escalofrío a Reyna.

—Las mascotas son mucho más divertidas, Beckham —intervino la vampira.

—Cassie tiene razón, Penelope puede quedarse en casa una noche. Sería la ocasión perfecta para que Reyna conozca nuestro mundo. Es su primera vez, después de todo, y no habrá otra oportunidad así en mucho tiempo. Quieres venir, ¿cierto? —preguntó Roland, dirigiéndose de nuevo a ella.

Reyna tragó saliva, pero respondió con honestidad:

—Sí.

—Ya está todo planeado —espetó Beckham con el ceño fruncido.

—Cambia los planes. La pequeña Reyna es tan joven e inocente. ¿No crees que será absolutamente delicioso ver su reacción?

—Delicioso —ronroneó Cassandra contra el cuello de Felix.

—Además, quiere ir.

—Sí quiero —confirmó, aunque no tenía idea de a qué estaba diciendo que sí.

—Ya veo —dijo Beckham, tenso—. Entonces tendré que cambiar mis planes para esa noche.

Le lanzó una mirada que claramente pudo interpretar como: «No sabes en lo que te estás metiendo».

Ella simplemente le devolvió una sonrisa traviesa.

CAPÍTULO 24

—¿Qué demonios es *la Bóveda*? —preguntó más tarde, mientras salían del restaurante.

—Ya verás.

—¿No vas a decirme?

—No —contestó Beckham con frialdad.

Reyna se mordió el labio. La manera en que habían hablado del lugar durante el almuerzo lo hacía parecer tan emocionante como aterrador. ¿En qué carajos se estaba metiendo? ¿Y por qué Beckham se negaba a decirle a dónde iban?

Cuando por fin regresaron al departamento y Beckham iba ya camino a su habitación, ella volvió a hablar:

—¿Vas a decirme algo al respecto? ¿Qué debo ponerme? ¿A dónde vamos? ¿Qué se supone que vamos a hacer?

—Aceptaste venir y manipulaste todo para estar ahí, así que tendrás que asumir las consecuencias. Solo sigue mis instrucciones y haz lo que te digo. Todo lo demás lo decidirán por ti.

—Sé seguir instrucciones, hasta puedo *venirme* cuando me lo ordenan —dijo en voz baja, con un doble sentido apenas disfrazado.

Beckham alzó una ceja, pero no respondió. Ella ya estaba acostumbrada a eso y, aun así, no dejaba de irritarla. Beckham desapareció el resto de la tarde, dejándola a solas con sus pensamientos, rumiando todo lo que había pasado últimamente entre ellos y preguntándose qué era lo que iban a hacer.

Le mandó un mensaje a Everett para despejarse un poco.

¿Te animas a hacer eso
que dijimos este fin de semana?

Tengo planes el viernes,
pero ¿qué tal el sábado?

Su amigo respondió casi de inmediato.

No creo que sea buena idea.
¿Y si nos descubren?

Tenía un punto. No sabía qué pasaría si los descubrían colándose en un banco de sangre clandestino, pero no creía que la situación fuera precisamente color de rosa.

Entonces no dejemos que
nos atrapen.

Como si fuera tan fácil.

La vez pasada, el cuarto
estaba sin vigilancia
por el alboroto.

¿Y si hacemos que algo
así suceda de nuevo?

¿Y cómo esperas lograrlo?

Buena pregunta. No tenía idea, pero quería volver a entrar y descubrir qué tramaban.

No sé.

Podríamos vernos el fin de semana y planear algo.

Lo pensó por un momento antes de encogerse de hombros. No tenía planes a excepción de su visita a la Bóveda, así que le pareció bien.

¿El sábado en la noche?

Okey, nos vemos cuando salga del trabajo.

El viernes, el tiempo transcurrió con una lentitud tortuosa. Reyna estaba encerrada en su cuarto, esperando que fuera hora de ir a la Bóveda. Aguardar por algo de lo que no sabía nada la tenía hecha un manojo de nervios. Cuando buscó información en internet, solo encontró páginas sin relación. Nada que justificara tanto secretismo.

Alrededor de las once de la noche, dos mujeres aparecieron en su habitación para ocuparse de su cabello y maquillaje. Intentó entablar conversación con ellas, pero se mantuvieron en silencio. No sabía si tenían órdenes de Beckham de no revelar nada, o si simplemente no sabían lo que ocurría. De cualquier modo, transformaron su rostro hasta que apenas pudo reconocerse en esa versión sexy y sofisticada de sí misma: llevaba un maquillaje ahumado y el cabello recogido en un peinado sensual, con mechones sueltos que le enmarcaban la cara.

Al salir del baño, encontró una bolsita blanca sobre la cama. La abrió con curiosidad y se quedó boquiabierta. De todas las cosas que Beckham podría haberle enviado, lo último que imaginaba era lencería atrevida. Esperaba que hubiese algo más para ponerse encima.

Pasó las manos por la tela suave y los encajes del conjunto, y luego se quitó el vestido que llevaba puesto. Un minuto después, una de las mujeres entró para ayudarla a ajustarse el corsé negro con rojo. Lo ajustó con fuerza hasta que Reyna pensó que no podría respirar. La prenda venía acompañada de unos shorts con holanes negros, medias hasta los muslos sujetas con liguero y unas botas negras de tacón. Se sentía ridícula... pero también más sexy de lo que jamás se había sentido.

—¿Dónde está mi vestido? —preguntó.

La mujer le entregó un kimono negro de seda que apenas parecía cubrirle el trasero.

—Aquí tienes.

—Espera, ¿y el vestido que va encima?

—Esto fue todo lo que nos dieron.

Reyna se colocó el kimono y lo cerró por delante, pero no sirvió de gran cosa: era evidente que llevaba puesto muy poco. Reprimió la incomodidad y decidió resignarse. Había logrado que la invitaran a la Bóveda, así que no iba a echarse para atrás solo por ir más ligera de ropa de lo habitual. Beckham ya la había visto medio desnuda, esto no podía ser peor.

Beckham volteó a verla cuando salió de la habitación, y ella dejó caer el frente del kimono. Sus ojos la recorrieron de pies a cabeza, inhaló profundamente y, durante un brevísimo instante, la comisura de su labio se curvó hacia arriba. Intentaba con todas sus fuerzas mantener la compostura, sin embargo, Reyna podía ver que su atuendo lo afectaba. Podía estar furiosa con él, pero seguía siendo agradable sentirse deseada.

—Quédate cerca de mí —indicó, caminando hacia ella—. Todos van a querer manosearte con eso puesto.

—¿Todos?

—Oh, sí… todos —repitió, mostrándole una sonrisa ladina.

—¿Incluso tú?

Sus ojos se oscurecieron y desvió la mirada.

—Solo no te alejes. No tienes idea de lo que viene.

Quiso pedirle que se lo explicara, pero la expresión de su rostro la silenció. Sabía de antemano que no iba a responderle: Beckham estaba saboreando sus nervios.

En vez de seguir insistiendo, se concentró en grabarse su imagen en la mente: de pie con la cabeza ligeramente ladeada, llevaba un traje negro con camisa negra desabotonada en el cuello. Todo de negro, de pies a cabeza, y absolutamente perfecto. Tal vez sería más fácil aguantarse si no fuera tan irresistiblemente atractivo.

En lugar del auto habitual, los esperaba una limusina negra y reluciente. A Reyna se le iluminaron los ojos, nunca había estado en una limusina. Ni siquiera había soñado con subirse a una. El chofer le abrió la puerta y ella se deslizó hacia el interior. Beckham subió detrás.

—Hay una última pieza para tu atuendo —avisó cuando el auto se puso en marcha.

—Ah, ¿sí? —preguntó, intrigada.

Él sacó una gruesa cinta de seda negra de su bolsillo. En la penumbra del auto, tenía un aire perverso.

—¿Alguna vez te han vendado los ojos?

Reyna tragó saliva.

—¿Es necesario?

—La Bóveda tiene medidas de seguridad muy estrictas. Nadie debe conocer su ubicación exacta a menos que sea miembro de élite, por precaución. —Hizo una seña girando el dedo—. Date la vuelta.

Obedeció con lentitud. Su corazón palpitaba con fuerza, desbordado por la anticipación. Se odiaba por alterarse tanto, pero, carajo, cuánto lo deseaba. Él deslizó la tela sobre sus ojos, y todo se oscureció. Ató un nudo firme en la parte trasera de su cabeza y su mano bajó por su espalda cuando terminó.

—¿Qué tal?

—No veo nada.

Juntó las piernas con fuerza. Sin la vista, todos los demás sentidos se intensificaban: el aroma de su colonia almizclada, el roce de su mano, la cercanía de sus cuerpos… y ese deseo urgente de eliminar la distancia entre ambos.

Sin embargo, después de acariciarle la espalda, Beckham volvió a dejar espacio entre ambos. Su ausencia se sintió fría, vacía, pero no sería ella quien cruzara la línea, no después de lo ocurrido en la azotea. Los nervios la devoraban, y con cada kilómetro y cada curva del trayecto, su miedo a lo desconocido crecía.

Media hora más tarde, el auto descendió al subsuelo de la ciudad y, finalmente, se detuvo.

Estaba lista para arrancarse la venda y descubrir a dónde habían llegado. Llevaba más de media hora completamente desorientada, sin esperanza alguna de poder llevar a alguien hasta ese sitio secreto. Entonces, Beckham se inclinó hacia ella y le retiró la venda. Se encontró con sus ojos oscuros mientras se acostumbraba a la luz.

—Hemos llegado —anunció.

—¿A dónde?

Él negó con la cabeza.

—Será mejor que yo sea el único que hable.

—Está bien —respondió con cautela.

—Y te traje algo.

—¿Qué? ¿Algo más?

Él sacó una cajita negra del bolsillo interior de su saco y se la entregó. Reyna la tomó, asombrada: era una caja de joyería. ¿Quién hubiera dicho que alguna vez tendría algo digno de una caja de terciopelo negro?

Abrió la tapa con cuidado y se quedó mirando la pulsera más hermosa que jamás había visto: una esclava de plata con incrustaciones de diamantes. En la parte superior, estaba grabado: **ANDERSON, O-**. Se quedó boquiabierta, incapaz de reaccionar. ¿Una pulsera de diamantes?

Beckham se la colocó en la muñeca. Sintió el frío del metal contra su piel.

—No te la quites una vez dentro, es prueba de que estás conmigo. Te protegerá.

—¿De qué?

—De todo.

De nuevo, le dijo algo que no respondía nada, pero al menos confiaba en que él la mantendría a salvo. Le gustaba sentir la pulsera en la piel, aunque solo se la hubiera dado por lo que fuese que ocurría en la Bóveda. Le encantaba porque significaba que estaba con él, aunque también implicaba, de algún modo, que le pertenecía.

—¿Estás lista?

—Lo más lista que puedo estar.

Beckham abrió la puerta y la ayudó a bajar. Frente a ellos había una puerta que se confundía con el concreto circundante. Se abrió sola cuando se acercaron y entraron a un pasillo casi completamente oscuro. Al final, había una sala pequeña con una enorme puerta acorazada. Beckham pasó una tarjeta blanca por una ranura junto a la puerta, y alguien del otro lado les deslizó dos tarjetas similares.

—Bienvenidos a la Bóveda —dijo una mujer con voz seductora.

—¿Y esto qué es? —preguntó Reyna, señalando las tarjetas.

—Tarjetas de participación. Tú no vas a necesitar la tuya.

Reyna arqueó una ceja.

—¿Por qué no?

—Porque no vas a participar —gruñó.

—¿Y si quiero participar en lo que sea que sea esto? —cuestionó con una mirada desafiante. Beckham la atrajo hasta que casi quedaron pegados.

—Esa pulsera dice que eres mía, pequeña. Nadie puede tocarte más que yo, y serían unos idiotas si lo intentaran.

Reyna asintió, aunque por dentro todo le decía que debería correr. La conversación no tenía sentido: tarjetas de participación, pulseras que la marcaban como su propiedad… así que se preparó mentalmente para lo que fuera que estuviera a punto de presenciar.

La enorme manija de la puerta giró varias veces y luego empujaron hacia adentro. Cuando la puerta se abrió por completo, Reyna sintió que se transportada a otro mundo, y se le escapó un grito ahogado.

—Es un club sexual —susurró.

CAPÍTULO 25

—Técnicamente, es un burdel —dijo Beckham.

Reyna observó la sala con asombro: todo el lugar estaba decorado con telas rojas, moradas y negras; el perímetro de la amplia sala principal se encontraba ocupado por divanes cubiertos de cojines; además, había mesas rodeadas de sillas mullidas, ya ocupadas por asistentes. Todo giraba en torno a un escenario central con una gran cama blanca.

Desvió la vista del escenario vacío para fijarse en los clientes del establecimiento. Muchos arrastraban a sus acompañantes hacia rincones en penumbra donde hacían cosas que no se atrevía a imaginar. Hombres con el torso desnudo, vestidos únicamente con ajustados shorts negros, recorrían el lugar con bandejas de cocteles y goteros llenos de un líquido tan rojo como la sangre; no quería ni pensar para qué era eso. Mujeres completamente desnudas yacían sobre mesas estilo buffet cubiertas con todo tipo de alimentos; la ironía no se le escapaba.

Todos los asistentes eran vampiros vestidos con atuendos de gala, acompañados de humanos mascota sujetos con correas. Era una auténtica exhibición de depravación. Aunque Reyna llevaba ropa similar a la de muchas otras mujeres en el lugar, se sentía fuera de lugar; de hecho, la mayoría llevaba menos ropa que ella. Sin embargo, lo que de verdad la desestabilizaba era la sensación que vibraba en el ambiente: todo el poder estaba en manos de los vampiros, y los humanos estaban sometidos a sus deseos. Un escalofrío la recorrió.

—Dijiste que querías venir —le recordó Beckham.

—Y aquí estoy.

Él se inclinó y le susurró al oído:

—Quítate la bata.

Ni siquiera lo cuestionó. Por el ambiente del lugar, supo que no era un sitio para hacer preguntas. Se tragó su incomodidad, lo miró y dejó que la prenda resbalara hasta el suelo. Los ojos de Beckham recorrieron su cuerpo una vez más, y ella notó un leve temblor en su mano.

—Necesito un trago —murmuró él. Reyna sonrió, consciente del doble sentido de sus palabras.

Lo siguió al otro lado de la sala, esforzándose por mantener la vista en él, en lugar de dejarse arrastrar por el espectáculo de excesos a su alrededor. Tomaron asiento al fondo del salón, y la joven metió su silla hasta quedar casi oculta por la mesa. Beckham se sentó a su lado, y un camarero se acercó. Reyna aceptó un vaso de agua; quería mantener la cabeza clara. Beckham, por su parte, pidió un whisky.

—¿Desea una gota, señor Anderson? —preguntó el camarero.

Él declinó con un gesto de la mano.

—No.

El hombre asintió, le entregó la bebida y desapareció.

—¿A qué se refiere con una gota? —preguntó Reyna.

Beckham suspiró.

—Algún día lograré que dejes de hacer preguntas.

—Lo dudo.

—Una gota es eso: una gota de sangre.

—¿De qué tipo?

Él le dirigió una mirada seria, y ella lo comprendió.

—¿Quieres decir que aquí beben sangre que no es compatible? —exclamó horrorizada.

—Es solo un estimulante, nada que les haga daño... o más daño del que ya se infligen a sí mismos.

Reyna aún estaba digiriendo esa idea cuando Roland, Cassandra, Sophie y Felix llegaron a su mesa. Roland iba de traje, mientras que Cassandra lucía un vestido largo de encaje negro totalmente transparente, de algún modo más revelador que la lencería de Reyna. Felix solo llevaba unos bóxers negros y un collar con tachuelas doradas; ya tenía marcas de mordida en el cuello y, como siempre, parecía aturdido y desconectado. Sophie se veía segura y altiva, con un conjunto blanco de lencería nupcial que contrastaba con los tonos oscuros del lugar.

—Qué gusto verte, Beckham —saludó Roland con una leve inclinación de cabeza.

Reyna notó el tono rojizo de su bebida y se estremeció. Justo lo que necesitaba: un Roland Batiste salvaje. Sus ojos la desnudaban; Reyna se sintió tan expuesta como las mujeres tendidas en las mesas, y se removió incómoda.

—Me alegra que hayas venido, Reyna —afirmó.

Ella desvió la mirada y permaneció en silencio. El recuerdo de lo que le había dicho en el baile regresó con fuerza, provocándole náuseas: «Te encontraré más tarde, cariño. Puedes estar segura».

Las luces parpadearon dos veces, señal para que todos tomaran asiento. Sophie se sentó junto a Reyna, quien suspiró aliviada: al menos Roland no estaría cerca. Le ponía los pelos de punta, y saber que había bebido una gota no ayudaba.

Una mujer de figura voluptuosa subió al escenario; llevaba lencería negra y una bata de gasa transparente que arrastraba por el suelo al caminar.

—Bienvenidos, damas, caballeros y toda clase de desviados —proclamó, extendiendo los brazos hacia el público mientras cruzaba el escenario con gracia—. Soy Dee, la *madame* de la Bóveda. Están encerrados en mi mundo de desenfreno. Nadie entra, nadie sale: ya conocen las reglas. —Lanzó un guiñó mientras se pavoneaba—. Esta noche tengo un regalo especial para ustedes: un deleite poco común vestida de blanco, unos jóvenes apuestos y… algunos catadores. Prepárense para quedar hechizados. Les presento el banquete.

Señaló la cama. Reyna se inclinó hacia adelante justo cuando una joven temblorosa apareció con un vestido blanco que le rozaba las rodillas. Parecía una oveja que iban a sacrificar y tenía toda la atención de la sala. El miedo emanaba de ella, y no podía hacer nada para ocultarlo.

—Nuestra pequeña exquisitez puede parecer asustada —explicó la *madame*, dándole un golpecito en los labios rojos perfectos—. Y probablemente lo esté, ¿verdad, querida? —La joven asintió, temblando, mientras la mujer la rodeaba—. Pero todo lo que se le hará esta noche, y se le hará de todo, es exactamente lo que pidió. —Luego, la golpeó suavemente con un látigo—. Diles tu palabra de seguridad.

Reyna tomó la mano de Beckham al escuchar aquello. Pensó que la apartaría, pero la rodeó con sus dedos.

—¿A dónde me trajiste?

Su mirada le ardía sobre el cuerpo, y cuando ella se volteó hacia él, lo sorprendió contemplando su garganta expuesta, para luego lamerse los labios con un apetito que nunca había mostrado. Beckham deslizó el brazo libre por el respaldo de su silla y se inclinó para susurrarle:

—Justo a donde me pediste.

—¿Es un... burdel de sangre? —preguntó, atónita.

—Exactamente —respondió, susurrándole en el hueco de la garganta.

Reyna se sentía al mismo tiempo aterrada y fascinada por la idea. La mujer del escenario temblaba como una hoja, pero no huía ni gritaba, y se vio reflejada en ella. Descartando el *penthouse* y el trato de lujo, en el fondo era lo mismo.

—¿Y van a tener sexo ahí... delante de todos? —Su voz era temblorosa.

Los labios de Beckham rozaron su piel.

—Es una escena. Todos han aceptado participar, pero ¿y tú? ¿Quieres verlos?

—Yo... —¿Quería hacerlo?

Dos hombres salieron de detrás del escenario y se acercaron a la mujer. Uno le apartó el cabello del rostro y reveló que no era tan joven como Reyna había creído al principio; quizá estaba al inicio de sus veintes. El que estaba a su derecha, de cabello corto y oscuro, la besó con cautela, pero el otro, con el pelo rubio hasta los hombros, lo apartó con rudeza y tomó sus labios con fiereza.

Reyna estaba hipnotizada. Mentiría si dijera que no quería estar allí, igual que la mujer del escenario.

—¿Reyna?

—Quiero mirar.

El segundo hombre la empujó hasta ponerla de rodillas, sacó su enorme pene de los shorts y lo apoyó contra sus labios. Su quejido resonó entre el público, pero abrió la boca y lo recibió por completo. Tras unos segundos moviéndose hacia adelante y hacia atrás, le sujetó la cabeza y comenzó a embestir con fuerza, hasta dejarla jadeando y sin aliento. La mujer se dobló hacia adelante, tosiendo.

El otro hombre, más amable, la tomó en brazos y la llevó con delicadeza hasta la cama, dejándola con las piernas hacia el público. Le quitó la diminuta tanga blanca, que lanzó al suelo con dramatismo. Luego cayó de rodillas entre sus piernas y la lamió con tal intensidad que sus gritos se volvieron casi violentos.

Reyna apretó las piernas debajo de la mesa. Nunca había visto algo así, y aunque estaba llena de dudas sobre lo que ocurría, la mujer parecía estar disfrutando de verdad. Los dos hombres también, eso era evidente. Y media audiencia también lo estaba haciendo. Reyna no pudo evitar excitarse con la idea de hacer eso con Beckham, y el componente exhibicionista solo intensificó su deseo.

—Reyna —gimió Beckham en su oído—, estás tan excitada.

—N-no lo estoy —mintió entre susurros.

Beckham soltó su mano, metió la suya bajo la mesa y le abrió las piernas. Nadie podía ver lo que hacían, pero aun así Reyna se sonrojó hasta la raíz. La mano del vampiro subió hasta su ropa interior de encaje negro y presionó contra ella.

—Puedo olerte —insistió—. ¿Estás segura?

—¿Por qué no lo averiguas? —lo retó.

Él recorrió la tela a un lado y acarició su piel húmeda y sensible. Ella se mordió el labio para no gemir. Luego deslizó dos dedos dentro de ella y comenzó a moverse con un ritmo suave y constante. Reyna se inclinó hacia adelante, apoyándose sobre la mesa y entreabriendo la boca. ¡Oh, Dios!

Nadie les prestaba atención, pero Beckham la estaba masturbando en pleno club, mientras otros tenían sexo en el escenario. Ella trató de concentrarse en lo que ocurría ahí arriba, cualquier cosa que la ayudara a no perder el control. Uno de los hombres se posicionó entre las piernas de la mujer y comenzó a penetrarla; el rubio se sentó sobre su rostro, la abofeteó con el pene y luego lo introdujo en su boca con violencia.

Reyna temblaba por los movimientos de los dedos de Beckham y tuvo que cerrar los ojos. Él le rozó el cuello con los dientes.

—Abre los ojos —ordenó—. No querrás perderte esto.

Obedeció a regañadientes. Una pareja de vampiros, un hombre y una mujer, subían al escenario con movimientos felinos. Él iba con pantalones de vestir negros y el torso desnudo. Ella, vestida con un leotardo negro de licra y botas altas de cuero, apartó con facilidad al hombre rubio, que se alejó unos pasos y comenzó a masturbarse.

La vampira se inclinó con una sonrisa dulce... y le clavó los colmillos en el cuello sin ninguna advertencia. Al principio, la joven gritó, silenciando toda la sala, pero pronto sus gritos se convirtieron en gemidos de placer.

El primer hombre perdió el control dentro de ella con sus gemidos, y el vampiro lo reemplazó. Le levantó las piernas en el aire y le perforó la vena del muslo interno, la misma con la que Beckham había bromeado con Reyna hace unos días.

La sangre de Reyna hervía, estaba al borde del orgasmo. Apenas podía resistir mientras Beckham hacía círculos con el pulgar sobre su clítoris.

—Deja de ponérmelo tan difícil —gruñó.

—¿Qué? —preguntó ella, alargando la mano para tocarle el pene por encima del pantalón. Beckham se tensó un segundo, pero no la detuvo.

—Alejarme de ti.

—Me deseas, Becks. Soy tuya —susurró con voz ronca—. Solo elígeme a mí.

Reyna lo apretó con más fuerza justo cuando la mujer del escenario soltaba otro grito desgarrador. Ahora el vampiro estaba hundido en su interior, esparciendo sangre sobre su piel y su ropa blanca. La vampira recorría con la lengua uno de sus senos, mientras el segundo hombre se posicionaba detrás de ella para penetrarla también.

—Reyna —gimió, y ese sonido fue su perdición. Se deshizo en una oleada de placer incontrolable. Echó la cabeza hacia atrás y cerró los ojos. ¡Mierda! Su cuerpo tembló con la fuerza del orgasmo, tanto que tardó varios segundos en recuperar el aliento y volver en sí.

Cuando al fin se calmó y Beckham retiró la mano, Reyna llevó la suya entre sus piernas y recogió su humedad con un dedo que llevó hacia los labios de él.

—¿Ves lo que me haces? Prueba —exigió. Él se metió el dedo en la boca y lo chupó—. Es todo tuyo.

—Uf, qué mojada estás… —murmuró él al liberar su dedo.

—Sí, exacto —respondió Reyna—. Y quiero estarlo más.

Se miraron mientras las parejas del escenario llegaban al clímax. Hubo un instante de electricidad pura entre ellos antes de que Beckham desviara la vista. Reyna sintió un golpe de decepción ante su falta de reacción; sabía que la deseaba, acababa de demostrárselo... y aun así, se negaba a elegirla.

Madame Dee regresó al escenario entre aplausos entusiastas del público.

—Gracias a todos —exclamó, y extendió su gesto hacia los participantes—. Y gracias también a ustedes. Ahora, pueden usar sus tarjetas de participación como deseen.

—Ha sido la mejor función que he visto en mi vida. —Roland se giró hacia ellos—. Diría que ustedes dos la disfrutaron bastante.

Reyna apartó la mirada, rezando por no estar tan roja como se sentía. Solo quería desaparecer con Beckham y resolver todo esto, o coger hasta que se resolviera solo, ya ni sabía. Lo deseaba tanto que consideraba echar a las personas del escenario para quedarse en esa cama con él.

—Vamos, querido —le dijo Cassandra a Felix—. Hay alguien que muero por presentarte.

Desaparecieron entre la multitud, dejando a Reyna sola con Beckham, Roland y Sophie. Esta última parecía impaciente, pero incluso ella entendía que ese era un terreno donde mandaban los vampiros.

—Ah, ¡ahí estás! —Roland se puso de pie—. Me preguntaba si vendrías después de todo.

Reyna apartó la vista de Beckham para ver a quién se dirigía y quedó atónita. ¿Qué mierda…?

—Penny —dijo Beckham, con la misma sorpresa que invadía a Reyna.

Y, por supuesto, Penelope se veía deslumbrante. El cabello le caía sobre un hombro, largo y con ondas perfectas. Llevaba un bustier negro, una falda entallada a juego y medias de red. No iba tan descubierta como la mayoría de los humanos del lugar, pero, claro, la hija del alcalde no era como los demás.

—Lamento haberme perdido el espectáculo —se disculpó. Sus ojos se posaron en Beckham, y Reyna notó un atisbo de preocupación. ¿A qué venía eso? Sin embargo, esa expresión fue reemplazada enseguida por una mirada venenosa dirigida hacia ella.

—¿Qué haces aquí? —preguntó Beckham. Penelope se encogió de hombros.

—Roland dijo que querías que viniera —ronroneó, rodeando la mesa.

Reyna sintió un nudo en el estómago. ¿Cómo podía quedarse sentada viendo esto? Él acababa de tomarla con sus dedos... ¿y ahora se dejaba coquetear por Penelope en un burdel?

Beckham le lanzó a Penelope una mirada fulminante, pero ella sonrió y le tocó el hombro con actitud juguetona.

—Sigo invitada, ¿no?

Con la otra mano, la joven recorrió su clavícula desnuda hasta llegar al cuello: estaba tentándolo, provocándolo. Reyna la vio mirarla de reojo por encima del hombro del vampiro. Penelope estaba ganando, podía sentirlo. Todo lo ocurrido en los últimos días se esfumaba. Por supuesto que él quería a Penelope, pero dolía que siempre volviera a lo mismo.

—Por supuesto que estás invitada —dijo Beckham al fin.

Reyna ya no aguantaba más. No podía creer semejante mierda.

—Toma mi sitio —ofreció, levantándose con brusquedad—. Ya no me sirve para nada.

—Reyna. —La voz de Beckham era casi suplicante, pero ella no lo escuchó.

—No pasa nada —la tranquilizó Penelope con dulzura, y sin previo aviso se dejó caer sobre el regazo de Beckham. Lo miró a los ojos, le rodeó el cuello con el brazo y soltó una risita—. Estás hambriento —susurró, inclinando el cuello hacia él—. Toma un sorbo, amor.

Reyna se estremeció al escuchar esas palabras, casi idénticas a las que ella misma le había dicho. Su corazón palpitaba con fuerza; sentía náuseas.

—Penny —gruñó.

—¿Qué? —preguntó con fingida inocencia.

Beckham dudó solo un instante antes de hundir los colmillos en su garganta. Reyna se quedó paralizada al verlo beber de Penelope. Ella parecía extasiada, con la cabeza inclinada hacia atrás y los ojos cerrados.

No podía creerlo. Aquello era lo único que siempre le había negado y ahora lo hacía con Penelope. Imaginarlo bebiendo de ella era algo tan íntimo, tan sensual... y él acababa de destruirlo todo. Se sintió tan estúpida que las lágrimas nublaron su vista. Tenía que salir de allí.

Sin mirar atrás y sin pensar en su seguridad, se dio la vuelta y huyó.

CAPÍTULO 26

Reyna salió tambaleándose del salón principal del burdel. Le costaba ver por las lágrimas que le empañaban los ojos, pero aun así se abrió paso entre la gente. Lo único que quería era estar sola. Sentía que estaba a punto de desmoronarse y no era seguro hacerlo frente a nadie.

Sin embargo, no parecía haber ningún sitio desocupado. La Bóveda estaba construida como un laberinto, una trampa que la retenía y se negaba a soltarla. Lo único que hacía era caminar en dirección contraria a la multitud.

Después de unos minutos, encontró un pasillo largo lleno de puertas, prácticamente vacío en comparación con el resto del edificio. Se limpió los ojos con cuidado, intentando no arruinar su maquillaje, y caminó en busca de una habitación libre. Abrió de golpe la primera puerta: un hombre tenía a una mujer inclinada y la embestía con fuerza desde atrás. Reyna soltó un grito y cerró la puerta de inmediato.

Corrió más allá en el pasillo y probó con otra puerta. Lo que vio fue incluso más perturbador: había al menos diez personas envueltas en un frenesí sexual.

—¿No estás viendo que la habitación está ocupada? —gritó una mujer.

—Perdón, perdón. No sabía —murmuró.

Un vampiro desnudo que observaba la escena le sujetó la muñeca.

—Oye, preciosa, no tan rápido. Te ves absolutamente deliciosa. ¿Por qué no te quedas y te unes? Hay espacio para una más.

El pánico empezó a apoderarse de ella.

—No... no, gracias.

—Vamos, seremos cuidadosos. ¿Verdad que sí?

Sus ojos decían claramente que ser cuidadoso no estaba en su vocabulario. Intentó zafarse, pero él le rodeó la cintura y la atrajo hacia el interior del cuarto.

—¡Suéltame! —chilló—. ¡Dije que no!

—Eres parte de la Bóveda —replicó, aspirando el aroma de su cabello—. Aquí el *no* no existe, muñeca.

Reyna palideció.

—Eso es una violación.

—Estás aquí. Ya diste tu consentimiento —respondió con crueldad—. Debes de estar deliciosa con toda esa sangre corriendo tan rápido por tus venas. Puedo sentir tu corazón latiendo como loco.

—Por favor... por favor, déjame ir —rogó, sin importar lo desesperada que sonaba. Lo estaba. No quería que esto pasara. Solo quería estar sola para entender qué había pasado con Beckham.

—Veamos qué tipo de sangre eres, aunque no es que eso importe —se burló.

Reyna se congeló. Eso era justo lo que Beckham le había dicho. Esta gente claramente era parte de la primera facción de vampiros, los que no respetaban a los humanos. No les importaba violarla o beber de ella, aunque eso significara matarla, o a cualquiera de los presentes.

El hombre le apretó la muñeca, clavándole las uñas en la piel. Entonces vio el brazalete de diamantes que Beckham le había puesto. Al leer la inscripción, soltó su mano como si le quemara.

—¿Beckham Anderson? —preguntó.

—Sí. —Reyna retrocedió tambaleándose.

—Prefiero arriesgarme con otra. Ese tipo es un maldito asesino.

Reyna no necesitaba que se lo dijeran dos veces. Salió a toda prisa de la habitación, escuchando carcajadas a sus espaldas. Corrió por el pasillo hasta asegurarse de que nadie más la seguía y entró a una habitación completamente vacía. Se dejó caer sobre la cama, encogió las rodillas contra el pecho y dejó que las lágrimas fluyeran.

Después de un minuto al borde de la hiperventilación, se obligó a calmarse. Podía estar destrozada por Beckham, por Penelope, por el hombre que había intentado violarla, pero no iba a permitir que nada de eso saliera de esa habitación.

Ahora entendía por qué Beckham no quería traerla aquí. Ni siquiera había bebido de ella. Claramente no quería compartirla y, sin embargo, allá estaba, bebiendo de Penelope. Haciendo quién sabe qué cosas con ella. ¡Ugh! No podía ni pensar en eso.

Se había enamorado de él, eso era un hecho. Ya no era solo algo físico; había visto al verdadero Beckham en esos pequeños momentos: cuando le habló sobre los rebeldes de Elle, cuando la protegía, cuando le dio la tarjeta negra sin pedir nada a cambio, cuando le regaló la cámara, cuando hablaban de fotografía. Todo. No era el empresario frío que mostraba al mundo. Era una persona totalmente distinta, y aceptarlo le estaba rompiendo el corazón en mil pedazos.

Por más sexy que hubiera parecido al principio, la Bóveda era una enfermedad. No hacía más que perpetuar el mismo comportamiento que la cura por tipo de sangre intentaba erradicar.

Deseó haber traído su cámara para revelar el verdadero lado oscuro de la élite vampírica, pero claro, no la tenía. Y aunque la tuviera, no implicaría a Beckham en esto. Por más que lo odiara en ese momento, no quería herirlo como él la había herido a ella. Lo único que quería era volver a casa con sus hermanos; había ahorrado lo suficiente para sobrevivir un tiempo, y redoblaría esfuerzos para conseguir otro trabajo cuando regresara.

Cualquier cosa sería mejor que este juego. Se sentó en la cama y respiró hondo. Sí, eso era lo que iba a hacer.

Justo cuando llegaba a esa conclusión, la puerta de la habitación se abrió. Se levantó de golpe, lista para pedirle a quien fuera que la dejara en paz. Pero entonces, Roland entró, cerró con seguro, y ella supo al instante que todo acababa de irse a la mierda.

—Hola, criatura.

Reyna intentó ocultar el miedo que la invadía. Roland no era como el otro vampiro, el que la había soltado al oír el nombre de Beckham: este tipo no conocía el miedo. Llevaba semanas jugando con ella, esperando el momento perfecto para atacar.

—Has estado jugando al gato y al ratón conmigo —dijo, avanzando lentamente.

—No es cierto —replicó con voz firme, aunque dudaba haber sonado convincente. Lo único que había en ella era miedo. ¿Cómo iba a escapar en una habitación cerrada hecha para aprisionarla?

Roland chasqueó la lengua como si hablara con una niña caprichosa.

—Nada de mentiras, criatura. Te he estado vigilando. Sabía que eventualmente te encontraría sola.

Se acercó aún más, y ella retrocedió. Su sonrisa se volvía más letal con cada paso. La arrinconó hasta que sus rodillas tocaron la cama. Se dejó caer con fuerza y se alejó de un salto.

—Beckham probablemente me está buscando.

—No, no lo está —replicó con seguridad—. Está muy ocupado con la señorita Sky y lo estará por un buen rato, me imagino. Siempre es así.

Reyna se estremeció al pensar en Beckham y Penelope juntos. Y lo peor de todo: sabía que era verdad. Beckham ni siquiera había notado que se había ido mientras bebía de Penelope. No la estaría buscando, y Roland disfrutaba viéndola llegar a esa conclusión.

—Pero no te preocupes —murmuró, acariciándole el brazo. Reyna sintió náuseas—. Puedo mantenerte ocupada yo solo.

Reyna corrió hacia el otro lado de la cama y se lanzó hacia la puerta, pero Roland le sujetó el brazo antes de atravesarla. Gritó mientras él la agarraba con fuerza y la arrojaba contra el borde de la cama. Él soltó una carcajada.

—No puedes irte. Ya me aseguré de ello.

Le apartó un mechón de cabello del rostro como si la acariciara. Reyna apretó los dientes.

—¿Dónde estábamos? Ah, sí. No me digas que no has estado imaginando este momento. Yo sí.

—Jamás he pensado en ti de esa manera —escupió.

—¿Te imaginas así con él, pero no conmigo? —espetó, asqueado—. Él solo te quiere como un capricho pasajero. Yo encuentro entretenida tu voluntad; es algo que vale la pena someter, como un caballo de raza. En Francia solíamos pagar una buena suma por un caballo domado. Y yo te veré así, a partir de esta noche.

Reyna gritó cuando el vampiro se lanzó hacia ella. Se escabulló bajo su brazo, corrió hacia la puerta y forcejeó con la cerradura, pero no fue suficientemente rápida. Roland la agarró del cabello y la jaló hacia atrás; chilló de dolor al sentir cómo le arrancaba mechones del cuero cabelludo y su peinado se deshacía. La arrastró por el cuarto, y ella perdió el equilibrio; la empujó de nuevo sobre la cama y se subió encima. Las lágrimas le corrían por el rostro, mezcla de dolor y terror.

—Mira cómo tiemblas y lloras, y qué delicioso sabes —se regodeó, lamiendo una lágrima de su mejilla—. Oh, planeo saborear cada gota.

El vampiro le arrancó el corsé de un tirón, dejándole los senos al descubierto.

—Por favor, no —suplicó Reyna—. Por favor, por favor, no. No, no, no...

—Oh, sí, vas a ser un manjar —susurró, besándole los labios. Reyna se apartó con asco y se negó a rendirse—. Me encanta este juego, aunque siempre me dicen que no debo jugar con mi comida.

Le sujetó la cabeza hacia atrás, exponiéndole la garganta. Sus colmillos bajaron hacia su cuello y sintió el roce de su boca en la piel. Este sería su fin. Su primera mordida... y probablemente la última.

Entonces el tiempo se detuvo. La puerta se abrió de golpe: Roland levantó la cabeza para ver quién se atrevía a irrumpir en su habitación, y Reyna alcanzó a ver a Beckham en el umbral. Era una sombra asesina vestida de negro y el rostro hecho una tormenta a punto de estallar.

—Suéltala, Roland. —Su voz era tan baja como peligrosa. Roland se echó a reír, al borde de la locura, pero no la soltó—. Es mía.

—Entonces ven y quítamela.

Beckham dio un paso letal hacia adelante y Roland se movió para morder. Reyna gritó, pero antes de que sus colmillos alcanzaran la piel, Beckham se lo arrancó de encima y lo lanzó al otro lado del cuarto. Roland aterrizó agazapado tras golpear la pared.

—¿Pelearás por ella? —preguntó.

—No me dejas alternativa.

Y así fue, los dos lo entendieron al mismo tiempo. Se lanzaron uno contra el otro tan rápido que eran un borrón. El enfrentamiento de Beckham con el vampiro del callejón le había parecido rápido, pero esto era otro nivel. Eran dos maestros en igualdad de condiciones, dos bestias mortíferas con pasados que hablaban por sí solos, y con los cuales se habían ganado los puestos más altos de Visage. No había forma de seguir la pelea. Golpes, bloqueos, cuerpos contra las paredes, trozos de techo cayendo, muebles hechos añicos. Todo era una danza sincronizada y letal.

Reyna permaneció lejos de la acción, agazapada en una esquina y aferrándose a su corsé destrozado. No paraban, cada golpe era más brutal. Hasta que Beckham acertó de lleno en la sien de Roland, y este cayó como un saco vacío. Estaba completamente inerte, aunque no había muerto. Beckham no querría matarlo, pero en ese instante, Reyna casi lo deseó.

—¿Qué está pasando aquí? —preguntó alguien desde la puerta.

Reyna no había notado que había gente observando. Apretó el corsé contra sí y se hizo un ovillo. Quería desaparecer, olvidar por completo esa noche.

Beckham se acomodó el traje y enfrentó al hombre que dispersaba a los curiosos.

—Ya está resuelto —anunció.

—Conoce las reglas, señor Anderson. Está prohibido pelear.

—Las conozco, pero el señor Batiste intentó adueñarse de mi propiedad sin permiso. Estaba en mi derecho de detenerlo.

El hombre frunció el ceño.

—Muy bien, pero debe retirarse. Ha causado un espectáculo.

—Nadie entra, nadie sale —le recordó.

—Protegemos a los nuestros. Lo sacaremos por la puerta trasera.

La expresión de Beckham seguía siendo la de alguien dispuesto a matar, y el hombre estuvo a punto de ceder. Sin embargo, las reglas eran reglas, y Beckham las había roto para salvarla. Al final, asintió.

Se giró hacia ella, y notó que estaba casi desnuda y temblando.

—Oh, Reyna.

La ayudó a ponerse de pie. Reyna no dejaba de temblar. Beckham se quitó el saco y se lo echó a los hombros. Olía a él, y ella se aferró a la prenda. El vampiro intentó tocarle la espalda, pero ella se apartó; podía haberla salvado, pero eso no borraba todo lo demás.

Ya estaba harta. Harta de verdad. Beckham Anderson ya no tenía poder sobre su cuerpo ni sobre su mente.

—Reyna... —Su voz se quebró.

La joven le lanzó una mirada llena de odio y cruzó la habitación, tambaleándose. No llegó muy lejos, sus piernas cedieron. Beckham la atrapó al instante y ella intentó zafarse, pero la adrenalina comenzaba a esfumarse. Estaba agotada, herida, humillada, expuesta y furiosa, tan furiosa. Sin embargo, su cuerpo no le respondía; sus piernas no funcionaban. Estaba en shock.

Al ver que no avanzaba, Beckham la alzó en brazos y la sacó de la habitación. No tenía fuerzas para discutir, ni para gritarle que se fuera, o para decirle cuánto mejor había sido su vida sin él.

El hombre que lo había obligado a irse los condujo por un pasillo hasta otra puerta. No era tan imponente como la principal, pero seguía viéndose sólida.

—Tendré que cerrar con llave detrás de ustedes.

—Está bien, haré que mi chofer nos recoja.

Entonces llevó a Reyna a través de la puerta, salieron a un túnel largo y completamente vacío, y el hombre cerró a sus espaldas con un golpe seco que los dejó sumidos en la oscuridad absoluta.

CAPÍTULO 27

En cuanto la puerta se cerró tras ellos, Beckham la ayudó a volver a ponerse de pie. Reyna se tambaleó un poco y se recargó en la pared para mantenerse erguida. Aunque estuviera a punto de desmayarse de nuevo, no quería quedarse en los brazos de Beckham. La pared estaba fría al tacto, y la firmeza de la superficie la ayudó a recuperar el control. Imágenes cruzaron su mente como fogonazos: colmillos hundiéndose en carne, miradas lascivas, un corsé desgarrado, paredes que temblaban. Cerró los ojos y obligó al pánico a retroceder.

Ya había salido de allí, nadie podía hacerle daño… excepto el hombre frente a ella, el mismo que desde el principio había prometido romperla.

Reyna abrió los ojos y esperó a que se acostumbraran a la oscuridad. Beckham estaba justo enfrente, pero su mirada se perdía por el túnel, contemplativo. Fue entonces cuando notó que no estaba tan oscuro como esperaba. Una tenue iluminación llegaba desde el techo en intervalos irregulares.

Beckham sacó su celular del bolsillo. Ese maldito celular. La luz de la pantalla iluminó su rostro, donde aún se notaba el miedo, a pesar de que ya habían salido del club. Sin embargo, no entendía qué podía temer Beckham.

—Mierda —murmuró—. No hay señal.

La joven soltó un gemido. Perfecto, justo lo que le faltaba.

—No debí haber venido.

—Por fin algo en lo que estamos de acuerdo —replicó él con terquedad.

Reyna puso los ojos en blanco y luego le lanzó una mirada fulminante.

—¿Cómo te atreves a decirme eso justo ahora? —escupió con voz helada—. Si no querías que viniera, si en realidad querías a Penelope todo este tiempo, entonces esto es tu culpa.

—Te dije que no vinieras. Insististe hasta acorralarme.

—Nadie te acorrala. Soy tu empleada, ¿recuerdas? Tú me dices qué hacer.

—Sí, y ahora mismo te digo que te calles.

—No —espetó enderezándose—. No he terminado. Todo esto ha sido una farsa, y ya me harté. No puedo creer que bebieras de Penelope.

—Reyna —la interrumpió, su voz era afilada como un cuchillo.

—¿Cómo pudiste hacerlo? —preguntó, casi desesperada—. Después de lo que ocurrió en la azotea... y de todo lo demás. ¿Cómo?

Beckham apretó la mandíbula y desvió la mirada.

—Es complicado.

—No, no lo es. No bebes de mí, pero sí de ella. Eso no es complicado. Es una mierda.

—Tenemos que irnos. Hablaremos de esto luego.

—No, vamos a hablarlo ahora. Y empecemos por esto: no quiero que me vuelvas a tocar —gruñó—. Eres un mentiroso, un infiel y un cobarde.

Sus ojos se endurecieron mientras se erguía y le mostraba los colmillos. Ella intentó no demostrar miedo, pero cuando Beckham quería intimidar, era muy bueno para ello.

—Me han llamado muchas cosas, pequeña, pero cobarde no es una de ellas.

Reyna no retrocedió.

—Un cobarde es un hombre dividido entre dos mujeres que engaña a ambas. Así que te lo pondré fácil: no voy a estar en el medio. Quiero irme a casa.

—Sí, ya nos vamos. Hablaremos de esto cuando lleguemos. Tenemos que caminar hasta tener señal.

—No —escupió Reyna—. Quiero irme a casa, con mis hermanos, al Distrito de Almacenes.

—¿Qué? —Beckham volteó hacia ella y la miró con atención.

—Ya me oíste. Estoy harta, quiero irme a casa —insistió—. Quiero alejarme de este mundo, de este mundo horrible y asqueroso.

Él apretó la mandíbula, exhaló con fuerza y apartó la mirada.

—Hablaremos cuando te calmes.

—No voy a cambiar de opinión.

—Ahora mismo me da igual, Reyna. Estamos encerrados fuera del club, en un túnel oscuro y abandonado, después de que arruiné una relación de negocios muy importante por ti. Así que discúlpame si no quiero escuchar que quieres irte a casa justo ahora. Has demostrado ser más problemática de lo que vales —dijo, haciendo un gesto brusco con las manos—, y quiero salir de aquí. Ya decidiremos qué hacer contigo más adelante. Vámonos.

Empezó a caminar por el túnel, y sin otra opción, ella lo siguió. Las palabras de Beckham le removieron el estómago; le había dicho que quería marcharse, pero no esperaba esa reacción. ¿Por qué quería que él luchara por ella? No bastaba con que hubiera golpeado a Roland por tocarla, eso solo era proteger lo suyo. Esto era Beckham mostrando que no le importaba si se quedaba o se iba; de hecho, acababa de decir que era demasiado problema. Todo eso sin molestarse en explicarle qué pasaba con Penelope. Reyna no podía soportarlo más.

Caminó como pudo con sus botas de tacón. Le dolían los pies y hacía frío en el túnel, pero no se quejó, no iba a mostrarle su dolor.

—¿Hueles eso? —preguntó Beckham, levantando la cabeza.

Reyna inhaló profundamente.

—No huelo nada.

—Mierda. No, aún no. —Aceleró el paso y ella tuvo que dar zancadas torpes para no perderlo.

—Beckham, más despacio. No puedo alcanzarte y no sé a dónde voy.

—Tenemos que apurarnos, Reyna.

Él empezó a correr, y la joven apenas podía seguirle el paso.

—¡Beckham! —gritó con la respiración entrecortada. Lo perdió de vista en la oscuridad y su voz subió de tono, presa del pánico—. ¡Becks!

Un minuto después, el vampiro volvió a aparecer, jadeando y casi delirante.

—No está. No está allí.

Reyna se dobló, con las manos sobre las rodillas, tratando de recuperar el aliento.

—¿Quién? ¿Dónde?

—Penny. Sigue adentro. ¡Mierda! Esto no debía pasar. —Caminó de un lado a otro, murmurando para sí.

—No entiendo nada. ¿Qué pasa? —Reyna lo sujetó y lo sacudió con toda la fuerza que le quedaba. Él la miró, pero sus ojos parecían perdidos, salvajes. No era el Beckham que ella conocía—. Reacciona y dime qué está mal.

—Ella no debía quedarse atrapada.

—¿Por qué está atrapada? No entiendo lo que dices.

—Tengo que arreglar esto —dijo, y sus ojos se encendieron de repente.

Beckham la alzó como si fuera de trapo, ignorando sus protestas, y corrió hasta la entrada principal. Reyna no tenía idea de qué estaba ocurriendo. Beckham parecía frenético, y eso la asustaba. Llegaron junto a un grupo de personas, formado en su mayoría por conductores humanos, aunque también había una vampira y su escolta; inmediatamente, Beckham la dejó en el suelo y se abrió paso entre la multitud. Algunos golpeaban inútilmente la puerta. Reyna bajó la vista y pudo ver humo deslizándose por la rendija.

Su corazón se detuvo al darse cuenta de lo que Beckham había olido: humo. Se trataba de un incendio.

—Dios mío —susurró, llevándose la mano a la boca.

Ahora que lo notaba, tosió por la irritación en sus pulmones. La horrible realidad se impuso: todos estaban atrapados dentro sin forma de salir. Con razón Beckham se había desesperado por Penelope. Por mucho que la envidiara o la detestara, Reyna no quería que muriera.

Observó cómo el vampiro tomaba el control del grupo. Seguía alterado, pero ahora tenía un propósito.

—Tú, llama a emergencias. Que vengan ambulancias y bomberos ya.

El conductor dudó.

—Pero no deben saber de este lugar. Tenemos órdenes.

Beckham lo miró incrédulo.

—Si no lo hacen, mucha gente morirá. ¿Qué es más importante para ti? ¡Llama ya!

El hombre asintió y sacó su teléfono. Reyna temía que los bomberos no llegaran a tiempo. Inhalar el humo no mataría a los vampiros, pero las llamas sí.

Beckham envió a la vampira y su escolta a la entrada trasera. Mandó a un grupo de conductores a las habitaciones. Dejó al grupo más grande intentando forzar la puerta principal mientras él se dirigía hacia otra salida que recordaba. Reyna corrió detrás de él y lo alcanzó cuando golpeaba una puerta lateral.

—No deberías estar aquí —espetó al verla.

—No voy a dejarte —respondió como si quisiera tranquilizarlo, pero lo cierto era que no tenía a dónde ir.

Él no dijo nada más. Tras unos minutos, logró abrir la parte superior de la puerta. El humo salió en oleadas y pudo escuchar gritos del otro lado.

—Pase lo que pase, Reyna, quédate aquí.

—¿Qué vas a hacer? —preguntó con los ojos enrojecidos.

—Tengo que ir por Penny.

—¿Cómo? ¿Vas a caminar entre las llamas? Podrían matarte. No hagas locuras.

—Penny está ahí dentro y no la dejaré morir por mi culpa. —Forzó aún más la puerta. Sus manos estaban llenas de ampollas y sangre; si eso le hacía a un vampiro, el calor debía ser insoportable—. Si es una locura, que así sea. Ella ni siquiera debía estar aquí esta noche, no la voy a abandonar.

La puerta se desprendió con un chirrido. Vampiros y humanos salieron tambaleándose, tosiendo, cubiertos de sangre y ceniza.

Beckham se abrió paso entre ellos, y Reyna lo siguió. Lo tomó de la mano y tiró de él.

—Por favor, detente —suplicó.

—Aléjate, Reyna. No puedo preocuparme por las dos ahora mismo.

—Regresa conmigo—rogó. Por más furiosa que estuviera, verlo entrar al fuego era como asomarse a su propia locura. Las llamas la consumían por dentro tanto como a él por fuera.

Sin previo aviso, él le plantó un beso feroz y posesivo.

—Volveré. —Y luego desapareció entre las llamas.

Reyna se unió al grupo de evacuados y se quedó esperando. No podía creer que Beckham arriesgara su vida por Penelope y, sin embargo, lo entendía. Estaba claro que sentía algo por ella, pero la joven quería creer que sus razones iban más allá. Beckham valoraba la vida humana, y lo demostraba más que nunca con este rescate. Roland seguramente habría abierto una puerta solo para los suyos, pero cuando Beckham le ordenó al hombre que llamara a emergencias, había dicho: «Mucha gente morirá». Gente, no vampiros.

Esperó con el alma en vilo, pero Beckham no salía.

—Ya son todos —anunció un hombre—. No pudimos sacar a más. El salón principal colapsó y mató a docenas. No hay esperanza para el resto.

—¡No! —gritó Reyna—. No pudo haber entrado para nada.

El sonido lejano de ambulancias y camiones de bomberos marcó su llegada. También llegaron medios de comunicación y policías, que tomaron declaraciones. Reyna no prestó atención a nada, se limitaba a observar la entrada. Esto no era el final, Beckham no había ido a morir.

—Señorita, ¿está bien? ¿Puede contarnos qué pasó? —le preguntó una reportera, acercándole un micrófono.

—No. Déjeme en paz —dijo, apartándola con el hombro.

Había pasado demasiado tiempo. El rescate de Penelope había sido una misión suicida; Beckham era un vampiro, pero no invencible. Las lágrimas le corrían por el rostro como ríos negros, pero no se apartó. Aunque le picaran los ojos y le ardiera la garganta; aunque un paramédico la revisara y un policía intentara convencerla.

—Señorita, tiene que alejarse. Hay que despejar la zona.

—¡No! —sollozó—. Aún está ahí. Me prometió que volvería.

—Tenemos bomberos buscando entre los escombros. ¿Puede decirme a quién buscan y dónde podría estar?

—Me prometió que volvería —repitió como un mantra.

—Por favor, déjeme ayudarla —pidió el policía, llamando a los paramédicos.

Ella solo repetía una y otra vez:

—Me prometió que volvería conmigo.

—No ha salido nadie con vida desde hace quince minutos —explicó el oficial, tocándole la mano con suavidad.

—No. Volverá, lo prometió.

—Señorita...

Y entonces, de entre el humo, emergió una figura vestida de negro cargando a una mujer desmayada.

—Santo cielo —exclamó el policía, horrorizado.

—¡Beckham! —Reyna empujó al oficial y corrió hacia él—. Volviste.

Beckham tenía la mirada perdida, pero al verla, pareció recobrar el aliento.

—Necesita un hospital, ya.

—Las ambulancias ya llegaron —lo tranquilizó.

Como si la hubieran escuchado, dos paramédicos se acercaron con una camilla. Beckham colocó a Penelope sobre ella y comenzaron a atenderla. En cuanto la soltó, Reyna lo abrazó con fuerza, aferrándose a su traje cubierto de ceniza.

—Pensé que te había perdido —dijo, aún horrorizada—. Gracias a Dios estás bien.

—Él no responde nuestras plegarias —espetó el vampiro con voz hueca.

—Sí responde las mías.

Beckham le acarició el cabello como si ni siquiera fuera consciente de su presencia y se acercó para ver cómo trataban a Penelope.

—Tenemos que llevarla al hospital. ¿Usted puede responder por ella? —preguntó un paramédico.

—Sí —respondió sin dudar.

—Entonces venga con nosotros —indicó el hombre, mientras alzaban la camilla y abrían paso entre la multitud. Beckham posó una mano en el hombro de Reyna.

—El coche te llevará al *penthouse*. Gerard viene por ti.

—Becks...

—Tengo que ir con Penelope. Ve a mi casa y hablaremos de tu partida cuando regrese.

Ella tragó saliva, odiando cómo sonaba eso. Irse era lo sensato, pero no podía evitar que su corazón siguiera buscándolo.

—Beckham, por favor.

—Listos —llamó el paramédico.

—Vete, Reyna. Tengo que cuidar de Penelope. Ella me necesita, y me dejaste claro que tú no.

Beckham subió a la ambulancia justo antes de que la puerta se cerrara de golpe, y Reyna observó sus ojos oscuros a través del cristal antes de que se lo llevaran.

CAPÍTULO 28

Reyna entró al *penthouse* vacío sintiéndose completamente agotada. Se quitó las botas apenas cruzó la entrada; tenía los pies cubiertos de ampollas y el alma hecha trizas.

Se movió como un fantasma desde la sala hasta su habitación y se deshizo de lo poco que quedaba de su ropa de burdel. Aunque fuera ridículo, volvió a ponerse el saco de Beckham y se metió a la cama. Aún olía a él, y no estaba lista para desprenderse de eso.

Una parte de ella quería mandar todo al diablo, recoger sus cosas y largarse, pero no sabía si sería una decisión impulsiva de la que se arrepentiría después. Estaba demasiado cansada por lo vivido, y aunque se fuera… ¿a dónde iría a estas horas?

No se dio cuenta de que se había quedado dormida hasta que el sonido del ascensor la sacó del letargo. Miró el reloj y notó que había dormido todo el día. Se tensó, esperando que Beckham viniera, que le explicara, que le dijera qué había pasado.

Escuchó sus pasos en el departamento, luego el sonido de sus pisadas alejándose. No fue a verla, ni siquiera se asomó para ver si estaba bien. Nada.

Bien podría haberse ido ya del departamento, y él no lo sabría… ni le importaría. Debería haber dejado de preocuparse por lo que pensara Beckham Anderson; debería haberlo entendido anoche, pero, en lugar de eso, el dolor volvió con toda su fuerza.

Reyna se levantó de la cama y estiró los músculos entumidos. Sacó un bolso negro del armario y lo lleno con sus escasas pertenencias. El bolso era más elegante que cualquier cosa que hubiese tenido antes, pero en su clóset solo había bolsos de diseñador. Se puso unos jeans y una camiseta, sus Converse y la gorra de béisbol casi sobre los ojos. Cuando terminó, se dio cuenta de que en realidad no llevaba mucho: tres mudas de ropa, algunos artículos de higiene y la tarjeta negra. Decidió que vaciaría lo que quedara en su cuenta al salir y luego cortaría la tarjeta. Dejó el celular sobre la cómoda y salió de su cuarto.

Al llegar a la sala, esperaba que Beckham apareciera, listo para confrontarla, pero no salió de su cuarto. Frustrada, estaba por irse cuando vio su nombre en un estuche de cuero sobre la barra de la cocina. La abrió, dentro había una nota. La desdobló:

Libertad

Frunció el ceño y sacó el otro objeto del estuche: era un cheque. Quedó boquiabierta al ver la cantidad de ceros escritos con la letra de Beckham.

El pecho se le encogió y se le secó la garganta. Esa suma de dinero significaba que nunca tendría que volver a trabajar. Podía vivir cómoda, sacar a sus hermanos del agujero donde vivían, ir a la universidad, tener una vida, hacer lo que quisiera.

Sin embargo, el dinero no era libertad, como él sugería. La estaba dejando ir sin siquiera despedirse. Apartó el estuche con manos temblorosas. Solo tomaría el dinero que se le debía, el que había ganado. No quería sentir jamás que él la había comprado. Nunca querría deberle nada a Beckham. Tenía que ser un cierre limpio, así que miró el cheque por última vez y salió del departamento con la mochila al hombro.

Everett no estaba de turno en el valet. Por un lado, le alegró no tener que despedirse, pero también le entristeció no poder hacerlo. Aun así, esto era necesario, por más difícil que fuera… incluso más que la decisión de entrar a trabajar en Visage.

Tomó un taxi hasta un banco y transfirió el resto del dinero a las cuentas de sus hermanos. No quería saber más del dinero ni de la cuenta que Visage había abierto para sus depósitos.

Después, se encaminó hacia el Distrito de Almacenes. Le parecía surrealista estar de regreso. Lo había pensado tantas veces, pero se había resignado a no volver a ver a su familia. Pagó el taxi con la tarjeta negra, jurando que sería la última vez que usaba el dinero sucio de Beckham, y bajó del auto. Miró hacia el edificio donde solía vivir. Se veía oscuro y amenazante, no había nadie en la calle y todas las ventanas estaban bien cerradas. Hogar, dulce hogar.

Tres pisos después, Reyna estaba frente a su puerta. Esta colgaba ligeramente de una de las bisagras, algo que no recordaba de antes. Se puso tensa y tocó.

—¿Quién es? —gruñó Brian—. No tenemos nada, prueba en otro lado.

—¿Brian? —susurró. Se abrazó a sí misma en la oscuridad.

La puerta se abrió de golpe.

—¿Reyna? —preguntó Brian—. ¡Dios mío! ¿Eres tú?

Drew se levantó del sofá desvencijado y corrió hacia ella. La envolvió en un abrazo tan fuerte que casi la levantó del suelo.

—¿Qué haces aquí? Pensamos que nunca te volveríamos a ver.

Sus palabras reflejaban tan perfectamente lo que ella había pensado muchas veces que no pudo evitarlo: rompió en llanto. Lágrimas de alegría por verlos y de dolor por lo que había dejado atrás.

—Estoy tan feliz de verlos. Los he extrañado muchísimo, no tienen idea —dijo entre sollozos.

—Me alegra que estés en casa. —Brian se unió al abrazo—. Deja de llorar y pasa.

Los hizo entrar de nuevo al departamento, cerró y le puso seguro a la puerta, otro detalle nuevo. Sus ojos recorrieron la habitación, se veía vacía con la luz tenue. No solo en comparación con el impecable *penthouse* de Beckham, sino también con lo que recordaba de su hogar. Todo parecía reducido al mínimo, como si alguien se hubiera mudado y dejado solo lo esencial.

—¿Estás de vacaciones o de permiso? —preguntó Brian, con curiosidad.

—Ninguna de las dos —respondió Reyna, apartando sus pensamientos. Se limpió los ojos, todavía hipando por el llanto—. Me fui. No podía más.

—¿Te estaban maltratando? —preguntó Drew.

—¿Te hicieron daño? —añadió Brian.

Ambos se pusieron en modo hermano mayor, y casi la hicieron sonreír.

—No. —¿Cómo explicar lo que había pasado? Era un mundo que ellos jamás entenderían, y sinceramente esperaba que nunca lo intentaran—. Nunca llegaron a morderme siquiera.

El rostro de Brian se ensombreció; no lo culpaba por no querer oír detalles.

—¿Entonces qué hiciste todo este tiempo? —preguntó Drew.

—No me creerían aunque les contara.

Drew la invitó a sentarse.

—Empieza desde el principio. ¿Nadie se alimentó de ti?

Reyna les mostró el cuello. De cerca, era evidente que estaba intacto. Ni una marca, ni siquiera de las más pequeñas. No es que fuera el único lugar donde podían morderla, pero sí el más habitual.

—¿Qué hice? —repitió con una risa amarga—. Ir a bailes con vestidos de diseñador, salir de fiesta, comprar en boutiques carísimas y aprender fotografía. Nada que tenga utilidad en la vida real.

Brian y Drew se miraron, confundidos.

—Eso suena a algo de un cuento de hadas —apuntó Drew.

—Lo sé.

—¿Entonces por qué te fuiste? —Brian se sentó a su lado. Sus dos hermanos parecían sinceramente contentos de verla, y Reyna esperaba que eso significara que querían que se quedara.

—Al principio sí lo fue —explicó con cautela—, pero los peligros de ese mundo son demasiados. No puedo explicarlo, tendrán que confiar en mí.

—Hablaremos cuando estés lista —asintió Drew con naturalidad. Siempre había sido más confiado que Brian, que la miraba con ganas de preguntar más, pero por ahora se contuvo.

—Gracias por enviar el dinero, por cierto.

—Ay, chicos, lo siento —se disculpó de inmediato—. Voy a buscar trabajo para cubrir lo que cueste estar de regreso.

—Nos las arreglaremos —aseguró Brian—. Estamos felices de que hayas vuelto.

—¿Y qué pasó aquí? —preguntó al fin, señalando la sala.

Ambos bajaron la mirada. Nadie quería contarlo. Al final, Brian suspiró.

—Después de que varios se enteraron de que mandabas dinero, saquearon el departamento. No quedó nada, Reyna.

Abrió la boca, horrorizada. Todo ese tiempo creyó que estaba ayudando, y en realidad les había complicado aún más la vida.

—Lo siento tanto.

—No fue tu culpa —dijo Drew con dulzura.

—Sí lo fue.

—No —insistió Brian—. Hemos trabajado turnos dobles para reponernos.

Reyna se cubrió el rostro con las manos. Había intentado darles lo que merecían, que trabajaran menos y vivieran su vida. Y todo se había vuelto en su contra.

Se levantó con determinación.

—Transferí el resto de mi sueldo a su cuenta, pero empezaré a buscar trabajo desde hoy.

—No nos importa el dinero, Rey. Nos importas tú —replicó Drew tomándole la mano. Al ver que no cedía, añadió—: Tómate un par de días. Ya veremos qué hacer.

Reyna dudó, pero al final pensó que unos días de descanso no le harían daño. Necesitaba tiempo para adaptarse.

—Entonces... ¿de qué me perdí?

Brian se sonrojó al instante. Siempre se ponía nervioso, seguramente de ahí lo había heredado ella.

—Laura y yo estamos saliendo en serio —confesó.

Drew se echó a reír.

—Ya te está presionando por un anillo.

—¿No lleva haciéndolo desde que empezaron a salir?

—Sí, pero durante el tiempo que no estuviste... —Carraspeó y desvió la mirada.

—Ahora que no tenías que cuidar de alguien más —completó Reyna.

—No lo dice explícitamente, pero estoy ahorrando para el anillo.

Reyna se miró las manos. Su hermano iba a comprometerse. ¡Vaya! Sabía que todo cambiaría durante su ausencia, pero no imaginó cuanto ni qué tan rápido.

—Me alegro por ti. Quizá ya va siendo hora de ese anillo.

—Eso llevo rato diciéndole —intervino Drew, dándole un codazo a su hermano.

—¿Y tú? —inquirió la joven—. ¿Alguna mujer en tu vida? ¿O sigues siendo un soltero empedernido?

Él se encogió de hombros y desvió la mirada.

—No hay ninguna, Rey. —Después, se aclaró la garganta y volvió a mirarla—. Solo tú. Me alegra que estés de vuelta, lo demás puede esperar.

Ella le pasó un brazo por la cintura y se recostó en él. Era lindo sentirse querida de nuevo, tener la compañía tranquila de su familia. No obstante, aquello no calmaba la punzada de extrañar a Beckham. Se preguntaba si ya habría notado que se había ido y dejado el cheque. ¿Qué pensaría al verlo? ¿La dejaría ir? ¿Le importaría siquiera?

Trató de no pensar en eso, ya no podía hacer nada. El pasado era el pasado y, de volver a pasar por todo aquello, dudaba tomar decisiones diferentes.

Se quedaron hablando hasta la medianoche, hasta que sus hermanos insistieron en ir a dormir para no atrasarse. Al día siguiente, que era su único día libre, pasaron el tiempo como solían hacerlo en los viejos tiempos.

En la mañana, Reyna preparó el desayuno y le alegró tener con quién compartirlo. Pasearon por el barrio y, aunque seguía sintiéndose como su hogar, le hizo extrañar el parque limpio donde había tomado una foto de Beckham. Le hizo extrañar su cámara.

Reyna decidió darles un gusto y almorzaron en el restaurante del barrio, aunque no era exactamente lujoso. Por la noche jugaron juegos de mesa y leyeron en voz alta capítulos de la novela de fantasía favorita de Drew. Estar con ellos era cálido y reconfortante, pero su corazón seguía extrañando a Beckham. Aunque se odiara por pensarlo, se acostó deseando que él estuviera cerca.

A la mañana siguiente, se levantó más temprano para acompañar a sus hermanos al almacén, como había hecho tantas otras veces. Observó el departamento con nostalgia y bajó tras ellos. El día era bonito, a pesar del nudo en su pecho.

Al llegar, se despidieron con abrazos y la promesas de encontrarse al salir. Mientras los veía alejarse, tuvo pensamientos encontrados: una parte de ella estaba feliz de haber vuelto con ellos; la otra se sentía más sola que nunca y carente de opciones.

Antes, al menos, había tenido Visage como último recurso. Si no conseguía trabajo, podía ser acompañante de sangre. Siempre odió la idea, no por prejuicio, sino por miedo: a lo desconocido, a las agujas, a convertirse en fuente de alimento. Ahora, ese temor ya se había hecho realidad y no podía volver a eso. Ni ahora ni nunca.

Suspiró y se dio la vuelta para volver a casa. Apenas avanzó unos pasos cuando oyó que la llamaban por su nombre. Era extraño volver a un lugar donde alguien la reconocía. En toda la ciudad, pocas personas sabían quién era. Y en los almacenes, apareció la última persona que quería ver: Steven.

—Hola —saludó, fingiendo calma. Después de su último encuentro, quería darle un puñetazo, pero él era mucho más grande, y esta vez sus hermanos no estarían para sacarla del lío.

—¡La pequeña Reyna Carpenter! —dijo en tono burlón—. Por fin regresaste de tus días como puta de sangre.

Reyna puso los ojos en blanco.

—¿Qué quieres?

Él le sonrió. ¿Cómo había llegado a encontrarlo atractivo? No era nadie comparado con Beckham.

—¿Los vampiros se cansaron de tu sangre? ¿O fue otra cosa? —La recorrió con una mirada lasciva.

—Tuve un fin de semana muy largo, no tengo ganas de aguantarte —replicó con fastidio. Nada de lo que Steven decía era cierto, pero aún le dolía que Beckham la hubiera dejado ir.

—Vamos a divertirnos como antes, Reyna.

—No, gracias. No quiero tu diversión.

Intentó alejarse, pero él le agarró el brazo.

—No me digas que prefieres la verga de vampiro a la mía.

—¿Y si sí? —escupió.

Steven la miró con hostilidad, pero de pronto abrió mucho los ojos, sin responder.

—¿Qué pasa? —preguntó, girándose para ver qué era lo que lo había dejado mudo.

—Tu carruaje te espera —murmuró.

Reyna no pudo procesar lo que veía: ese auto negro tan conocido estaba estacionándose frente al almacén. La puerta trasera se abrió antes de que el vehículo se detuviera por completo. Después, Beckham bajó y se dirigió hacia ella.

Estaba segura de que lo estaba imaginando. Parpadeó dos veces y hasta pensó en pellizcarse: esto tenía que ser un sueño. Sin embargo, Steven aún le sujetaba el brazo… y sus sueños nunca captaban del todo lo increíblemente guapo que era Beckham.

CAPÍTULO 29

—¿Beckham? —preguntó ella.

—Vino a reclamar a su puta —escupió Steven.

Hizo un movimiento no para soltar su brazo, sino para lanzarla hacia Beckham como si le ofreciera un trofeo. Sus ojos dejaron de mirarla y se fijaron en Steven, que seguía detrás de ella. Steven dio un paso atrás al notar la inmensa presencia del vampiro.

—¿Es tu exnovio? —preguntó.

—Sí —contestó Reyna en voz baja.

Beckham lo tomó por el cuello de la camisa y lo levantó del suelo hasta que quedaron cara a cara.

—Si vuelves a molestarla a ella o a cualquiera que conozca, te mataré personalmente. No es una amenaza, es una promesa.

Sin esperar respuesta, lo lanzó como si no pesara nada. Steven cayó de espaldas unos metros más allá. Se levantó como pudo, con el miedo dibujado en la cara. Beckham podía haber hecho algo mucho peor. Ella había visto su velocidad y agilidad en combate. Steven debía irse, esa no era una pelea que pudiera ganar.

—La plaga chupasangre que azota nuestra ciudad —gritó—. Todos son iguales. Algún día nos purificaremos de esta enfermedad.

—Pero hoy no.

Steven lo fulminó con la mirada antes de marcharse enfurecido. Reyna soltó un suspiro de alivio. Por más que detestara a

Steven en ese momento, no quería que acabara muerto por ser un hablador.

Una vez que se fue, Beckham volvió a centrar su atención en Reyna.

—¿Qué haces aquí?

—Dejaste el dinero —dijo. No era una pregunta, y ella no supo qué responder.

—Ajá… —Se encogió de hombros.

—¿Por qué? Era suficiente para mantenerte, para darte seguridad, para que tuvieras tu propia vida.

—Porque no necesito tu caridad.

—No era caridad —insistió.

—Sí lo era. Querías comprarme, pero no estoy en venta. Trabajaré y ganaré un salario decente como el resto del país. No voy a estar en deuda contigo el resto de mi vida.

Beckham la miró con atención.

—No estaba comprándote. Dijiste que querías irte. Eso era lo que querías.

—Y luego no volviste por mí. Salvaste a Penny. Entiendo que estaba herida y también comprendo que sea importante para ti, pero ni siquiera volviste para ver cómo estaba. Sinceramente, asumí que querías que me fuera.

—Pensé que necesitabas espacio.

Reyna apartó la mirada.

—Estaba enojada. Después de todo lo que pasó esa noche, estaba furiosa y asustada. No sabía lo que quería, tal vez solo que me dieras alguna explicación, y supongo que fuiste lo suficientemente claro cuando la elegiste a ella.

—Reyna, tenía que cuidarla.

—Ya sé que ella estaba herida, pero no tenías que usarlo como un ultimátum. Dijiste que dejé claro que no te necesitaba, pero me has salvado tantas veces que ya perdí la cuenta. Está claro que te necesito en esa vida… Lo que no necesito es esa vida. Tengo otra, igual de aterradora a su manera, donde puedo pelear mis propias batallas. Pero, en tu mundo, ya no puedo luchar por ti. No me dejas hacerlo y eso me está rompiendo el corazón, Beckham.

El vampiro le tomó la mano con suavidad. Se miraron a los ojos, y Reyna vio en los suyos algo que no había distinguido antes: una vulnerabilidad que jamás le había mostrado.

—Vuelve conmigo.

—¿Qué?

—Vuelve a la ciudad. Quédate conmigo.

—¿Para qué? ¿Para seguir esperándote por siempre?

—No, porque me perteneces.

Reyna tragó saliva y buscó algún rastro de crueldad en su rostro. No podía ilusionarse sin una respuesta a su siguiente pregunta.

—¿Y Penelope?

Él suspiró profundamente.

—Me llaman el Santo, y a ella la Mártir, porque en los videos del incendio parece muerta —explicó, y Reyna se estremeció al recordar—. Su cara está tan quemada que apenas la reconocerías, y el resto de su cuerpo no está mucho mejor. Estuvo en la peor parte del fuego. Quizá se alegre de estar viva, pero no decirle qué es lo que siento ahora que se encuentra tan inestable.

—¿Y qué es lo que sientes? —preguntó Reyna. Tragó con dificultad, sin poder creer que por fin esas palabras estuvieran tan cerca.

—Que necesito que regreses conmigo. Te necesito, pequeña.

—¿Y qué significa eso, Beckham? —insistió. Necesitaba que se lo dijera con todas sus letras.

—Pensé que querías irte, y quise darte lo que pedías. Creí que podía mantenerte alejada de mi vida, pero me equivoqué. No puedo vivir sin ti. No quiero a Penelope, nunca la quise. Te quiero a ti, y quiero compartir todos mis secretos contigo. —Le acunó la mejilla con la palma de su mano—. Quiero ser el hombre que viste en la azotea.

—¿De verdad? —Las palabras sonaban como una dulce melodía, música para sus oídos, pero la duda se colaba incluso entre las mejores notas—. ¿Y por qué este cambio repentino? ¿Todo esto es solo porque dejé el dinero? ¿Porque te dejé?

—Porque no puedo vivir sin ti. Pensé que sí, pero me equivoqué. Vuelve conmigo.

Los labios de Beckham rozaron los suyos apenas por un segundo. Cuando se separaron, ella miró alrededor. ¿Podría ser feliz aquí otra vez? ¿O siempre le faltaría lo que tenía justo frente a ella? Quizá su hogar ya no era este. Quizá su hogar era Beckham, y él, al fin, la estaba eligiendo.

—Está bien —susurró.

Su corazón latía con fuerza y sintió mariposas aletearle en el estómago. Cuando salió del *penthouse* de Beckham, jamás imaginó que él aparecería pidiéndole que regresara. Deseó que la detuviera, pero era como pedir lluvia en el desierto.

El sonido de pisadas aceleradas detrás de ellos la sacó de su ensoñación. Beckham adoptó una postura defensiva, pero Reyna apoyó la mano en su brazo al reconocer a sus hermanos.

—Tranquilo. Todo está bien —murmuró.

—¿Qué carajos haces con nuestra hermana? —preguntó Brian. Miraba a Beckham como si pudiera partirle la cara.

—Sí, aléjate —añadió Drew.

—Chicos, todo está bien. —Se puso entre Beckham y sus hermanos. No quería más peleas, ya había tenido suficientes. Una cosa era que él golpeara a Steven, pero con Brian y Drew era distinto—. ¿Qué hacen aquí?

—Vinimos a ver cómo estabas. Steven dijo que un tipo te estaba acosando —respondió Brian.

Reyna negó con la cabeza. Qué imbécil.

—Sí. Él era quien me acosaba, no Beckham.

Los hombres se lanzaron miradas evaluadoras, como retándose entre sí. Era tan ridículo que Reyna deseó poder corregir ese comportamiento masculino, pero los dejó tener su momento.

—Beckham, ellos son mis hermanos, Brian y Drew. Chicos, él es Beckham. Él es con quien estuve viviendo en la ciudad.

Por alguna razón, evitó pronunciar la palabra *vampiro*. No era como si no supieran lo que era, pero, para ella, él simplemente era Becks.

Beckham les tendió la mano.

—Un gusto conocerlos. Sé que Reyna los ha extrañado mucho durante este tiempo.

Brian le lanzó una mirada cargada de desconfianza, pero estrechó su mano.

—Soy Brian. Él es Drew. —Señaló a su hermano, que fue el siguiente en estrechar su mano. Drew se mostró más amigable e incluso le dirigió una sonrisa. Siempre había sido menos reservado.

—Nos alegra tener a Reyna de vuelta en casa —afirmó.

—Sí, pasó por una experiencia traumática en la ciudad —añadió Brian con tono acusador.

—Brian —lo regañó Reyna en un susurro.

Beckham la miró, pero no reaccionó a la acusación.

—Sí, así fue, pero prometo que no volverá a suceder.

Reyna sonrió y desvió la mirada. Sus hermanos notarían lo que ocurría, no podía evitarlo. ¡Él la había elegido! ¿Cómo no iba a estar feliz?

—¿Y cómo piensas cumplir tu palabra si ella está aquí, en el Distrito de Almacenes? —preguntó Brian—. ¿Qué haces aquí exactamente?

—Voy a volver con él —soltó sin rodeos.

—¿Qué? —Drew la miró con los ojos muy abiertos por la tristeza. Brian parecía furioso.

—No, no vas a volver. Has llorado hasta dormirte estas dos últimas noches. Volver con él es una receta para el desastre. Tu hogar está aquí.

—No puedes decidir por mí —replicó la joven—. Por más que quiera estar con ustedes, necesito estar con Beckham.

—Entonces nos ocultaste parte de la historia —acusó Drew, y su hermana se sonrojó.

—Pues… sí.

Beckham carraspeó incómodo.

—Les daré unos minutos. Estaré en el auto.

Ella asintió y soltó un suspiro.

—Lo siento —murmuró. Luego, Beckham se alejó para dejarla con sus hermanos—. Fueron muy groseros.

—¿Groseros? —repitió Brian—. Estás enamorada de un vampiro. No tenemos nada en contra de su especie, pero… ¿estás loca?

—No estoy enamorada de él —mintió, esperando que Beckham no los oyera. Aún no sabía cómo se sentía y no quería profundizar en ello mientras su corazón estuviera en juego.

Brian frunció más el ceño.

—¿Lo pensaste bien o solo estás corriendo tras él porque vino a buscarte?

—Sé que todo esto da miedo, pero hubieran reaccionado igual si les contaba que iba a trabajar en Visage. Por eso no lo hice. Ya no soy una niña, no pueden seguir tratándome como tal. Soy capaz de tomar buenas decisiones y Beckham es una de ellas.

—¿Y qué pasará a largo plazo? —preguntó Brian—. Se alimenta de ti, se acuesta contigo, ¿y luego qué? ¿Va a hacerte inmortal? ¿Vas a dejar atrás a tu familia? ¿De qué se trata todo esto?

Reyna palideció y bajó la mirada.

—No lo sé, ¿de acuerdo? No lo sé. ¿Por qué tengo que escoger entre ustedes y él?

—Por si no lo sabes, los vampiros viven para siempre. Tú llegarás a los cincuenta y él seguirá igual. Llegarás a los ochenta, y él se verá igual. Tú morirás y él vivirá. No hay vuelta atrás.

—Ya lo sé, Brian —replicó con fastidio—. Pero ¿por qué tengo que decidir eso hoy? Llevas cinco años con Laura y ni siquiera le has propuesto matrimonio. Yo conozco a Beckham desde hace menos de un mes. Quizá pueda esperar un par de años, como la gente normal, y ver si esto funciona.

Drew suspiró y le tomó la mano. Estaba dolido, y ella lo sentía más que a nadie.

—Ya te fuiste una vez, Rey. No lo hagas de nuevo —rogó.

—Lo sé, y no quiero abandonarlos. Los visitaré. Esta vez creo que puedo hacerlo bien. No será para siempre, pero si no me voy con él ahora, siempre me preguntaré qué hubiera pasado. Y ustedes quizá puedan vivir con eso, pero yo no.

—Reyna —la llamó Beckham.

—Un minuto —dijo, alzando la mano. Miró a sus hermanos con súplica—. Díganme que me quieren y que quieren que sea feliz. No tienen que aprobarlo a él, pero respeten mi decisión.

Drew suspiró y la abrazó.

—Te vamos a extrañar mucho.

—Yo también a ustedes.

—Vamos, Brian —lo instó Drew, y Brian se unió al abrazo. Al separarse, Reyna vio que seguía molesto, pero le sonrió.

—Siempre tendrás un hogar aquí si las cosas no funcionan. Prométeme que volverás.

—Lo haré, vendré tan seguido como pueda.

La acompañaron hasta el auto de Beckham y se estrecharon las manos al despedirse.

—Cuida a nuestra hermana —dijo Brian.

—Esa es mi intención.

Asintieron, sellando un pacto tácito. Luego, ella y Beckham subieron al auto y se alejaron. Reyna se volteó en el asiento y vio a sus hermanos mientras dejaba atrás el Distrito de Almacenes una vez más.

CAPÍTULO 30

Cuando sus hermanos finalmente desaparecieron de su campo de visión, Reyna se dejó caer de nuevo en su asiento y se quitó la gorra.

—¿Qué tanto escuchaste? —preguntó. Beckham le lanzó una mirada elocuente y ella asintió—. Todo, por supuesto.

—Te quieren.

—Sí, me quieren muchísimo.

—Podrías haberte quedado.

Ella negó con la cabeza.

—Tú y yo sabemos que eso no es cierto.

—Ellos querían que te quedaras.

—Y una parte de mí todavía quiere estar con ellos —admitió—. Pero necesito ver a dónde nos lleva esto, Becks. No es un camino fácil, pero es uno que estoy dispuesta a recorrer contigo.

Él buscó su mano y entrelazaron los dedos. Fue un gesto sencillo, pero le arrancó un suspiro. El mundo podría ser un caos, pero el momento presente era demasiado hermoso como para no saborearlo.

Beckham la observaba en silencio. Ni siquiera estaba mirando su celular, y Reyna se había acostumbrado tanto a verlo pegado a esa pantalla que no sabía muy bien qué pensar.

—¿No hay nada urgente? —preguntó.

—No.

—¿Ningún mensaje por contestar? ¿Correos? ¿Gráficas?

—No. —Le dedicó una media sonrisa.

—Creí que hoy sería un caos, con todo lo que pasó.

—Puede que lo sea —admitió.

—No me quejo, pero normalmente estás pegado al celular. —Resultaba un poco inquietante tener el peso total de su atención sobre ella.

—¿Nunca pensaste que tú eras la razón por la que estaba siempre conectado?

Reyna carraspeó y miró a cualquier lado menos a sus ojos intensos.

—No pensé que fuera la única razón —confesó—. Supuse que estabas ocupado.

Beckham rio con una ligereza que nunca le había escuchado antes.

—Claro, todo el tiempo estoy ocupado. Pero, cuando estás conmigo en el auto, no me puedo concentrar. No avanzo en nada. Lo único que puedo pensar es en esto —dijo, acercándola de la nuca para besarla con fuerza.

Ella casi se trepó a su regazo con tal de tener sus labios sobre los de él. No le importaba estar en jeans viejos y una camiseta, mientras él llevaba un traje de dos mil dólares. Solo quería sentirlo, sentir que al fin era suyo. Dios, no podía esperar a llegar a casa. Iba a arrancarle ese maldito traje y descubrir, por fin, lo que había debajo.

—Reyna —jadeó. Le mordió suavemente el labio, deslizándolo entre los dientes. Ella arqueó la espalda y presionó su pelvis contra él.

—¿Mmm? —gimió ella.

—Necesito hablar contigo. Hay cosas que debo decirte —murmuró, aunque sus manos decían todo lo contrario.

—Puede esperar.

Todo podía esperar. Él había dicho que iba a hablar con Penelope, que iba a elegirla a ella, y eso era suficiente por ahora.

Había elegido, y la había elegido a ella. Además, no estaba segura de poder aguantar hasta llegar a casa para tenerlo.

—Reyna, por favor —insistió mientras ella luchaba con su corbata.

Lo silenció con otro beso y le arrancó la corbata. Luego comenzó a abrirle la camisa, botón por botón. Él dejó de protestar en ese momento; no podía resistirse cuando todas sus defensas se habían derrumbado. Le subió la camiseta hasta quitársela por completo. Un brasier de encaje fino cubría sus pechos, y él los tomó entre las manos, colando un dedo para acariciarle el pezón.

Ella gimió y se aferró a su pecho, buscando apoyo ante el placer que la recorría. Movió las caderas sobre él, desesperada por liberar al fin toda la pasión acumulada. Sus manos tiraron de su cinturón, desabrochó la hebilla y luego el botón del pantalón.

—Beckham, hazme tuya aquí mismo —suplicó contra sus labios—. No me importa dónde estemos. Te necesito ahora.

Él gruñó desde lo más hondo de la garganta y la empujó con fuerza sobre el asiento. Su cuerpo largo apenas cabía en el espacio reducido, pero se acomodó sobre ella, con las manos recorriéndola por completo. Reyna echó la cabeza hacia atrás mientras él le besaba el cuello con desesperación y le rodeó la cintura con las piernas para acercarlo más.

En el silencio que siguió, el zumbido del celular fue como un trueno.

—Ignóralo —suplicó ella, acariciándole la mandíbula.

—Déjame apagarlo. —Metió la mano en el bolsillo interno del saco y sacó el teléfono. Frunció el ceño al ver la pantalla—. Hmm...

—¿Hmm...? —preguntó—. ¿«Hmm» bueno o «hmm» malo?

—Es Roland. —El cuerpo de Reyna se estremeció con solo oír el nombre. Después de lo que había pasado en el club, solo mencionarlo le causaba repulsión—. Tengo que contestar. —Le lanzó una expresión de disculpa antes de sentarse.

«Se acabó la diversión», pensó Reyna, incorporándose en el asiento y buscando su camiseta en el suelo del vehículo.

—¿Hola? —Beckham respondió la llamada con voz áspera. Escuchó mientras Roland hablaba, luego agregó—: Sí… ¿hoy? —Se arremangó y miró el reloj—. Eso es en media hora.

La conversación no parecía hacerle nada de gracia; su rostro se iba oscureciendo más y más. Todo rastro del Beckham divertido y sensual que había estado desvistiéndola se desvaneció.

—Entiendo —dijo al colgar. Luego activó el intercomunicador del auto—. Cambio de planes: dirígete al ayuntamiento.

—Sí, señor.

—¿Qué pasó? —preguntó Reyna.

Beckham se recompuso. Se abotonó la camisa, se arregló la corbata y respiró hondo antes de responder.

—No me dijo exactamente. Dejó todo muy vago a propósito. Solo que tenía que ir al ayuntamiento, y que no querría perderme lo que estaba a punto de ocurrir.

Reyna tragó saliva, tenía un mal presentimiento.

—¿Por qué siento que estamos cayendo en su trampa?

—Porque sí estamos —admitió con pesar—. Pero no veo otra opción.

Ella lo miró con preocupación. Se dirigían al edificio donde estaba el alcalde.

—¿Crees que tiene algo que ver con Penelope?

Beckham negó con la cabeza.

—Lo dudo. Si su estado hubiera cambiado, ya lo sabría. La dejé estable. Esto sonaba… personal.

—¿Cómo que personal?

—Pidió que te llevara.

—¿Y eso qué significa? —preguntó, tensa. No quería ver a Roland. Si algún día tenía que enfrentarlo, lo haría, no se acobardaría, pero esperaba que ese día estuviera muy lejos.

—Supongo que lo descubriremos cuando lleguemos —aventuró, tomándola de la mano y besándole los nudillos—. No te preocupes, no dejaré que te pase nada.

Faltaba poco más de un kilómetro para llegar al ayuntamiento cuando quedaron atrapados en un embotellamiento. La calle estaba repleta de gente hasta donde alcanzaban a ver; todos se dirigían hacia la intersección principal.

—¿Qué carajos? —Reyna estiró el cuello para ver qué causaba tanto tráfico.

—Hasta aquí llegamos. Tendremos que seguir a pie —anunció Beckham.

Le indicó al chofer los nuevos planes y ambos bajaron del auto en medio de la intersección bloqueada. Cruzaron hasta la banqueta y sortearon a los grupos de personas que se movían confundidas. Reyna agradeció no traer un par de esos absurdos tacones. De no ser por sus Converse, jamás habría podido seguir el ritmo de Beckham, aunque aun así se quedó atrás.

Él volvió por ella y, tras otros diez minutos, llegaron por fin al frente del ayuntamiento. Reyna se acercó a una pareja que conversaba animadamente.

—Disculpen, ¿qué está pasando?

La mujer miró con cierta inquietud a Beckham antes de responder:

—El alcalde va a hacer un anuncio importante. Al fin llegará el cambio que necesitábamos. Después de esos horribles incendios y tanta muerte innecesaria, todo el mundo está a la espera de las políticas que va a anunciar.

—¿Qué políticas? —preguntó atónita. Solo habían pasado unos días desde que se fue. ¿Cómo había avanzado todo tan rápido? ¿Qué estaba diciendo la prensa para convencer a la gente de que era buena idea?

—La igualdad entre humanos y vampiros, por supuesto.

—Claro —respondió con sarcasmo. Miró a Beckham cuando la pareja se perdió entre la multitud—. No me gusta esto, algo está mal.

Él asintió.

—Yo también lo siento.

—¿No sabías nada?

—No. Y eso es lo que más me preocupa.

Se abrieron paso hasta llegar lo más cerca que pudieron del edificio, donde se había montado un escenario con un podio y una fila de sillas. A pesar de la estatura de Beckham, apenas lograron avanzar entre la muchedumbre. Reyna no alcanzaba a ver nada, aunque desde allí tampoco habría podido distinguir mucho. El vampiro, sin embargo, sí alcanzaba a discernir el escenario con su visión mejorada.

El bullicio era constante. Todos estaban emocionados por el anuncio del alcalde y especulaban al respecto. Reyna solo tenía claro que, fuera lo que fuera, no sería bueno.

Un grupo de personas subió al escenario formando una fila y se sentó. Un hombre que Reyna no conocía se acercó al podio y la multitud enmudeció.

—Bienvenidos —dijo al micrófono.

—Harrington está sentado a la izquierda del orador —le susurró Beckham a Reyna.

—¿Crees que tiene que ver con Visage?

Él apretó los labios. Reyna notó cuánto sufría por no saber qué estaba ocurriendo. Por su rango, Beckham debería haber sido informado si esto tenía algo que ver con Visage.

—Quédate cerca —le indicó, atrayéndola hacia él y tomándole la mano—. Hay demasiada gente, no quiero que nos separemos.

—Gracias por venir esta tarde. Es un placer presentar a nuestro querido alcalde Sky.

El alcalde subió al podio entre aplausos. Era popular, tanto que había sido reelegido una y otra vez. Sin embargo, Reyna no sentía que hubiera hecho mucho por nadie. Aunque lamentaba lo de Penelope, ella y su padre eran obscenamente ricos en un mundo donde muchos literalmente morían de hambre. Vivir con Beckham le había mostrado el contraste. Si pudiera, votaría por sacarlo del cargo sin dudar. Aunque, en este mundo, no parecía haber mejores alternativas.

El alcalde esperó a que el público se calmara.

—Bienvenidos. Las circunstancias que me traen aquí hoy son tristes y preocupantes. Nuestra ciudad ha sufrido una gran tragedia este fin de semana. He pasado el tiempo con las familias de las víctimas de los incendios subterráneos, incluida mi hija. Y con el corazón encogido, este gobierno y yo hemos tenido que proponer una solución drástica para estos tiempos difíciles.

Se detuvo para dejar que sus palabras calaran. Reyna contuvo el aliento.

—A partir de ahora, castigaremos con severidad toda actividad ilícita, así se trate de humanos o vampiros. El odio entre nuestras especies ha llevado a la violencia. A pesar de las medidas que hemos tomado, la muerte y la destrucción continúan. Los incendios son el punto de quiebre. Mi propia hija sufrió quemaduras.

Reyna apretó con más fuerza la mano de Beckham al oírlo mencionar a Penelope. Su rostro estaba tenso, y deseó poder quitarle esa preocupación.

—Nuestros hermanos y hermanas han muerto. Debemos unirnos y erradicar el mal de este mundo, ese fue el objetivo de esta legislación. Hoy les presento un nuevo plan para combatir el crimen. El gobierno asumirá su responsabilidad. Ahora comienza una nueva era.

Beckham y Reyna intercambiaron miradas. No podía estar segura de qué estaba pensando él, pero una legislación apresurada nunca era buena señal. Además, dudaba mucho de que realmente beneficiara a todos.

—Los legisladores han aprobado una ley integral contra la delincuencia, misma que he firmado debido al rápido incremento de muertes en nuestra ciudad. Como resultado, iniciaremos de inmediato con las siguientes medidas: primero, mañana mismo comenzará un Censo de Sangre en toda la ciudad, incluyendo el ayuntamiento.

—¿Qué? —se extrañó Reyna—. Habían dicho que empezaría dentro de unos meses.

—Parece que tienen prisa —replicó Beckham con rigidez.

—Nuestra ciudad se enorgullece de ser la primera en implementar este nuevo programa. Cada uno de ustedes recibirá una ubicación asignada para registrarse, y todos deberán hacerse una prueba de tipo de sangre en el plazo de un mes. Deseamos que este proceso sea lo más rápido y sencillo posible, de modo que podamos informar de los resultados al gobierno federal y completar la base de datos para la crisis nacional. Quienes no cumplan recibirán una multa.

El murmullo del público se intensificó. Algunos estaban indignados por la obligación, mientras que otros se encontraban molestos por la creación de una base de datos sanguínea. Muchos compartían el sentimiento de Reyna, pues el censo solo podía significar una cosa: Visage se había infiltrado en el gobierno.

—Además, todos los sitios del censo estarán equipados con esto. —El alcalde mostró una pulsera—. La ciudad emitirá estos brazaletes con su información de identidad. Los agentes llevarán escáneres para verificarla.

El murmullo se transformó en rugido. Tener una tarjeta de identificación era una cosa, pero esto era otra completamente distinta. ¿Qué más impondría el gobierno?

—Deben usarlo siempre como prueba de que están registrados y han pasado el examen de sangre. La policía arrestará y multará a quienes no lo lleven después del plazo. Esperamos que estos identificadores ayuden a controlar el crimen. Nuestro objetivo es hacer de esta ciudad un lugar más seguro para ustedes y sus familias.

Reyna temblaba de rabia. ¿Cómo se atrevían? ¿Quiénes se creían para aprobar una ley así sin consultar a los ciudadanos? Ella no era una prisionera del sistema. Creía en el cambio, sí, pero este no era el camino para llegar a él.

El alcalde continuó sin inmutarse:

—Por último, se impondrá un toque de queda obligatorio en toda la ciudad.

—¿Qué? —gritó al unísono con la multitud—. ¿Toque de queda?

—Reyna —gruñó Beckham, tirando de ella—. Tenemos que irnos, esto no luce bien.

—¡No podemos! Tenemos que alzar la voz. ¡Tenemos que decirles que está mal! No pueden hacernos esto.

—Claro que pueden, y lo están haciendo, pero no podemos quedar atrapados en medio.

—Tal vez, si más gente se arriesgara a ponerse en medio, esto no habría llegado tan lejos.

—Estoy de acuerdo, pero ahora mismo solo quiero sacarte de aquí antes de que alguien muera aplastado.

—Está bien —cedió. No podía hacerlo cambiar de opinión, y mucho menos al gobierno. Pero cómo deseaba poder hacerlo.

El alcalde siguió hablando mientras Beckham la llevaba de la mano entre la multitud.

—Solo los trabajadores nocturnos podrán salir después del toque de queda, y deberán tener un permiso. No me agrada la idea de clausurar la ciudad tras la medianoche, pero en este momento es necesario para garantizar la paz.

—¡Libertad! ¡Libertad! ¡Libertad!

La consigna comenzó a recorrer la multitud. La gente se empujó hacia el escenario y la mano de Reyna se soltó de la del vampiro.

—¡Beckham! —gritó sobre el estruendo.

CAPÍTULO 31

Reyna buscó a Beckham entre la multitud, pero la oleada humana la arrastró. Había desaparecido, lo había perdido. No podía creerlo, debería haberlo escuchado. Tendrían que haberse ido antes.

—Esto es una prueba más de que estas medidas eran necesarias —proclamó el alcalde.

Se escucharon disparos, y entonces todo sucedió a la vez: gritos, gente corriendo, empujándose y pisoteándose. Algunos intentaban llegar hasta el escenario, pero la policía contenía a la multitud. Los oradores evacuaron con rapidez al oír los disparos.

En medio del caos, Reyna solo podía pensar en Beckham. Lo buscó desesperadamente. Era tan alto que debería poder verlo, pero no pudo encontrarlo. Miró por encima del hombro mientras la empujaban en dirección contraria.

Sus pies no podían seguir el ritmo, por lo que tropezó y cayó de bruces, apoyándose con las manos y las rodillas. Varios la pisaron al correr, alguien más le golpeó la cara y vio estrellas. Gritó y trató de levantarse, pero la empujaron al suelo una y otra vez. Al final, se hizo un ovillo, intentando volverse lo más pequeña posible mientras el caos estallaba a su alrededor.

Las lágrimas le corrían por las mejillas mientras yacía sobre el asfalto sucio, con la cabeza palpitándole de dolor. No podía creer lo que estaba ocurriendo. No tenía cómo llamar a Beckham, ni sabía si lograría salir con vida de esa masa humana. Era un bombardeo sin fin de cuerpos que la aplastaban. No veía escapatoria.

Un brazo emergió del abismo y la alzó por el hombro. Reyna soltó un quejido cuando su hombro crujió de dolor. Levantó la mirada y se encontró con los ojos de una vampira.

—Hueles delicioso —gruñó la mujer. Extendió un dedo y lo presionó contra la frente de Reyna. Ella se apartó del dolor: estaba sangrando.

—¡Suéltame! —gritó Reyna, forcejeando.

La vampira la ignoró y se lamió el dedo, con los ojos encendidos de sed. Mostró los colmillos.

—Esto no dolerá nada.

—Estás loca. —Reyna intentó rasguñarla, pero era como intentar mover una montaña.

—Quédate quieta —ordenó la vampira.

—¡Aléjate de ella! —oyó Reyna a sus espaldas y suspiró de alivio. La voz de Beckham era letal—. Es mía.

La vampira miró por encima del hombro de Reyna y la soltó. Aun en medio del caos, pelear con un alto cargo de Visage no era buena idea. Además, sabía que no tenía forma de ganarle.

—Está bien, es tuya. Pero sabe delicioso.

Beckham la fulminó con la mirada.

—¿La probaste?

—Solo una gota —respondió, guiñándole un ojo.

—Lárgate antes de que te arranque la cabeza —amenazó sin alzar la voz, pero con un filo que helaba la sangre.

La vampira abrió los ojos con miedo y desapareció entre la multitud.

—Reyna, qué bueno que estás bien —murmuró abrazándola con fuerza. Su corazón latía como loco, y en ese momento agradeció que él hubiera llegado a tiempo—. Tienes un corte muy leve —informó tras examinarle la frente—. Ponte esto.

Le tendió un pañuelo, por supuesto que llevaba uno, y ella lo presionó sobre la herida.

—Me encontraste —susurró.

—Siempre te encontraré.

Le besó la cabeza y le tomó la mano.

—Vámonos. No quiero otro encuentro cercano con la muerte.

Beckham no la soltó mientras se abría paso entre la multitud. Tardaron una eternidad en salir a una calle donde ya no había tanta gente. A esas alturas, Reyna tenía dolor de cabeza, la ropa arrugada y una manga rasgada. No podía hacer nada al respecto.

—Por aquí. —Beckham los guio de nuevo hacia el centro de la ciudad.

—¿Cómo me encontraste?

—Puedo olerte —respondió—. Puedo oler tu sangre.

—Oh...

Ella apartó el pañuelo y vio su sangre seca. El corte ya no sangraba. Había sido pequeño, pero aun así la vampira lo había olido, y Beckham también.

—Toma. —Le devolvió el pañuelo. Él frunció el ceño al aceptarlo.

—Deberíamos quemarlo.

—¿Quemarlo? —preguntó sin comprender—. Beckham, ¿qué está pasando? Esa mujer reaccionó igual que el vampiro que nos atacó afuera del club, pero tú me habías asegurado que no tiene un olor particular. ¿Sí huele diferente?

Beckham guardó silencio durante varias cuadras. Reyna empezaba a pensar que no respondería, era el trato al que estaba acostumbrada. Había sido demasiado bueno pensar que empezaría a decirle todo como había prometido. Tal vez tenía demasiados secretos para contarlos todos.

—Sí —dijo al fin—. Tu sangre huele... no sé, es difícil de explicar. Dulce, pero no dulce. Es poderosa y atrayente. Te envuelve.

—¿O sea que huelo a filete?

Beckham soltó una carcajada hermosa.

—Supongo que sí... pero cien veces más apetecible.

—¿Eso es raro? Quiero decir, ¿la sangre no huele bien en general? La comida no siempre huele igual. No sé cómo funciona esto.

—La sangre siempre huele diferente, y algunas veces ese olor es más potente que otros. Además de las feromonas humanas, cada sangre tiene su propio aroma, dependiendo si está contaminada con drogas, alcohol, enfermedades o muerte. Pero tú... —La miró con hambre en los ojos—. Tú tienes el olor más increíble del mundo. Es embriagador, hipnótico. Por eso debemos quemar ese pañuelo y limpiarte. No quiero que nadie más te huela. Si lo hacen, van a querer probarte.

—¿Pero tú no? —preguntó, pensando en todas las veces que él había olido su sangre y no había cedido.

Beckham respiró hondo.

—No me atrevo a imaginar a qué sabes.

Reyna intentó esconder su sonrisa, pero no lo logró.

—Podrías, si quisieras.

—No me tientes, Reyna. Tengo muy poco autocontrol.

Ella resopló.

—No estoy de acuerdo.

—Perdí la cuenta de las vidas que tomé por dejarme llevar y no querer detenerme.

—Eso era distinto —apuntó—. Antes de la cura, no querías parar. Era tu parte animal. Ahora tienes un control tremendo, y no lo harías otra vez. Apostaría a que no lo has hecho desde que te curaste.

—No me gusta arriesgarme. —Se encogió de hombros—. Es más fácil así.

—Bueno, te estás arriesgando conmigo. Y yo confío en que no perderás el control.

Él no respondió, pero no hacía falta: Reyna no tenía miedo. Sabía que no la lastimaría. Estaba haciendo todo lo posible por protegerla. Si alguna vez llegaba a beber de ella, estaba segura de que encontraría ese autocontrol que tanto decía no tener.

Había perdido el sentido de la orientación cuando Beckham se detuvo frente a una tienda tapiada en una esquina cualquiera.

—Entra aquí —indicó.

—¿Aquí? —Observó el edificio con desconfianza.

Beckham abrió una reja negra y le hizo un gesto para que lo siguiera. Subieron un tramo de escaleras hasta llegar a un departamento vacío de una sola habitación. Lo único que había era un colchón en el suelo y una caja fuerte en la esquina. Beckham empujó suavemente a Reyna hacia el baño mientras buscaba un encendedor en uno de los cajones de la cocina. Le prendió fuego al pañuelo y lo lanzó dentro de un bote metálico.

Reyna se quedó inmóvil, con los ojos muy abiertos, preguntándose si él ya habría hecho algo así antes, pues se movía con muchísima precisión.

—¿Qué es este lugar?

—Una casa segura. —Se encogió de hombros.

—¿Segura para quién?

—Por ahora, para ti —dijo mientras revolvía el botiquín que estaba sobre el inodoro.

Le sostuvo el mentón y ella se perdió en sus ojos de ónix, profundos e infinitos, cautivada por la sensación de sus manos. Qué dulzura al limpiar su herida, qué exactitud en cada movimiento, qué atención tan sincera a su dolor.

Cuando terminó, la miró a los ojos. En ese instante, hablaron sin palabras. Ese era el verdadero Beckham Anderson, el hombre que le pertenecía.

Pasaron apenas cinco minutos desde que entraron hasta que volvieron a salir a la calle, pero todo había cambiado.

Después de un corto trayecto en taxi, ambos estaban frente al enorme rascacielos de la sede central de Visage Incorporated. Cruzaron los suelos relucientes con un andar veloz, pasando entre gente vestida con trajes impecables y escáneres corporales.

El edificio ya era intimidante por sí solo, pero ahora ella iba a reunirse con el vampiro más poderoso de la empresa, lo cual volvía la situación aún más aterradora. Aun así, mantuvo la cabeza en alto y se mantuvo cerca de Beckham.

—¿Con qué estamos lidiando exactamente? —preguntó cuando estuvieron fuera del alcance de oídos ajenos.

—Bueno, para empezar, tengo que averiguar por qué no me informaron de todo lo que estaba ocurriendo. En especial, quiero poner a Roland en su lugar por provocarme. Él sabía lo que venía, y sabía cómo reaccionaría la multitud.

—No entiendo por qué lo hizo. ¿No tienen todos el mismo objetivo dentro de la empresa?

Detestaba a Roland, pero debía admitir que era astuto. Había planeado que Penelope apareciera la noche del incendio con la esperanza de dejar sola a Reyna, y también había planeado que Beckham quedara atrapado en la manifestación. En cada una de las situaciones, siempre había algo más de lo que podían distinguir a simple vista.

—Está claro que esto es personal. Está molesto porque le gané en el club... y probablemente porque tú lo rechazaste.

Entraron al ascensor y las puertas se cerraron tras ellos.

—Se lo merecía. Se pasó de la raya —dijo Reyna.

Beckham volteó hacia ella y le tomó el rostro entre las manos.

—Sabes que estoy de acuerdo contigo, pero vas a tener que contenerte durante todo esto. No puedes reaccionar a nada. Roland quiere que lo tomes personal, pero debes mantenerte profesional, incluso cuando no quieras. Él espera que pierdas el control.

—Becks, tenemos que hacerlo público para poder avanzar.

—No funciona así, esto es política. Vas a tener que confiar en mí. ¿Puedes hacerlo?

La miró con súplica, pero ella no estaba segura de si quería que dijera que sí o que no. Era evidente que Beckham aún estaba luchando con sus demonios.

—Claro que confío en ti.

Asintió, la besó suavemente en los labios y la soltó justo cuando las puertas se abrieron. Reyna inhaló profundo, el contacto de su boca le daba fuerzas. Podía hacerlo.

Cruzaron unas puertas dobles de cristal; una recepcionista ya los esperaba.

—Buenos días, señor Anderson.

—Necesito hablar con Harrington. ¿Está disponible?

—Sí, acaba de regresar a su oficina. Le avisaré. —La mujer levantó el teléfono y presionó un botón—. Señor Harrington, el señor Anderson ha llegado... Claro. —Colgó—. Puede pasar ahora.

—Gracias —respondió Beckham con cortesía.

Reyna lo siguió hasta la enorme oficina de Harrington. El despacho era enorme, y tras un escritorio descomunal estaba el líder frágil y pálido del mundo vampírico, el director ejecutivo de Visage. Sonrió al ver a Beckham, pero la presencia de Roland y Cassandra sentados a sus costados no fue precisamente reconfortante.

Reyna se detuvo en seco, sin querer acercarse más a ese trío tan imponente. Beckham dio dos pasos más, y ella se obligó a recordar su consejo.

—Hola, Beckham —saludó Harrington.

—Harrington.

El anciano entrelazó los dedos y se inclinó levemente hacia adelante.

—Me alegra que hayas venido. ¿Cómo está tu querida Penelope?

—Estable, pero nunca volverá a ser la misma. Comenzará la cirugía reconstructiva en cuanto sea posible. El alcalde ya prometió tomar todas las medidas necesarias.

—Qué lamentable —dijo Harrington.

—Sí —añadió Cassandra—. Siempre apreciamos un rostro bonito.

Beckham se tensó ante el tono ligero y el subtexto implícito: les gustaba que su comida fuera atractiva.

—Sí, es una desgracia, pero estamos agradecidos de que siga con vida.

—Sin duda.

Hasta ese momento, Roland no había dicho nada, pero Reyna sentía su mirada clavada en ella. Se negó a devolvérsela.

—Al menos Reyna no resultó herida —dijo al fin.

—Cierto. Tuvimos suerte de estar afuera cuando comenzó el incendio —contestó Beckham, fulminándolo con la mirada.

—No diría exactamente que no resultó herida —entonó Cassandra con su tono cantarín. Luego aspiró y frunció la nariz—. Parece como si hubiese rodado por el suelo. Y ese atuendo...

—Estábamos entre la multitud del ayuntamiento —explicó Beckham sin más.

Reyna debió suponer que alguien haría un comentario sobre su aspecto: siempre querían vestir a los permanentes como muñecas. Todo ese asunto la había sentir enferma. Sin embargo, Beckham no dio justificaciones para su condición. Se limitó a dar una razón, y punto.

—Entonces sí fuiste. —Roland le dedicó una sonrisita llena de satisfacción.

Beckham permaneció impasible.

—Fue una presentación brillante. Es bueno saber que, por fin, avanzamos con el gobierno.

Reyna contuvo la frustración. Así se hacía la política, pero por dentro sentía todo lo contrario a lo que Beckham estaba diciendo. Aunque no sabía cómo se sentía él, tampoco podía creer que estuviera conforme.

—Te dije que estaría de acuerdo —le comentó Harrington a Roland.

—¿Y por qué no lo haría? —quiso saber Beckham—. Es justo lo que queríamos. Me alegra que los incendios ayudaran a impulsarlo.

—En efecto. Lamentablemente, tenemos malas noticias ahora que estás aquí.

—¿Cuáles son esas malas noticias?

—Sabía que estabas ocupado con Penelope este fin de semana, por eso no te incluimos en las reuniones previas, pero debes saber, Beckham, que confío en ti plenamente —aseguró Harrington, pero Beckham se tensó.

—Como debe ser.

—Sin embargo —continuó—, no podemos pasar por alto a Reyna.

—¿A mí? —preguntó, confundida. Beckham le dirigió una mirada severa y ella cerró la boca de inmediato.

—¿Qué pasa con Reyna?

—Muéstraselo —ordenó Harrington.

Roland sacó una gran cámara negra de una bolsa.

—¿Puedes explicar esto?

—¡Esa es mi cámara! —exclamó. No pudo evitarlo. ¿De dónde la había sacado?

—Pues ahí está su confesión —dijo Roland con desdén.

—¿Confesión de qué? —preguntó la joven.

Beckham puso una mano sobre su brazo.

—¿Confesión de qué exactamente? ¿De qué se le acusa?

—¿No es obvio? —Roland se levantó con agilidad y rodeó el escritorio con la cámara aún en la mano—. Es parte de Elle.

—¿Qué? —Estaba atónita. Creían que era una rebelde.

¿Cuándo había sido la última vez que tuvo su cámara? Con el caos del fin de semana, no había tenido tiempo de trabajar en sus fotos desde… ¿la azotea? No, el parque.

Claro, Roland se la había robado cuando fueron a almorzar al restaurante, era la única explicación. Estaba segura de haber borrado todas las imágenes de su cámara que también estaban en su sitio web. No había nada allí que la vinculara ni la comprometiera.

—Ha estado pasando información a los rebeldes desde que llegó. Es una infiltrada.

—Eso es absurdo —espetó.

—Yo estoy de acuerdo con Reyna —intervino Beckham, defendiendo su causa—. Estoy con ella todo el tiempo. Incluso la he acompañado mientras tomaba fotografías. ¿Qué imágenes los llevan a pensar que es parte de Elle?

—Las imágenes en sí no muestran actividad rebelde —admitió Roland con cautela—. Sin embargo, el estilo coincide con las fotos de un sitio web de Elle que hemos estado monitoreando.

—¿El que ha estado causando revuelo en las noticias? *¿Perspectiva?* —preguntó Beckham.

—Ese mismo.

—¿Y están seguros de que coinciden? ¿Tienen coincidencias exactas? —insistió.

—Estilísticamente, sí.

Reyna no pudo seguir conteniéndose. Las imágenes eran suyas, pero no iba a dejar que la trataran como una rebelde. Podía alzar la voz sin pertenecer a Elle.

—Mis fotos son solo mías, no están en ningún sitio web. Si no tienen coincidencias exactas, entonces no tienen más que especulaciones.

Roland la fulminó con la mirada, pero fue Cassandra quien habló. Furiosa, la vampira se puso de pie.

—¿Cómo te atreves a hablarnos así?

—Cassie… —Beckham le habló con suavidad.

—Hay más pruebas, Beckham. Felix confirmó que ella era parte de Elle. Dijo que ambos habían estado en contacto para hablar sobre la organización.

La boca de Reyna se abrió de asombro. ¿Felix les había dicho eso? Si el joven era rebelde, entonces era uno muy malo. La única vez que no lo había visto drogado había sido en su primer encuentro.

Beckham se quedó muy quieto y evitó mirar a Reyna.

—¿Y dónde está Felix para dar ese testimonio?

Cassandra apartó la vista.

—Ya no está con nosotros.

—Murió en los incendios —confirmó Harrington.

Reyna soltó un suspiro ahogado. No podía creer que él fuera uno de los que habían muerto. Apenas lo conocía, pero igual le pareció una tragedia.

—¿Y cuándo les dijo eso? —preguntó Beckham.

—Antes de morir.

—¿Entonces se supone que debemos creer en la palabra de un muerto?

—¿Qué más pruebas necesitas para aceptar que ella está trabajando en contra nuestra? —exigió Roland.

Beckham estaba furioso, se le notaba en todo el rostro. Sabía lo que estaba pasando. Roland estaba molesto y había hecho todo esto para librarse de Reyna. Tal vez incluso intentaría reclamarla como suya. No, no podían permitirlo.

—¿Entonces, al cuestionar la lealtad de Reyna, estás cuestionando también la mía?

—Ya dije que confío en ti, Beckham —replicó Harrington. El anciano parecía querer que Beckham le creyera, pero había algo duro y feroz en su mirada que indicaba que quemaría todo antes de dejarse vencer.

—No he hecho más que contribuir a Visage y a los intereses de la empresa durante años. Fui una de las voces más firmes en sus inicios. Ayudé a mantener esta compañía en tiempos difíciles, durante la primera ola de vínculos por tipo sanguíneo. He hecho todo por ustedes. ¿Y ahora me vienen con esto? —explotó—. Yo doy fe por Reyna. ¿Desde cuándo se cuestiona mi palabra?

—No cuestiono tu lealtad, Beckham —afirmó Harrington—. Sabes que te considero como mi hijo. Has demostrado tu valía, pero la evidencia es incriminatoria y no puedo correr riesgos.

Beckham soltó una risa amarga.

—¿Unas fotos que supuestamente se parecen a las de un sitio web que ni siquiera está confirmado como aliado de Elle? No hay imágenes coincidentes, y yo estuve presente cuando las tomó. Además, tenemos la palabra de un muerto que seguramente Cassandra drenó por diversión. —La vampira fingió indignación, pero Reyna notó que había dado en el blanco—. No lo niegues, sabemos que no sería la primera vez.

Cassandra se encogió de hombros con elegancia y volvió a sentarse con gesto apenado.

—Las pruebas son circunstanciales, en el mejor de los casos. Seamos honestos: todo esto se trata de que Roland está furioso porque lo aparté de Reyna en la Bóveda y luego lo vencí en su propio juego. Montó esta farsa para vengarse de mí a través de Reyna y te usó a ti para lograrlo, Harrington. Si vamos a lanzar acusaciones, discutamos también sus acciones.

Los ojos de Roland ardían. Reyna podía ver que estaba perdiendo terreno ante el discurso de Beckham.

—Jamás haría una acusación sin estar convencido de que ella está en contra nuestra.

—Eres un mentiroso y un embustero —espetó Beckham—. Querías acostarte con ella y beber de ella, pero no es tu permanente. No es un maldito juguete ni una mascota. Es un ser humano, y es mía.

El silencio cayó sobre la sala tras la declaración de Beckham. El corazón de Reyna latía desbocado: acababa de defenderla frente a todos.

—¿Es cierto todo esto, Roland? —preguntó finalmente Harrington. El silencio del vampiro fue respuesta suficiente—. No quiero disputas entre mis altos mandos. Deberíamos estar celebrando los resultados de hoy, no discutiendo por una humana. A menos que presentes pruebas más sólidas, confiaré en el juicio de Beckham, como siempre. Quiero encontrar un tipo de sangre compatible y recuperar toda mi fuerza. Solo entonces podremos avanzar con nuestros planes.

Harrington le dirigió una mirada letal, y a Reyna le costó un mundo mantenerse firme. Aunque estaba a salvo por ahora, el miedo la carcomía por dentro.

CAPÍTULO 32

Salieron de la oficina de Harrington. Reyna llevaba su cámara en la mano. Roland se había mostrado taciturno al entregársela; su rostro dejaba claro que aquello no había terminado.

Bajaron en silencio por el ascensor y salieron del edificio sin decir palabra. Reyna sujetaba la cámara contra su pecho cuando apareció el chofer de Beckham. Subió primero, seguida por él. El coche arrancó en dirección al *penthouse*, por la ruta ya familiar, y la joven soltó un largo suspiro.

—Fue horrible —murmuró.

Beckham asintió, aún tenso.

—Pudo haber sido mucho peor.

Estuvo de acuerdo. La confianza que Harrington depositaba en Beckham era tan profunda que los había dejado ir... aunque estaba segura de que a partir de ahora los vigilaría muy de cerca. Ya no podría deambular por la noche. De todos modos, no pensaba romper el nuevo toque de queda.

Reyna sentía cómo se disipaba la adrenalina. Después del mitin, el accidente casi fatal y las acusaciones en Visage, estaba agotada. Lo único bueno de su día era que Beckham la había elegido. Volver juntos a su casa, como pareja, casi hacía que todo lo demás valiera la pena.

En el *penthouse*, por fin se permitió pensar en lo que eso significaba de ahora en adelante. No estaba ahí como empleada ni como inversión. Él la quería ahí, lo habían logrado. ¿Y ahora qué?

—¿Cómo te sientes? —preguntó Beckham con cautela.

—Alterada —admitió—, pero estoy bien.

—Lamento que Roland te haya metido en todo eso. Debería haber prestado más atención desde el principio. Habría notado cuáles eran sus intenciones.

—En realidad es culpa mía, debí haberte contado cuando Roland empezó a insinuarse. No estaríamos aquí, y jamás se habrían llevado mi cámara. —Suspiró, llevándose las palmas a los ojos—. No puedo creer que la robara en el restaurante y yo ni cuenta me di.

—Estabas molesta conmigo. No podías saber que él intentaría culparte.

—Bueno, supongo que debería borrar la página web. Es demasiado arriesgado a estas alturas.

Solo pensar en eliminarla le daba náuseas, había invertido mucho tiempo y energía en ella. Las fotos seguirían en su computadora, pero no era lo mismo: perdían vida.

—No —repuso él al instante y le acarició la mejilla con la mano—. Si la borras ahora, sabrán que era tuya. No quiero hacer nada que llame la atención. Por ahora, las fotos están seguras donde están. Las programé para que sean prácticamente impenetrables.

—Oh, claro. Tiene sentido.

—Sabes que estoy de acuerdo con lo que capturas en tus fotos, ¿verdad? —preguntó. Sus ojos oscuros decían mucho más que sus palabras. Reyna dejó de moverse, atrapada en esa mirada.

—¿Estás de acuerdo?

—Me refiero al mensaje. Estoy de acuerdo con el mensaje que querías transmitir: que hay personas allá afuera que necesitan ayuda; que la igualdad es posible y tenemos que ir al núcleo del problema: el prejuicio. Que los ricos viven allá arriba mientras otros sufren. Eso es lo que también intenté capturar en mi trabajo. —Señaló las fotos enmarcadas en las paredes del *penthouse*—. Solo pude colgar estas, pero creo que incluso en ellas se nota la influencia.

—¿Son tuyas? —preguntó ella, incrédula—. Me gustaron desde el primer día que vine.

—Lo sé, por eso pensé en darte la cámara. Nadie nota las fotos, pero tú sí. Tienes buen ojo.

—Gracias. Tus imágenes son realmente increíbles.

—Aprecio mucho que lo digas.

Beckham la observó con atención mientras ella recorría otra vez las fotos, intentando captar sus significados ocultos. ¿En qué pensaba cuando retrataba paisajes? ¿Quién era la mujer del café?

—Estoy de acuerdo contigo en todo: en cómo debería tratarse a las personas y hacia dónde va el mundo. En que necesitamos hacer más para cambiarlo, no apoyarnos en un camino de dependencia que se descontrola cada vez más.

Reyna sonrió, por fin alguien la entendía. Era injusto que más del noventa por ciento de las personas vivieran en la pobreza mientras el uno por ciento poseía y controlaba todo.

—Ten cuidado —bromeó—. Van a acusarte a ti de ser parte de Elle.

—Lo sé, por eso soy muy cuidadoso.

—Espera... ¿qué?

Beckham le sostuvo la mirada y Reyna se quedó boquiabierta ante lo que insinuaba su respuesta. ¿Estaba diciendo lo que ella creía que estaba diciendo? No podía ser, no tenía sentido, sería una locura, pero aun así...

—¿Tú... eres parte de la rebelión?

—Así es.

Reyna sintió que su mundo se volcaba por completo. Todo lo vivido junto a Beckham había sido una mentira. Él formaba parte de Elle, estaba en contra de todo lo que hacía trabajando para Visage. ¿Cómo era posible? ¿Cómo podía llevar una doble vida así? ¿Y cómo lo hacía tan bien?

Jamás, ni en un millón de años, habría imaginado que Beckham tenía vínculos con quienes querían frenar el crecimiento ilimitado de Visage.

—¿Cómo? —balbuceó.

Beckham le indicó que se sentara en el sofá y comenzó a contar su historia.

—Hace un año decidí que no podía quedarme de brazos cruzados mientras el mundo seguía por este camino. Es destructivo tanto para humanos como para vampiros. Si Visage domina el mundo, somete a los humanos y retrocede a una lógica animal... ¿qué nos quedará? Los humanos morirán, y con ellos los vampiros. Este mundo necesita equilibrio, y hay que encontrar la manera de lograrlo. Así que empecé a ayudar en secreto.

A Reyna le costaba procesarlo todo.

—Pero arriesgaste tu reputación por mí en la oficina de Harrington. ¿Y si comienzan a sospechar?

—Nadie sospechará. Lo hice porque sabía que funcionaría. Solo unos pocos miembros de Elle saben que colaboro con ellos, y ahora tú también.

—¿Y por qué me lo dices?

Él sonrió de lado.

—No más secretos, ¿recuerdas?

—Cierto —dijo, aunque ya se le había olvidado—. ¿Y cómo empezaste?

—Por Penny, en realidad.

—Espera —saltó Reyna—. ¿Penelope es de Elle?

Beckham hizo una mueca.

—Sí, ha sido mi tapadera todo este tiempo.

Reyna se inclinó hacia adelante, incrédula.

—¿Tú y Penelope no estaban saliendo?

—No —admitió, algo avergonzado—. Pero tenía que mantener las apariencias para tener una excusa que me permitiera asistir a reuniones. Me temo que quieren que siga haciéndolo.

—Espera, espera. ¿No eres novio de Penelope?

Por toda respuesta, Beckham le tomó el rostro y le plantó un suave beso sobre los labios.

—No. ¿No es obvio? Solo quiero estar contigo.

Reyna sintió que el mundo le daba vueltas. Toda esa nueva información era demasiado. Primero, Beckham y Penelope nunca habían sido pareja. Y ahora… ahora él la quería solo a ella. Su respiración salió entrecortada, y sus ojos se abrieron más de lo usual.

—Está bien —dijo él—. No tienes que decir nada. Es solo que he vivido más tiempo que tú, y sé que nunca me había sentido así por nadie.

—Oh, Becks... dejé a mi familia para estar contigo —le recordó con un suspiro—. Claro que quiero estar contigo.

La sonrisa que Beckham le regaló fue deslumbrante: era una sonrisa capaz de eclipsar al mismo sol. Él había dudado de los sentimientos de Reyna, incluso cuando era ella quien había impulsado todo desde el principio. Ella misma no había estado segura de lo que sentía hasta decirlo en voz alta. Durante todo ese tiempo, él la alejaba y ella negaba su afecto; sin embargo, ahora que ambos lo expresaban, ahora que estaba claro entre los dos... todo tenía sentido.

Sus labios se encontraron con urgencia, desesperados por sentir al otro. No había rastro de la contención habitual en sus besos. Era algo primitivo, adictivo; era todo lo que Reyna quería, todo lo que alguna vez había querido. Beckham era suyo.

Y parecía pensar lo mismo, porque la alzó en brazos y la llevó al otro lado de la habitación. Una vocecita en el fondo de su mente notó que la estaba llevando a su dormitorio, un lugar al que antes tenía terminantemente prohibido entrar.

Su corazón estaba por las nubes con todas las barreras que se habían derrumbado esa noche; por fin había cumplido su promesa de mostrarse tal como era: el hombre que había visto en la azotea. Antes había dudado de todo, pero ahora el vampiro le confiaba su secreto más oscuro y profundo. Y eso la conmovía y emocionaba en partes iguales.

Beckham empujó la puerta de su habitación y Reyna se quedó boquiabierta. Aquello era más bien un ala entera aparte. Todo estaba rodeado de vidrio, claramente diseñado a la medida. A la izquierda había una oficina privada, un baño enorme al lado de un vestidor lleno de trajes de diseñador. La habitación daba a la ciudad, y la vista desde la terraza abierta era espectacular. Sin embargo, lo que capturó su atención de inmediato fue la cama: una colosal cama blanca tamaño *king* en el centro de la habitación.

—Guau —murmuró, maravillada.

Beckham la recostó sobre el colchón y recorrió su silueta con ambas las manos.

—Bienvenida a mi santuario.

—¿Por qué nunca dejas entrar a nadie aquí?

Le subió la camiseta, besándola desde el vientre hasta el pecho mientras se la quitaba.

—Me gusta mi privacidad.

—Lo dice el hombre con una vista panorámica.

—Que vive en el último piso.

—*Touché*. Bueno, me parece hermoso.

Él se inclinó sobre sus labios.

—Es tuyo.

El beso fue explosivo: un mes entero de tensión acumulada estalló de golpe. A Reyna le costaba no apurarlo. Estaba desesperada por sentirlo, por saber que él era suyo y de nadie más. No le bastaba con saberlo, quería experimentarlo en su piel, unir sus almas.

Jamás había conocido a alguien así, un hombre que arrasaba con todo a su paso. La sola idea de dejarlo la destrozaba. Pensar en que él no la quisiera… era aún peor. Pero ahora estaban aquí, sus labios fundidos, y todo en el mundo tenía sentido.

Le quitó el saco y este cayó al suelo con un golpe seco. Él se incorporó, arrancó la corbata de su cuello y se abrió la camisa de un tirón. Los botones volaron contra la pared, dándole la victoria a su impaciencia y Reyna le pasó las uñas por el pecho. Era perfecto: con un físico escultural, propio de un dios. Estaba acostumbrada a los hombres del almacén, y ninguno se le comparaba.

—Dios, cuánto he querido hacer esto —jadeó él, abriendo el botón de sus jeans y deslizándolos por sus piernas—. No tienes idea de lo difícil que fue cuando te vi salir en pura lencería.

Le besó la pantorrilla, subió por su rodilla y apoyó su pierna en el hombro, recorriéndole el muslo con los labios. Cuando llegó a la ropa interior, Reyna se arqueó debajo de él, lista para entregarse. Pero él no se apresuró: repitió el recorrido en la otra pierna.

—Becks —gimió—. No fuiste el único al que le costó aguantarse. Yo casi me estaba lanzando sobre ti.

—Oh, sí. Lo recuerdo. —La jaló hasta el borde de la cama, y enterró el rostro entre sus piernas—. Especialmente esto —murmuró, con el aliento caliente contra su ropa interior, mientras pasaba la lengua sobre la vena de su muslo.

Ella gimió más fuerte. No iba a poder resistir mucho más.

—Prueba. Sé que quieres hacerlo. —Beckham se tensó, pero ella lo miró a los ojos—. Confío en ti.

—No confío en mí mismo.

—Por favor —suplicó. Ya no le importaba rogar.

Sintió una leve punzada en el interior del muslo, y un torrente de endorfinas invadió su cuerpo. Se estremeció; la sangre fluía como un río y todo su ser vibraba. Tumbada en la cama, mirando al techo, era puro éxtasis. El roce de sus manos ásperas en sus piernas la hacía temblar de pies a cabeza. Sus pensamientos se sentían difusos y, al mismo tiempo, más claros que nunca.

Pero entonces, Beckham se apartó bruscamente. Respiraba con dificultad e incluso había tomado cierta distancia, como si luchara entre devorarla o salir corriendo.

—Eso fue delicioso —susurró ella.

—Reyna, no puedo —balbuceó—. Es demasiado peligroso.

La joven flotaba en un mar de deseo; todo en el mundo se sentía bien. Solo habían pasado unos segundos, pero habían sido la gloria. Sin embargo, más pronto que tarde, regresó poco a poco a la realidad. El subidón de endorfinas se desvanecía rápido. Dios, con razón la gente se volvía adicta a esto.

—¿Siempre es así de maravilloso? —preguntó con suavidad.

—No. —Inhaló hondo—. Es más intenso cuando hay emociones de por medio.

Reyna se incorporó y le sonrió.

—Ven aquí.

—No es seguro.

—Entonces no me muerdas.

—¿Y si no puedo detenerme?

—Sí podrás —le aseguró—. Iremos despacio.

Beckham anuló la distancia que había entre ellos.

—Lo último que quiero es ir despacio.

La besó con una pasión encendida que ella igualó. Sin separarse, retrocedió en la cama, atrayéndolo por los hombros. Beckham la cubrió con su cuerpo y ella se frotó contra él. Casi no quedaba ropa entre ellos, así que le bajó los pantalones con urgencia y él terminó de quitárselos de inmediato. Ella se deshizo de su ropa interior.

Tras separarle las piernas, deslizó los dedos entre sus labios y masajeó su clítoris. Reyna suspiró, echando la cabeza hacia atrás. Su cuerpo respondía con una sensibilidad nueva, como si el mordisco anterior hubiera afinado cada nervio. Estaba completamente en sintonía con él.

De pronto, sintió la punta de su miembro reemplazar los dedos. Se arqueó, empujándolo más adentro. Le sujetó el brazo, pero él tenía otros planes: le inmovilizó las muñecas por encima de la cabeza y la penetró de un solo empujón. Reyna gritó, sintiéndolo llenarla por completo.

Sus ojos se abrieron y se encontraron con los de él. No había ni un atisbo de duda en su rostro. Era todo hombre, primitivo, reclamando lo que era suyo. Estaba escrito en su rostro: «Eres mía».

Beckham comenzó a moverse cada vez más rápido. Su cuerpo respondió moviéndose al compás, con el corazón latiéndole tan fuerte que parecía a punto de estallar. Era intenso, salvaje, piel contra piel. El calor aumentaba entre ellos. El clímax se aproximaba.

Beckham estaba cogiéndosela, y le encantaba. Cada segundo de ello. Entregaba cuerpo y alma en cada movimiento.

Él se apoyó sobre sus antebrazos y la besó con furia. Reyna no quería que ese momento terminara jamás, pero sentía que estaba al límite. Y a juzgar por sus jadeos graves y la forma en que se desplomó contra su cuello, sabía que él también.

—Dios —gimió ella. Se tensó toda, apresándolo en su interior, mientras la sacudían oleadas de placer.

Entonces sintió algo más: una punzada en el cuello. Dos punzadas extremadamente claras.

Beckham se estremeció dentro de ella al llegar al orgasmo, pero sus labios seguían pegados a su garganta. Esta vez no fue un torrente, sino un huracán. Una fuerza brutal que superaba cualquier orgasmo anterior. Las endorfinas tomaron el control. Su cuerpo ya no solo se sentía difuso: comenzaba a entumecerse. La adrenalina circulaba tratando de reanimarla, pero su reflejo de lucha o huida no respondía.

Quería esto. Quería que él siguiera bebiendo. Quería quedarse en ese paraíso eterno. Estaba atrapada en la corriente, y ya ni siquiera recordaba que quería salir…

Hasta que Beckham la mordió más profundo. Sintió una nueva punzada y eso la sacó del trance. Él no se detenía. ¡Mierda! No se iba a detener. Beckham le había dicho que era difícil parar, que estaba aprendiendo a luchar contra esos impulsos. ¿Por qué lo había tentado? Dios, lo deseaba, pero no así.

—Beckham —se quejó. Lo golpeó con fuerza en el hombro, pero no se movió. Gritó su nombre otra vez e incluso lo sacudió. No sabía cuánto había bebido, pero si seguía, la mataría.

Se revolvió debajo de él y gritó con todas sus fuerzas. El grito lo obligó a levantar la cabeza para mirarla: sus ojos estaban oscuros y vacíos. La sangre le goteaba de los colmillos, bajando por su mentón hasta su pecho. Era un depredador, un animal, y la imagen la aterrorizó más de lo que jamás imaginó.

Reyna se alejó a trompicones, salió de la cama, recogió su ropa y se la puso sin pensar. Estaba mareada, desorientada. No sabía qué pensar. Solo sabía que él iba a matarla. No se había detenido, y la iba a matar.

Cuando la vio vestirse a las prisas, Beckham pareció volver en sí.

—¿Reyna? —la llamó con voz baja y atemorizada. Ella temblaba de pies a cabeza.

—Ibas a matarme.

—Yo no...

—Confié en ti —dijo con un hilo de voz.

Quería creerle. Quería pensar que el monstruo ya no estaba, que su Beckham había vuelto. Quería confiar en que había sido solo un error, que todo estaría bien. Pero ¿cómo olvidar que él se había alimentado de ella como si fuera comida, nada más que una presa? No la quería por quien era, solo la deseaba como alimento. Reyna había jurado que confiaba en que él se detendría, pero no lo hizo. Fueron sus gritos los que lograron hacerlo volver. Y aun así, el monstruo seguía ahí, justo bajo la superficie.

CAPÍTULO 33

Reyna salió tambaleándose de la habitación y se dirigió al ascensor. No tenía ningún plan. El terror le perforaba la piel como agujas, y era lo único que la impulsaba hacia adelante. Le temblaban las piernas, su cuerpo protestaba con cada paso. Sentía que podría dormir durante días, pero algo dentro de ella seguía gritándole que corriera, que se alejara lo más posible.

Las puertas del ascensor estaban a punto de cerrarse cuando vio aparecer el rostro de Beckham. Él metió la mano justo a tiempo y las puertas se abrieron de golpe. Reyna gritó al verlo: estaba completamente desnudo, con sangre corriéndole por el mentón y el pecho. Lucía feroz, peligroso.

—Beckham, por favor —susurró.

—No iba a hacerte daño. Tienes que creerme.

—No lo sé. —Se estremeció—. No ibas a detenerte, pudiste haberme matado.

—Fue un error, Reyna, perdóname —murmuró con la voz tensa, extendiendo la mano hacia ella. Sin embargo, la joven retrocedió hasta apoyarse en la pared del ascensor y evitó su contacto.

—Tenías razón. Eres un monstruo.

Beckham retrocedió ante esa palabra y retiró la mano. Las puertas se cerraron sobre su rostro herido, y Reyna oyó el golpe de su puño contra el metal. Con el corazón desbocado, tuvo que aferrarse al pasamanos para no desplomarse.

Cuando el ascensor se abrió, salió tambaleándose por el vestíbulo. Avanzó a duras penas hasta cruzar las puertas de cristal. Una parte de ella sabía que estaba armando un espectáculo, pero no le importaba.

Al salir a la luz del día, entrecerró los ojos por el sol. Necesitaba un lugar donde poder pensar con claridad. Dios, esto de moverse era espantoso. La mayor parte del cuerpo suplicaba por que se detuviera, pero otra parte insistía en seguir huyendo. La situación hizo que le palpitara la cabeza.

—¡Reyna! —llamó una voz, y ella volteó en su dirección.

—Everett... —Tropezó al avanzar hacia él, pero el chico la sostuvo con facilidad.

—¿Estás bien?

—Sí... supongo...

—Estás sangrando. —Le tocó el cuello con cuidado. Ella hizo una mueca, ni siquiera había notado que aún sangraba. La expresión de Everett se volvió sombría al atar cabos—. ¿Él te hizo esto?

—Oh —murmuró. Se llevó la mano al cuello y, al retirarla, vio que estaba manchada de rojo—. Pues... sí...

—Nunca te había visto así, Reyna —afirmó con preocupación—. Estás completamente ida. ¿Siempre es así?

Ella se encogió de hombros, vacilante.

—No lo sé...

Everett frunció el ceño, pero no insistió.

—Pareces drogada. ¿A dónde demonios pensabas ir en ese estado?

—Lejos. Necesito pensar...

—No vas a poder pensar bien después de una mordida vampírica. Dios, ¿cuánto te sacó?

—Más de lo que debía —admitió y soltó una risita involuntaria.

—Mira, tenemos que limpiarte y llevarte a un lugar donde se te pueda bajar el efecto. Ven conmigo. Mi turno está por terminar, puedo irme ahora mismo.

Le rodeó la cintura con un brazo y la ayudó a subir a su Mustang. Corrió de vuelta a la entrada para avisar a su gerente y luego salieron disparados por la ciudad.

Llegaron a su departamento al poco tiempo y, para entonces, Reyna ya tenía la cabeza caída sobre el pecho. Apenas podía mantener los ojos abiertos. Todo en su mente era un pantano espeso.

Everett abrió la puerta y ella se desplomó en el suelo. Abrió la boca para decir algo, pero la oscuridad comenzaba a arrastrarla.

—Está bien —oyó decir a alguien en medio de la bruma—. Yo te cuido.

Y todo se apagó.

Reyna despertó aturdida. Al estirar el brazo, sintió una superficie áspera. Abrió los ojos y gimió al incorporarse. Después, observó a su alrededor: estaba oscuro, así que no distinguía mucho, pero estaba en un sofá, en un lugar extraño. Definitivamente no era el *penthouse* de Beckham.

Se llevó las manos a la cabeza e intentó recordar qué demonios había pasado. Todo era confuso; su mente luchaba por reconstruir los hechos, o por saber dónde estaba.

—Despertaste —dijo Everett al entrar en la sala.

Suspiró al verlo; al menos estaba en un lugar seguro.

—¿Qué pasó?

—Esperaba que tú me lo dijeras.

Reyna negó con la cabeza.

—No lo sé. ¿Por qué estoy aquí?

Everett frunció el ceño.

—Saliste del edificio drogada por una mordida de vampiro, con el cuello cubierto de sangre. Detuve la hemorragia y te puse una venda cuando te desmayaste.

Ella se llevó la mano al cuello y tocó la venda. Poco a poco, los recuerdos volvieron. El mitin, la acusación en Visage, Beckham admitiendo que era rebelde, que había usado a Penelope como tapadera, el sexo, y luego… la mordida.

—Me mordió —susurró.

—Eso deduje.

—Perdió el control cuando estábamos... —interrumpió la frase, sonrojándose. Recordar a Beckham sobre ella la estremecía, aunque todo hubiera salido mal.

—Ya. —Everett desvió la mirada—. ¿No es eso lo que hace siempre? ¿No se supone que debe ser seguro y controlado para los empleados de Visage?

Reyna bajó la vista al alfombrado beige y suspiró.

—Fue la primera vez.

—¿La primera vez de qué? ¿De tener sexo?

—No. —Sacudió la cabeza—. Bueno, sí, eso también. Pero era la primera vez que me mordía. —Soltó una risa amarga—. Supongo que técnicamente fue la segunda.

—Llevas aquí un mes.

—Lo sé.

—¿Entonces qué demonios han estado haciendo?

—Nada. —Reyna se encogió de hombros—. Hoy fue el primer día.

Decirlo en voz alta se sentía raro. Solo sus hermanos sabían que Beckham nunca había bebido de ella. Siempre había asumido que lo hacía con Penelope. Probablemente por eso la había mordido en la Bóveda.

—¿Por qué no bebía de ti? Son del mismo tipo, ¿no?

—Sí, O negativo. Supongo que tenía miedo de que pasara algo así.

Señaló su cuello y la invadió una oleada de culpa. No debió salir corriendo, pero había sido instintivo. Su primera reacción había sido huir, y eso hizo.

—¿Por casualidad sabes si Beckham me siguió?

—No lo sé. Nos fuimos apenas bajaste.

—Debe estar torturándose ahora mismo...

Mierda, el ascensor. Recién lo recordaba. ¿Le había dicho que era un monstruo? ¿Cómo pudo hacerlo? Él no era un monstruo, tenía que arreglar las cosas. Se puso de pie, tambaleándose. Se sentía algo mejor después de dormir, pero necesitaba volver con Beckham ya mismo.

—Probablemente debería estarlo.

—No —replicó—. Confié en que no iría demasiado lejos, y se lo dije. Pero le costó parar. Me lo advirtió, dijo que mi sangre olía demasiado bien. Eso mismo dijo el vampiro del callejón.

—¿En serio? Nunca había oído algo como eso.

—Sí. Hace que sea más difícil detenerse.

—¿Y vas a volver con él así nada más? ¿Después de que casi te mata?

Everett habló en voz baja, con resentimiento. Ni siquiera la miraba, tenía la vista fija en su celular. Nunca lo entendería.

—No lo hizo a propósito —insistió—. Perdió el control, pero no quiso hacerme daño. Mi instinto fue huir. Me siguió al ascensor y dijo que fue un error. Ahora que ya se fueron los efectos de la mordida, sé que tenía razón. Le dije cosas horribles... —Hizo una mueca al recordar sus palabras: «*Eres un monstruo*». Dios.

—Deberías quedarte aquí un poco más, Reyna. —Everett la miró por fin, y pudo ver tristeza en sus ojos—. No te estoy presionando, pero lo que viviste fue traumático. Quizá deberías darte tiempo para procesarlo.

¿Necesitaba procesarlo? Tal vez. Claro que había sido aterrador, pero Beckham se había disculpado, y ella le creía. No debió dejar que Everett se la llevara. Debió haber ido al parque, quedarse ahí hasta tranquilizarse y luego hablar con él. En vez de eso, se había desmayado apenas pisó este departamento.

—Estoy bien —dijo al fin, caminando hacia la puerta.

—Puede ser que sí. Físicamente, al menos. Pero eso no significa que tu mente también lo esté. Recuerdo cuando ese vampiro me mordió. Mi cuerpo se recuperó, pero mi cabeza quedó hecha un desastre —explicó, tocándose la sien.

—Estoy bien —repitió—. En serio. Sé que Beckham no me haría daño, y quiero que él lo sepa.

—Odio decir esto, Reyna. Pero... ¿has considerado que tienes síndrome de Estocolmo?

Reyna abrió la boca con incredulidad.

—¡No tengo síndrome de Estocolmo!

—Vamos, ¿podrías al menos considerarlo? Cumples con todas las características. Te saca de la calle, te da todo salvo libertad. Y cuando por fin te hiere, sales corriendo de regreso a su jaula, esperando que te perdone por haberte ido y para asegurarte de que él esté bien.

—No voy a considerarlo —espetó. Era absurdo. Se había ido, había abandonado su departamento. No se sentía como su prisionera desde hacía mucho.

—Te acogió, casi te mata, y ahora quieres volver sin pensarlo dos veces.

—Beckham no es una mala persona. Solo perdió el control una vez.

—¿Y qué pasa si vuelve a perderlo? ¿Y si terminas muerta en vez de drogada?

—No. Él jamás haría eso.

Se cruzó de brazos, no tenía por qué escuchar esto. Solo quería volver con Beckham. Lo que decía Everett seguramente era a causa de sus celos, o sus prejuicios, o lo que fuera. No conocía a Beckham, él no era como los demás. Un error no lo definía.

—Espero que tengas razón. —Everett le apoyó una mano en el hombro—. No quiero discutir, solo quiero que estés a salvo. No estoy seguro de que él pueda darte eso.

—Pues no lo conoces.

Le apartó el brazo y caminó hacia la puerta. Se le acababa el tiempo. El pánico en los ojos de Everett no ayudaba. Se iría estuviera de acuerdo o no.

Everett se paró delante de ella.

—Reyna...

—Llévame con Beckham o apártate.

—No puedes irte.

—¿Ah no? —Lo fulminó con la mirada—. Ya verás.

Intentó pasar, pero él la sujetó de las manos y la empujó hacia atrás. Tropezó unos pasos, casi cae, pero logró equilibrarse. Levantó la vista hacia él, ¡la había empujado!

—Reyna, lo siento. Solo quiero que pienses bien en esto.

—Te agradezco que me hayas cuidado, de verdad, pero no voy a dejar que Beckham crea que estoy enojada cuando no lo estoy. Y tú no vas a impedir que se lo diga.

—Lo entiendo, pero ya casi es la hora del toque de queda.

—¿Por qué estás haciendo tiempo? —preguntó de pronto.

—¿Haciendo tiempo?

—Si no estás haciendo tiempo, entonces déjame salir.

En ese momento, la puerta se abrió de golpe. Reyna gritó al ver a un grupo de hombres vestidos de negro irrumpir en el departamento. Everett cayó al suelo, pero lo ignoraron por completo, mientras dos de ellos se lanzaron directamente hacia Reyna. Gritó de nuevo y trató de escapar, pero estaba entorpecida, lenta, con el efecto de la mordida aún en su sistema. Luchó, pero no sirvió de nada.

—¡Everett! —exclamó, llorando de pánico.

Uno de los hombres también se dirigió al chico.

—¿Es ella?

Él se incorporó con calma y se sacudió la camisa negra. Asintió una vez.

—Es ella.

—¿Qué diablos? ¿Everett? —Reyna estaba en shock—. ¿Qué está pasando? ¿Por qué me retienen?

—Reyna, lo siento —dijo con voz suave.

Le apresaron los brazos detrás de la espalda y la ataron con un grueso cordón negro.

—Everett, por favor —suplicó entre lágrimas—. ¿Tú hiciste esto? ¿Quiénes son? ¿Qué van a hacerme?

Él se paró frente a ella. Sus miradas se cruzaron.

—Lamento que tengas que estar involucrada, Reyna, pero es por el bien de todos.

—¿El bien de qué? ¡No, por favor! ¡No puedes hacer esto! ¡Diles que me suelten!

—Llévensela —ordenó.

Reyna soltó un grito desgarrador, que se interrumpió cuando uno de los hombres le golpeó la nuca con fuerza. Todo se volvió borroso otra vez.

—Beckham... —susurró antes de desmayarse.

CAPÍTULO 34

Plac. Plac. Plac. Bip. Bip. Bip.

¿Qué era ese sonido? Reyna aspiró con dificultad, pero el aire le hizo estallar la cabeza. Todo le dolía.

Dejó caer la cabeza sobre una almohada. Lentamente, obligó a sus ojos a abrirse. Sentía como si hubieran pasado apenas unos segundos desde la última vez que despertó en un lugar desconocido, pero estaba segura de que nunca había estado aquí. Cualquiera que fuese este lugar.

Era una habitación blanca que le recordaba al hospital de Visage en el que había entrado al principio de esta pesadilla. La ansiedad aceleró su pulso y el pitido incrementó el ritmo. Se sentía como un hospital: el bip era su corazón y el plac…

Volteó a un costado y se dio cuenta de que tenía una vía intravenosa conectada al brazo. Al menos se lo habían puesto mientras dormía. Sintió arcadas al verla y, estremeciéndose, giró la cara. Ni siquiera después de tantas mordidas se le había pasado el miedo a las agujas. Se obligó a mirar la vía otra vez y trató de arrancársela, pero se dobló sobre sí misma al ver la aguja. Era demasiado.

¿Dónde estaba? ¿Quién la había traído? ¿Cuándo volvería a ver a Beckham? Tenía mil preguntas y ninguna respuesta.

El sonido de la perilla girando la sacó de sus pensamientos oscuros. La persona que entró en la habitación la sobresaltó. Jamás lo habría imaginado.

—¿Señor Harrington?

Quería sentirse tranquila en su presencia, pero recordaba bien ese destello malicioso en su mirada: el hambre de poder, la necesidad de controlarlo todo. Era un hombre con el que no se podía jugar, y ella no tenía idea de por qué había atraído su atención.

—Hola, querida.

—¿Qué estoy haciendo aquí? Por favor, déjeme ir —balbuceó.

—No lo creo. Me temo que tienes algo que me pertenece.

Estaba demasiado atónita, por lo que se limitó a responder:

—No tengo nada.

—Ambos sabemos que eso no es cierto, ¿verdad?

Cruzó la habitación con pasos calculados, con su cuerpo delgado moviéndose como si flotara, y se sentó junto a su cama.

—No tengo idea de qué habla, señor —dijo Reyna, con total sinceridad.

Harrington sonrió con malicia.

—Hicimos algunas pruebas después de que Everett reportara cierta actividad sospechosa cuando perdiste el conocimiento en su departamento. Un joven notable, debo decir. Más tarde nos comentó que le parecía extraño que el señor Anderson jamás bebiera tu sangre, a pesar de que eran compatibles. Y aún más extraño fue que, una vez que lo hizo, no pudiera detenerse. Si algo define a Beckham es su autocontrol.

Reyna estaba temblando. ¿A dónde quiere llegar con esto? Ella sabía que era raro, pero nunca creyó que fuera importante.

—Y, al parecer, ya tenemos nuestra respuesta. Tu tipo de sangre se registró de forma incorrecta en el hospital.

—¿Qué? —preguntó, confundida.

—No eres O negativo. Eres algo mucho mucho más raro, mi dulce Reyna: eres Rh nulo… y eres compatible conmigo.

Continuará...

¿Sed de más?
Averigua en la página siguiente lo que Beckham pensó al conocer a Reyna.

BECKHAM

La llamada llegó mientras Beckham aún estaba en la oficina. Soltó un suspiro al ver el nombre que aparecía en sus contactos: algo lo suficientemente genérico como para no levantar sospechas, pero que solo él sabría identificar. Mierda.

Cerró los ojos y respondió:

—Habla Anderson.

—La encontramos —dijo una voz suave y sedosa.

—¿Estás seguro?

—Acaban de llamar del hospital. Su nombre apareció en el sistema hace apenas unos segundos. Se activó la alerta, ya están modificando su información. ¿Le doy luz verde?

Beckham dudó. Sabía lo que eso significaba: iba a trastocar su vida, a cambiarlo todo. Pero era esto por lo que había estado trabajando, lo mismo que lo había llevado a arriesgar su empleo, su estatus... y su propia vida dentro de la élite de Visage. Además, calmaría algunas quejas recientes de Harrington. Podía manejar las quejas, sí, pero la disidencia era otra cosa. No podía arriesgarse cuando el futuro de la rebelión estaba en juego.

—Hazlo —dijo con resignación—. Vincúlala conmigo.

—Hecho. Se llama Reyna. Ve por ella.

—Entendido.

Beckham colgó y dejó que el silencio se alargara. Pensó que se sentiría más preocupado por traicionar la única vida que había conocido. El mundo vampírico que había gobernado durante décadas, los amigos y colegas con los que había escalado posiciones. Pero, en realidad, lo que más sentía era molestia.

Se sacudió la camisa, se bajó las mangas y se puso su saco de traje a medida. Su asistente se cruzó con él, nerviosa, mientras él pasaba sin detenerse, con un lacónico «voy a salir». La mayoría de sus asistentes reaccionaban así. Le temían, y con justa razón.

—Anderson —lo llamó Roland al pasar junto a él, de camino a la oficina de Harrington. Ese vampiro entrometido y molesto estaba recargado en el escritorio de su nueva asistente rubia, se las acababa una a una como si fueran ganado—. Salúdame a Penelope —dijo con sorna.

Beckham se limitó a agitar una mano en el aire y siguió por el pasillo. Tocó una vez la puerta cerrada de Harrington y entró sin esperar a la asistente del jefe. El vampiro sentado tras el escritorio era frágil, tanto como podía serlo un vampiro, pero nadie debería subestimarlo.

Era, sin duda, el hombre más temible e inteligente que Beckham había conocido. Esa era la razón por la cual lo había seguido, saliendo del frenesí de sangre en el que había vivido para adentrarse en este nuevo horizonte: la cura de sangre. Ahí, donde ya no era solo una bestia salvaje, sino alguien capaz de conservar parte de sus facultades. Solo cuando ya estaba demasiado metido en ese mundo, comprendió su error.

—Beckham. —Harrington le dedicó una sonrisa afable—. Adelante, muchacho.

—Gracias, señor. Solo pasaba a informarle que encontraron una compatibilidad.

Los ojos de Harrington brillaron, como si creyera que se refería a un donante para él, la única cosa que había estado buscando todos estos años. Y, de hecho, la habían encontrado, pero Beckham iba a tomarla para sí. Para protegerla.

—Para mí —añadió, como si fuera un detalle sin importancia.

—Ya veo —respondió Harrington con un leve suspiro—. ¿Y bien?

—Voy a buscarla. Estaré fuera el resto de la tarde.

—¿Cambiaste de opinión?

Beckham esbozó una media sonrisa. No podía exagerar. Había sido demasiado vehemente en su oposición a la idea de tener un sujeto permanente en casa como para que Harrington creyera de verdad en su repentino entusiasmo. Tener una donante permanente no solo arruinaría su vida, sino que probablemente terminaría matando a más personas a causa de la élite vampírica. Pero tenía que ceder, al menos un poco.

—En realidad, empiezo a verle el atractivo. Ya sabe cómo soy con la privacidad.

—Será para bien. Ya verás.

Beckham asintió.

—Le creo, señor.

—Cuando regreses tendremos una reunión. Ya sabes, para comentarlo.

—Como desee.

Beckham se retiró. Esa era toda la deferencia que podía permitirse. Nunca había sido bueno para adular, ni siquiera antes de que lo convirtieran, y ahora lo detestaba aún más.

Salió del edificio de Visage que se encontraba en el centro y subió a un auto que lo esperaba.

El chofer arrancó sin problema y se internaron en el pesado tráfico de la ciudad. Tardarían una hora en llegar al hospital. Una maldita hora.

—Malditos almacenes —murmuró.

Pasó la hora entera con su celular, oscilando entre la aceptación resignada de lo que estaba a punto de hacer y una furia creciente. Estaba atrapado entre la espada y la pared, y cada pensamiento lo enfurecía más.

En términos prácticos, estaba jodido.

Visage dominaba el mundo. Beckham era un ejecutivo senior en la empresa que empleaba a más personas que cualquier otra. Los reclutaban como donantes de sangre. Gracias a la cura, cada vampiro podía vincularse con el tipo de sangre que tenía cuando era humano. Beber exclusivamente de ese tipo reducía su salvajismo, aunque seguían siendo animales. Beckham no creía que pudieran ser otra cosa, pero eso le permitía funcionar en sociedad, pasar desapercibido.

Y, por otro lado, estaba Elle: la rebelión que quería acabar con Visage. Porque la corporación creía que los humanos empleados eran poco más que ganado. Comida. Nada más y nada menos que eso. Para Elle, todos merecían más. Era la voz de la razón en el estruendo deprimente y ensordecedor que afirmaba que Visage gobernaría sobre todos, con los humanos bajo su yugo. Él les creía. Realmente creía *en* ellos.

Por eso, cuando le preguntaron si tomaría a la donante antes de que Harrington lo hiciera, dijo que sí. Podía protegerla, mantenerla fuera de su alcance. No se podía borrar una entrada en el sistema. Si aparecía una coincidencia, esa persona inevitablemente llegaría a manos de Harrington. Sin embargo, podían *modificar* esa coincidencia, y eso era lo que habían hecho hoy.

Así que ahora tenía múltiples problemas. Primero, debía aceptar unas condiciones con las que antes había estado en total desacuerdo. Ceder otro centímetro a una empresa que siempre exigía un kilómetro.

Después, tendría que acoger a esa mujer sin revelarle que llevaba una doble vida. Viviría con ella en su casa, sin poder entrar y salir a su antojo. Aquello le arruinaría todo.

Y, por último, y lo peor de todo, no podía beber de ella. Iba a vivir en su casa como su donante asignada, pero ella tenía el tipo de sangre *equivocado*. Y por nada del mundo podía saberlo.

Si cometía un error, si la mordía… perdería el control. Perdería al hombre que había intentado construir por debajo del monstruo que sabía que era.

—Mierda —soltó de nuevo entre dientes—. De vuelta al enfado.

Arrojó el teléfono al otro extremo del asiento y se cubrió el rostro con las manos. Esto era un error. Había un error de cálculo en todo esto, y tenía que encontrarlo, cerrar todas las posibilidades.

Penny. Quizá ella sabría qué hacer.

Volvió a tomar el teléfono y llamó a su contacto principal dentro de la red clandestina, la mujer con la que fingía una relación sentimental.

—Hola, Beckham. ¿Me extrañaste? —bromeó—. ¿Quieres cenar después del trabajo?

Penelope Sky era hija del alcalde y, convenientemente, tenía su mismo tipo de sangre. Era la mejor coartada que podría tener, aunque no siempre coincidieran sobre el estado de su relación. Como, por ejemplo, ahora en teoría habían «terminado».

—En este momento, voy en camino a recoger a una donante permanente —explicó.

Penny soltó un suspiro suave.

—¿En serio? Eso no es propio de ti.

Ella entendía lo que implicaba. Había estado en la reunión de Elle cuando se discutió la posibilidad.

—He decidido hacerlo.

—Bueno, siempre puedes beber de mí si lo necesitas.

Sonaba juguetón, pero era una oferta real. No podría beber de esa mujer. Reyna. Necesitaría una alternativa, una forma de sobrevivir. No podía estar cerca de ella *hambriento* tampoco.

—Suena tentador —respondió, en lugar de decir que sí.

—¿Sabes quién es?

—Se llama Reyna. Es toda la información que me dieron en el hospital.

—Una chica, entonces. —Sonaba ligeramente molesta.

—Una mujer —la corrigió—. Visage no contrata menores.

—Aun no —murmuró.

—Penny.

Nunca estaba seguro de si ese teléfono estaba intervenido. Tenía uno desechable, pero usarlo solo para llamarla a ella también levantaría sospechas. Su vida entera era esa farsa, y la odiaba con cada fibra de su ser.

—Bueno, cuéntame cómo es. Tendré que conocerla en algún momento.

—¿No puedo esconderla en el *penthouse* y ya?

—Es una persona, Beckham —dijo entre risas—. Deberías tratarla como tal.

—Gran recordatorio.

El silencio se prolongó. Quería decir tantas cosas. Quería que ella lo tranquilizara, que le asegurara que estaba tomando la decisión correcta, incluso cuando sentía que todos los caminos se le cerraban.

—Llámame luego —pidió—. Quiero saberlo todo.

—Tal vez pase a verte.

Sonó como una invitación, pero en realidad significaba buscar un lugar seguro para hablar de Elle.

—Lo espero con ansias.

Beckham colgó, más resignado que nunca a lo que venía. Iba a conocer a Reyna. La escondería en el *penthouse*. No necesitaba una excusa para no beber de ella. Era su empleada, podía hacer lo que quisiera.

En ese momento, su chofer se detuvo en la entrada trasera del hospital. Beckham bajó del coche y cruzó la puerta. Los empleados del hospital retrocedieron al verlo. Él provocaba eso: una estela de miedo que quedaba tras su paso. Eso era lo que lo había hecho un *lord*, lo que había provocado su adoración.

Llegó hasta la sala, tocó dos veces y se enderezó, dejando que su imponente altura llenara el marco. La puerta se abrió, y el doctor Washington apareció ante él. Beckham asintió con la cabeza.

—Reyna, permítame presentarle a su patrocinador. Este es Beckham Anderson, vicepresidente senior de Visage Incorporated.

Washington se hizo a un lado y ella se bajó de la cama del hospital. Beckham se quedó inmóvil bajo su mirada oscura.

A simple vista, no era nada del otro mundo. Llevaba jeans y una camiseta comunes, tenis y una gorra metida en el bolsillo. Nadie debería haberse fijado en ella. Y, sin embargo, no pudo apartar la vista.

Se quedó observándola. Ese rostro pálido y anguloso que le marcaba los pómulos y le delineaba la mandíbula como una cuchilla. Los labios, llenos, con un pequeño corte natural en el centro del inferior. El cabello oscuro, largo y denso, cayéndole como una cortina por la espalda, incluso atado en una coleta alta. No tenía idea de cómo se vería después de un buen lavado, suelto sobre los hombros.

No obstante, fueron sus ojos los que lo capturaron; eran de un marrón tan profundo que se sintió perdido al instante. No eran un espejo, sino una puerta a otro mundo. Lo atrapó con esa mirada y lo dejó caer muy hondo, imaginando otra línea temporal en la que no se habían conocido como patrocinador y sujeto, sino como hombre y mujer. Como dos personas que se encuentran por la calle.

Pero esa no era la realidad. Ella no era una puerta, ni una sirena. Era solo una mujer. Una mujer que, sin embargo, era quizá la más hermosa que había visto en su vida.

Cuando ninguno de los dos dijo nada, el doctor Washington carraspeó antes de continuar:

—Señor Anderson, su nuevo sujeto: la señorita Reyna Carpenter.

Beckham siguió sin responder. Su duelo de miradas se prolongó, y no lograba apartar los ojos. Sintió, en lo más profundo de sus huesos, que todos los problemas que lo habían atormentado en el camino hasta allí ya no importaban.

Porque daba igual que sus dos superiores quisieran eso. Daba igual que no pudiera beber de ella. Lo único que importaba era que estaba más que arruinado.

Su aroma, su actitud, esa barbilla alzada con desafío. Era como si no le tuviera miedo. Como si pudiera plantarse frente a él y actuar como si no la intimidara, cuando todo el hospital se había encogido al verlo entrar.

No. Lo peor de todo era que la deseaba. La deseaba más que a nada.

—Bueno… —continuó, con cierta incomodidad, el doctor Washington—, ¿qué opina?

Estaba tan tan arruinado.

Beckham desvió la mirada hacia el doctor. Tenía que mantener la compostura. Nadie debía saberlo. La pondrían con otra persona, buscarían otra manera.

No podría tenerla. Nunca, jamás, *la tendría.*

—Sí. Está bien, servirá —dijo con esfuerzo—.Tengo un coche esperándome y una reunión que atender. Prepárela para salir de inmediato.

Ella arqueó las cejas ante su tono frío.

«Bien, mírala como si no te importara. No muestres interés. No hagas que tenga que perseguirte».

—Creo que está lista para irse —dijo el doctor—. Necesitamos su firma de aprobación y podrá ser dada de alta.

El doctor le tendió un papel, y Beckham firmó con un trazo decidido.

—Perfecto, es mía. —Beckham saboreando el sonido de esa palabra: *mía*—. ¿Ya podemos irnos?

—Sí, sí, por supuesto. Reyna, acompáñenos.

Reyna dio un paso hacia él, aún con su insolencia bien visible. Luego se inclinó hacia el doctor, sin apartar los ojos de Beckham, y preguntó:

—No va a hacerme daño… ¿cierto?

Las fosas nasales de Beckham se dilataron. Así que sí tenía miedo. Y lo disimulaba tan bien.

Mierda. No solo iba a poseerla. Iba a romperla.

No, tenía que controlarse. Había pasado mucho tiempo que no rompía a nadie, desde la última vez que había *anhelado* hacerlo.

Pero él ya no era ese monstruo. Debía recordarse a sí mismo quién era. Aunque al verla, todo en él quisiera perder el control.

—No estoy aquí para hacerte daño, eres mi empleada y te trataré como tal —dijo, forzando un tono impaciente en su voz—. Y ahora tenemos prisa, así que cualquier otra cosa que quieras discutir con el doctor tendrá que esperar. Si todo está en orden, nos vamos.

Reyna lo miró como si estuviera ahogándose y él fuera su salvavidas. Oh, cómo se deleitaría con esa mirada. Podría llegar a odiarlo, y eso sería lo mejor. Que lo odiara. Así nunca estaría lo suficientemente cerca como para conocer su vida. Así nunca invadiría más allá de su *penthouse*.

Era la criatura más peligrosa que había conocido, podía arruinarlo todo. Y una parte de él se preguntó si, cuando eso pasara, lo disfrutaría.

AGRADECIMIENTOS

Gracias, gracias, *gracias* por acompañarme en este viaje increíble. *El monstruo y el último vínculo de sangre* es el libro en el que no hice concesiones. Desde el primer día supe exactamente quiénes eran Beckham y Reyna y cómo quería que cobraran vida en las páginas. Ha sido una batalla intensa y una década de amor, pero ¡al fin están aquí!

Tengo tantísimas personas a quienes agradecer por hacer esto posible. Primero, a mi agente Kimberly, que se enamoró de la historia de Beckham y Reyna y supo que podía venderla. Has sido mi aliada desde el principio. Nunca dejaste de luchar por ellos, nunca te rendiste. Si tengo a una sola persona de mi lado, siempre eres tú.

A todo el equipo de Red Tower, que amó tanto a Graves que no quiso dejar su mundo. Aquí les dejo mi encantadora historia previa a *La guerra de los monstruos*. Nunca superaré lo hermosa que quedó la portada ni la manera en que impulsaron este libro. A Tantor, por conseguir a la increíble Caitlin Elizabeth para narrar esta serie, lo adoro con todo el corazón. Y a todas las editoriales internacionales que han traducido esta saga. Nunca olvidaré cuando estuve en París y, aunque los lectores no hablaban inglés, se quejaban del final del libro arrojándomelo a la cara. Los veo, y no me arrepiento de amar los finales en suspenso. Prometo que se los compensaré... eventualmente.

Y, por supuesto, a todas las autoras que me apoyaron desde el inicio y aguantaron conmigo los diez años que tomó que esta historia encontrara su lugar: Rebecca Yarros, Diana Peterfreund, Mari Mancusi y Staci Hart. A Sierra Simone, que siempre me hace reflexionar profundamente sobre la relación entre poder, dinero y sexo, y en este libro en particular, sobre el trabajo sexual. También a las amigas autoras que leyeron, escribieron reseñas y apoyaron este libro: Rachel Van Dyken, Wendy Higgins, Corinne Michaels, Nana Malone, Jessica Prince, Ava Harrison, Erin Noelle, Carrie Ann Ryans y S. C. Stephens. No estaría aquí sin todas ustedes. Este es un trabajo muy solitario, y ustedes lo hacen valioso.

Gracias a Dani, que murió mil muertes cuando por fin le puse este libro en las manos. ¡Eres la mejor! A mi asistente, Devin, por mantenerme cuerda durante estos larguísimos meses de edición. Gracias a mis primeras lectoras, que aguantaron leer capítulo por capítulo sin rendirse con las múltiples versiones del libro. Las quiero: Anjee, Katie, Sharon, Becky, Lori, Christy, Polly y Amy.

Gracias a mi maravillosa familia, por su entusiasmo con mi escritura, por aceptar mis horarios tan absurdos y por aguantar toda una vida mi amor desesperado por las series sobrenaturales. Este libro simplemente no existiría sin *Buffy, la cazavampiros*. Es la piedra angular de mi infancia y la razón por la cual me enamoré del género fantástico. ¡Team Angel por siempre! (Tranquilos, fans de Spuffy, también adoro a Spike).

Y, como siempre, gracias a mi esposo, Joel. Tú haces que esta vida de escritora sea más fácil y valga la pena. Gracias por cuidar de nuestro hijo cuando tengo que pasar los fines de semana editando y horas escribiendo sin parar, y por grabarme en las librerías firmando ejemplares. Eres la luz de mi vida. Eres mi punto de equilibrio.

Y, por último, ¡TÚ! Sí, tú. Querido lector o lectora: gracias por darle una oportunidad a Beckham y a Reyna. Por amar a mi vampiro hosco y alfa y a su chica terca, decidida y llena de carácter. ¡Ya quiero que descubras qué pasará después!